이순신의 7년

6

6

이순신, 닥쳐오는
운명을 예감하다

정찬주 대하역사소설

작가
정신

차례

호남이 없다면

　이순신은 야전 사령부인 진陣을 여수 본영에서 한산도 둘포[頭乙浦]로 옮겼다. 이는 경상도의 왜군 정세와 왜 수군의 적정을 파악한 뒤에 내린 결정이었다. 경상도 해상에서 몇 달 동안이나 계속 머물러왔으므로 진을 한산도로 옮기겠다고 조정에 청하여 허락받았던 것이다. 거제 남쪽 삼십 리쯤 떨어진 한산도 둘포는 고동산 산자락이 바다를 껴안아 배를 감출 수 있는 데다 밖에서는 들여다볼 수 없는 포구였다. 그리고 둘포 앞바다는 왜선들이 전라도로 가려면 반드시 거쳐 가야 하는 길목이었다.

　이순신은 둘포로 이진移陣한 날 전후로 끙끙 앓았다. 속옷이 진땀으로 흠뻑 젖을 정도로 열이 났다. 머리가 바윗덩어리처럼 무겁고 기분 또한 몹시 우울했다. 진주성이 아군의 사투에도 불구하고 함락됐다는 참담한 소식과 광양, 순천 등지에서 민란이 일어났다는 사도 첨사 김완의 보고를 들었기 때문이었다. 김완은 순천과 광양의 관아와 창고, 여염집을 분탕질한 사람들은 조총을 든 왜적이 아니라 왜인의 행색을 하고 들어온 백여 명의 진주 피난민과 떠도는 유랑민이라고 말했다. 뿐만 아니라 광양의 두치 복병장과 순천, 낙안의 유진장이 방비를 하기는커녕 진주성의 왜군이 쳐들어온다는 소문만 듣고 앞장서 도망쳐버렸다고 하니 더욱 분노가 치밀었다.

이순신은 몸의 열을 식히기 위해 갑판으로 나와 서성거렸다. 보름달 달빛이 파도를 타고 포구 안으로 파고들었다. 한 달 후면 추석이었다. 밤바다는 이미 가을의 찬 기운이 감돌았다. 사량의 수색 토벌선을 끌고 나갔던 여도 만호 김인영과 순천의 지휘선을 타고 다니는 군관 김대복이 대장선으로 보고하러 왔다가 내려갔다. 그제야 이순신은 장대로 올라가 진저리를 쳤다. 찬 기운에 신열이 식었는지 정신은 어느새 맑아졌다. 보름달이 중천에 떠올라 뱃전에 어렸다. 이순신은 나직이 창을 하듯 시를 읊조렸다.

가을 기운 바다에 드니
나그네 회포 어지럽고
장대에 홀로 앉아 있나니
생각은 끝없이 들끓네.
달빛이 뱃전에 어리니
정신은 청랭해지고
자려 해도 잠들지 못하나니

새벽닭은 벌써 우네.

秋氣入海 客懷撩亂

獨坐篷下 心緖極煩

月入船舷 神氣淸冷

寢不能寐 鷄已鳴矣

　이순신은 날이 밝아서야 겨우 늦잠에 들었다. 송희립은 이순
신이 깨어날 때까지 기다렸다. 송희립이 이순신에게 온 까닭은
지평 현덕승이 하인 편에 보내온 편지와 선물을 전하기 위해서
였다. 현덕승은 이순신의 오래된 지인으로 영암 사람이었다.

　"수사 나리, 현 지평님 편지가 왔그만요."

　"누가 가져온 겨?"

　"현 지평님 하인이 가져왔그만요."

　"놓구 가."

　"여쭤볼 말씸이 있그만요."

　"뭔 겨?"

　이순신이 이맛살을 찌푸리며 장대에서 나왔다. 아침 햇살이
이순신의 이마에 꽂혔다. 최근 들어 모처럼 해가 뜬 맑은 날이
었다.

　"본영을 한산도로 아조 옮겨분게라우?"

　"한산도 진은 임시 사령부여. 워디까지나 본영은 여순 겨."

　"여그 겡상도에서 날마다 있다 본께 헷갈리그만요."

　"겡상도 바다에서 오래 있을 거 같으니께 여그다가 임시 사령

부를 두게 된 겨."

"알겠습니다요."

"나는 아직까정 전라 좌수사가 아닌감."

"그라지라우."

"며칠 전에 도망친 군사는 워치게 처리혔는가?"

"참퇴장이 처형했습니다요."

순천 격군으로 거북선에 탔던 경상도 태생인 순천 부사의 종이 탈영했다가 붙잡혀 왔는데 도망병은 무조건 참수했던 것이다. 이순신은 몸이 불편하여 송희립을 보내고 장수들을 더 만나지 않았다. 초저녁에도 마찬가지였다. 다만, 소나기 소리를 듣고 있자니 붓을 들고 싶어 벼루에 먹을 갈았다. 어젯밤 떠올랐던 둥근 달은 비구름에 가려 보이지 않았다. 먹 냄새는 늘 이순신의 마음을 편안하게 해주었다. 이순신은 현덕승에게 보낼 답장을 써 내려갔다.

'전하께서 병환이 쾌차하시게 된 것은 신하와 백성들의 경사이므로 기쁜 마음을 무엇으로 다 말할 수 있겠습니까.

난리를 치른 후라 그리움이 간절했는데 뜻밖에도 하인 편으로 이달 초승에 보낸 편지를 받고 급히 뜯어 읽어보니 반가운 정이 여느 때보다 사무쳤습니다. 하물며 종이에 가득 실린 말씀이 정중하기까지 하니 오죽하겠습니까.

가을바람이 들판으로 불어드는 이때에 엎드려 살피건대, 기거起居에 더 조심하고 계시온지 여러 말씀 여쭐 길이 없습니다. 저는 괴로운 진중에서도 나라의 은혜가 망극하여 벼슬자리가 정헌

正憲에 오르니 감격스럽기 그지없습니다.

가만히 생각해보면, 호남은 나라의 울타리이므로 만약 호남이 없다면 나라도 없을 것입니다[湖南國家之保障 若無湖南 是無國家]. 그래서 어제 한산도로 옮겨 진을 치고 바닷길을 가로막을 계책으로 있습니다.

이런 난리 중에도 옛정을 잊지 않으시고 멀리까지 위로해주시며 겸하여 여러 가지 선물까지 받으니, 모두 진중에서는 진귀한 물건으로 깊이 감사하지 않을 수 없습니다.

어느 날에야 전쟁을 끝내고 평소처럼 따라서 같이 놀고 정회를 실컷 풀어볼 수 있을는지요.

막상 편지를 쓰려고 종이 앞에 앉으니 부질없이 슬픈 생각만 간절해집니다. 더 하고 싶은 말은 많으나 마음이 산란하여 이만 줄입니다. 계사년(1593) 7월 16일.'

이순신은 답장을 다 쓰고 난 뒤 눈을 감았다. 왜군이 호남을 넘보지 못해 나라가 지켜지고 있음은 천운이란 생각이 들었다. 영호남 연합 수군이 전라도로 가는 바닷길을 틀어막고 있고, 육군이 섬진강 두치와 남원을 철통같이 지키고 있기 때문이었다. 부족하나마 군량이 제때에 보충되고 있는 이유도 호남이 있으므로 가능한 일이었다. 농사를 짓고 있는 지방은 호남뿐이라고 해도 과언이 아니었다. 추석을 앞두고 햇곡식을 추수할 논밭이 드문 다른 지방은 폐허나 다름없었다. 이순신은 현덕승이 보낸 선물을 보자기에 다시 쌌다. 호남이 무사하므로 그나마 나라가 유지되고 있으니 호남은 나라의 울타리임에 분명했다. 이순신은 자신이 방금 쓴 답장 중에 한 구절을 따로 적어 장대에 붙였다.

> 호남은 나라의 울타리이므로 만약 호남이 없다면 나라도 없을 것입니다.
> 湖南國家之保障 若無湖南 是無國家

이순신은 선물 보자기를 장대 한쪽 구석에 밀어 놓았다. 아들 회가 들어오면 어머니에게 그대로 보내려고 생각했다. 자정 무렵부터는 초저녁에 한차례 쏟아졌던 소나기가 가는 비로 변해 흩뿌렸다. 띠와 부들로 엮은 장대 지붕에 속삭이듯 가만가만 내렸다.

"수사 나리, 겨십니까요?"

"들어오게."

시를 잘 지어 때로는 종사관 일도 보는 순천 출신의 정사준이었다.

"잘되구 있는 겨?"

"총 맹그는 거 말입니까요."

"그려."

"본영에서 맹글라고 헙니다요."

"준비는 다 끝난 겨?"

"왜넘덜 철포를 요리조리 뜯어보고 있는디 맹글 사람덜은 다 불러놨응께 시작만 허면 됩니다요."

"우리 승자총통은 왜놈 철포보다 심이 강허지 못헌 것이 문제여."

"몸땡이가 작아부러서 총구가 짚지 못해 소리도 작고 멀리 날아가지 못허지라우."

"아무리 멀리 가두 사오백 걸음인디 더 개선혀야 혀. 맹글 사람덜은 누구여?"

"대장쟁이 출신인 낙안 수군 이필종, 순천의 사삿집 종 안성, 피난 온 김해의 절종 동지와 거제의 절종 언복입니다요."

"요참에 지대루 잘 맹글어야 혀."

"오늘 당장이라도 탐후선을 타고 본영으로 가겄습니다요."

"그려, 수고혀."

질이 좋은 정철正鐵은 여수 봉산동 사철소에서 종들을 시켜 구해 오게 하면 될 터였다. 이순신은 봉산동 구봉산에서 철광석인 사철沙鐵이 난다는 것을 잘 알고 있었다. 작년 2월에 이억기 휘하의 군관이 왔을 때 화살대 백 다발과 봉산동 사철소에서 생산한 쇠 오십 근을 보내주었던 것이다.

한 달 후.

정사준은 정철로 만든 총을 한산도 진으로 가지고 들어왔다. 이순신이 삼도수군통제사로 임명되기 바로 전이었다. 선조가 이순신을 삼도수군통제사로 임명한 때는 8월 15일 추석날이었으나 선조의 교서敎書가 한산도 진에 도착하려면 며칠 후나 될 터였다. 이순신은 정사준이 만든 총을 휘하 장졸들에게는 비밀에 붙였다. 선조에게 먼저 알리고 난 다음에 휘하 장졸들에게 알리는 것이 도리라고 생각했다. 이순신은 정사준과 총을 만든 대장장이 수군 이필종과 쇠를 구하고 풀무질을 한 사삿집 종 안성, 절종 동지와 언복을 데리고 장졸들 몰래 모래밭으로 나갔다.

"여그는 아무나 올 수 없는 곳이니께 맴 놓구 쏘아두 될 겨."

"알겠습니요. 수사 나리."

모래밭은 파도가 으르렁거리는 절벽 안에 은폐되어 있었다. 게다가 총구를 바다 쪽으로 두었으므로 총소리가 진까지 울려 퍼질 염려는 없었다. 이윽고 정사준이 화약에 불을 붙이자 총구가 불을 뿜었다. 총알이 순식간에 바다 멀리 사라졌다. 이순신은 즉시 이필종과 종들에게 표창을 약속했다.

"장계에 상을 주라구 청할 겨."

"이필종은 승진시켜주고 종덜은 면천시켜주믄 으쩔게라우?"

"이필종은 조만간에 무과별시가 있을 것이니께 응시혀."

"예. 수사 나리."

"종덜은 모다 장계를 올린 뒤에 면천시켜줄 것이니께 지달려."

이필종은 물론이고 안성과 동지, 언복이 모래밭에 엎드려 이순신에게 큰절을 했다. 모두가 이순신이 그 자리를 떠날 때까지 감격하여 일어나지를 못했다. 정사준 역시 밤낮으로 고생했지만 자신을 고분고분 따라준 종들이 분에 겨운 보상을 받는가 싶어 그 자리에서 눈물을 흘렸다.

대장선으로 돌아온 이순신은 바로 장대에 올라 수졸에게 먹을 갈게 했다. 정사준이 만든 총의 위력을 눈으로 확인했기 때문에 망설이지 않고 장계를 쓰기 시작했다.

'화포를 봉해 올리는 장계[封進火砲狀]

삼가 올려 보내는 일로 아뢰나이다.

신이 여러 번 큰 전쟁을 치르면서 왜인의 조총을 많이 얻었는데, 항상 눈앞에 두고 그 묘한 이치를 시험해보았더니, 몸체가 길기에 총구가 깊고, 총구가 깊기에 총포의 힘이 강하여 총알에 맞으면 반드시 부서졌습니다. 우리나라의 승자勝字나 쌍혈雙穴 등의 총통은 그 몸체가 짧고 총구가 얕아서 그 힘이 왜적의 총통만 못하고 그 소리도 웅장하지 못합니다.

그래서 매번 조총을 만들어보려고 했는데, 신의 군관 훈련 주부 정사준이 궁리 끝에 묘법을 알아내었습니다. 그러고는 대장장이인 낙안 수군 이필종, 순천의 사삿집 종 안성, 피난 와서 본영에 거주하는 김해의 절종 동지, 거제의 절종 언복 등을 데리고 정철을 두드려서 만들었는데 그 체제도 아주 좋고 총알 나가는 힘도 조총과 똑같습니다.

구멍에 불을 댕겨 붙게 하는 기구가 좀 다른 것 같으나 몇 달 안으로 다 완성할 것이며, 또 만드는 일도 그리 어렵지 않으므로 수군의 각 고을과 포구에서 우선 같은 모양으로 만들도록 하기 위하여 한 자루를 전 순찰사 권율에게 보내어 각 고을에서도 똑같이 만들도록 하였습니다.

현재로서는 적을 제어하는 무기로서 이것보다 나은 것은 없습니다. 그래서 정철로 만든 조총 다섯 자루를 잘 봉하여 올려

보내오니, 조정에서도 각도와 각 고을에 명령하여 모두 다 만들도록 지시하시고, 이것을 직접 감독하여 만든 군관 정사준과 대장장이 이필종 등에게는 각별히 상을 내리시어 이들이 감동해서 더욱 열심히 일하도록 해주시기를 엎드려 간청드리옵니다.

그리하여 모든 고을에서 서로 다투어가며 본떠 만들도록 하는 것이 좋을 듯하옵니다.'

이순신은 총을 새로 만들었다는 내용의 장계를 써 올린 뒤에야 삼도수군통제사를 임명하는 선조의 교서를 받았다. 교서를 전하는 선전관이 한산도까지 내려오는 데 십 일이 걸린 셈이었다. 이는 격이 올라간 전라 좌수영의 경사였다. 전라 좌수사 겸 삼도수군통제사가 머무는 본영이기 때문이었다. 이순신 휘하의 장졸들이 대장선으로 먼저 와 축하 인사를 했다. 전라 우수영의 수사나 우후도 바로 달려왔다. 그러나 경상 우수영의 원균은 오지 않았다. 원균의 부하들도 눈치를 보며 왔다가는 재빨리 떠났다. 이순신은 원균이 끝내 나타나지 않자 정사준이 만든 총을 꺼냈다. 장졸들에게 총의 위력과 사거리를 보여주기 위해서였다. 이순신 휘하의 장졸들 모두 굴포 모래밭으로 나갔다.

"인자 왜놈 총을 무서와헐 거 읎을 겨."

절종 언복이 이필종 앞에 놓인 총에 화약을 넣고 불을 붙였다. 그러자 총은 귀가 먹먹할 만큼 큰 천둥소리를 냈다. 총알은 모래밭 멀리 날아갔다. 조총과 맞먹는 사거리쯤에서 모래가 풀썩 튀어 올랐다. 장졸들이 눈으로 확인하고는 함성을 질렀다. 송희립이 소리쳤다.

"삼도수군통제사 나리께 올리는 축포 소리 같그만이라우!"

"그라요, 그래뻗지요!"

"우리 모다 이순신 장군님께 큰절을 올립시다요!"

장졸들이 모두 모래밭에 무릎을 박고 큰절을 했다. 그러나 절을 받는 이순신의 얼굴은 웬일인지 환하지 못했다. 눈 밑으로 어두운 그늘이 스쳤다. 이순신이 억지웃음을 웃으며 송희립에게 지시했다.

"송아지를 잡아 장졸덜에게 특식을 멕이게."

"예, 통제사 나리."

송희립을 비롯한 장졸들은 누가 시키지 않았는데도 벌써 '수사 나리'에서 '통제사 나리'로 바꾸어 부르고 있었다. 이순신 뒤에서 지시를 받던 송희립이 말했다.

"통제사 나리, 시방도 몸이 펜찮으신게라우?"

송희립은 여름 내내 신열로 시달리던 이순신을 옆에서 보았던 것이다.

"아녀."

"원 수사 땜시 그랍니까요?"

"기여. 이번 임명은 쪼깐 아숩다니께."

"쌈보담 전공에 집착허는 원 수사 행태로 봐서는 수사도 과분허지라우."

"그래도 원 공은 선배 수사가 아닌감. 이번에 원 수사두 한 등급 올려 병사루 임명혔으믄 좋았을 겨."

병사는 종2품이고 수사는 정3품이었다. 삼도수군통제사가 된 이순신으로서는 승진하지 못한 원균이 마음에 걸렸다.

"병사가 됐으믄 육지로 나가분께 통제사 나리허고도 부닥칠 일이 읎어 더 좋았을 것 같습니다요."

"내 생각두 그려."

"지금도 그러는디 앞으로 더 시비를 걸지 않을께라우?"

"원공이 나를 원망허는 뿌리가 짚어서 그러는 겨."

이순신의 말대로 원균과 사이가 틀어진 것은 이순신 함대가 경상도 바다로 구원 나가 치른 옥포 해전 뒤부터였다. 첫 해전의 승전을 놓고 서로 이해가 갈렸으니 뿌리가 깊은 셈이었다. 원균이 연명으로 승첩을 올리고 싶어 하자 이순신이 '그 일은 천천히 생각해보자'고 거절한 바 있는데, 그 까닭은 전공에 집착하는 원균의 태도가 한심스러웠기 때문이었다. 당시 원균은 휘하의 장졸들이 보잘것없는 무군지장無軍之將으로 전공이라 할 만한 것이 없었고, 또한 그때 이순신은 선조의 파천 소식에 충격받은 뒤 곧바로 작전을 중단하고 여수 본영으로 돌아왔던 것이다. 그런 뒤 피난 가 있는 선조를 위로하기 위해 이순신이 서둘러 승첩 장계를 올려버렸고, 연명 장계를 원했던 원균을 본의 아니게 배제했던 것이다. 이에 원균은 이순신을 원망했으며 대신들에게 모함하는 말을 퍼트렸다. 자신이 머뭇거리는 이순신을 경상도 바다로 출진케 하여 옥포 해전에서 승리했다는 식이었다. 또한 선전관 민종기가 선조에게 '원균이 바다에 나가 적선 삼십여 척을 격파했습니다'라는 잘못된 보고를 했던 것도 일부 대신들이 원균을 편들게 한 이유가 되었다. 이순신이 올린 승첩「옥포파왜병장 玉浦破倭兵狀」이 아직 행재소에 도착하기 전이었다. 이때부터 선조는 병사를 지낸 원준량의 장남인 원균을 아버지의 무재가 있는 뛰어난 장수라고 믿었다. 한미한 보인 출신인 이순신에 비해 원균은 대를 이어 무과에 급제한 무인 집안의 장수였던 것이다.

생지옥

이순신은 몹시 낙심했다. 좌의정 윤두수와 도원수 권율이 의논하여 어영담을 파직했다는 광양 가장假將 김극성이 보낸 공문을 받고 나서였다. 지난번에 장계를 올려 가까스로 유임토록 했는데 문무 대신들이 또다시 선조에게 어영담의 파직을 건의해 관철시킨 셈이었다. 남해 바닷길을 훤히 꿰고 있는 어영담은 이순신에게 없어서는 안 될 장수였다. 이순신으로서는 눈앞이 캄캄한 일이었다. 정사립은 붓을 들었다. 이순신이 올릴 장계 초안을 잡기 위해서였다. 그는 글 짓는 재주가 있기 때문에 가끔 계청 군관 노릇을 했다. 이순신이 말했다.

"오늘 쓸 장계는 여러 통이여. 하루 종일 써야 혀."

"지가 잡을 장계 초안은 뭣인게라우?"

"어 현감을 우덜 수군 조방장으루 써달라는 초안을 잡어봐."

"현감님이 또 파직됐습니까요?"

"벌써 광양에 임시 수령이 내려와 내게 공문을 보낸 겨."

"바다 우에서 고상허는 우리덜을 도와주지는 못 헐망정 싸우고 있는 장수를 파직시키다니 도저히 이해하지 못허겄그만요."

"나두 헐 말이 읎는 겨."

"어 현감님이야말로 남해를 눈 감고도 댕기는 장수가 아닙니까요."

"그러니께 말여."

"초안은 어찌케 잡을게라우?"

"광양 가장 김극성의 공문에다 어영담 현감이 우덜 수군에 왜 필요헌지 쓰구 장계 끝에 조방장으루 임명해달라구 혀."

"알겄습니다요."

이순신은 어영담을 어떤 장수보다도 신뢰했다. 한번 믿었던 장수는 절대로 내치지 않았다. 더구나 영호남 바다와 섬들을 잘 아는 어영담은 해상 전투의 기본 계책을 전담하다시피 했던 것이다. 어영담 역시 이순신을 진심으로 따랐다. 지난번에 파직됐을 때 이순신이 장계를 올려 유임한 사실을 잘 알고 있었으므로 더욱 충성했다. 오직 죽기를 각오하고 싸울 생각밖에 없었다. 장수로서는 병들고 노쇠하여 후방 유진장으로 물러나야 할 처지였지만 끝까지 이순신 함대에 남기를 원했다.

"요로코롬 쓰면 되겄습니까요?"

"장계에 살을 붙일 필요는 읎는 겨."

"짧게 썼그만요."

정사립은 이순신이 지시한 대로 순식간에 장계 초안을 작성했다. 그러자 이순신이 어영담을 조방장으로 요청하는 부분에 몇 글자를 보태어 다음과 같이 끝냈다.

'……(상략)……전前 현감 어영담은 이미 파직되었지만 바닷가에서 자란 그는 배질에 익숙하고, 호남과 영남의 물길 사정과 섬들의 형세를 속속들이 소상하게 알고 있으며, 그동안 적을 토벌하는 일에 전심전력을 다하였습니다. 작년에 왜적과 싸울 때도 매번 선봉에 나서서 여러 번 큰 공을 세운바 다른 장수들에 비해 뛰어난 인물입니다.

어영담이 비록 현직에서 파직되었으나 수군의 조방장으로 임명하여 끝까지 왜적을 토벌하는 일에 참여시켜서 큰일을 성취하도록 하는 것이 어떻겠습니까.'

이순신은 또 다른 장계를 쓰려다가 잠시 멈추었다. 이경복이 대장선으로 올라왔다. 행재소에 장계를 전하기도 하고 이순신의 사적인 심부름을 하는 길눈이 밝은 군관이었다. 지난여름에 정사준이 만든 총 다섯 자루와 함께 '화포를 봉해 올리는 장계'도 이경복이 가지고 올라갔고, 그때 이순신은 경庚의 어미가 한산도 둘포로 내려올 수 있도록 노자도 보냈던 것이다.

경은 이순신이 정읍 현감을 지낼 때 낳은 서자 훈薰의 아명이었다. 경의 어미는 부안에 살고 있으므로 전라도 출신 장수들이 부안떡(부안댁)이라고 불렀다. 경의 어미가 한산도 둘포로 내려와 머문 것은 가을이었다. 그런데 부안댁은 또 아이가 생겼으므로 진중에 오래 머물지 못하고 부안으로 되돌아갔다.

"또 부안을 댕겨올께라우?"

"이번에는 장계만 올리구 오게. 경의 어미는 당분간 오지 못헐 겨."

"먼 일이 생겨분게라우?"

"이 군관은 몰라두 되는 일여."

이순신은 부안댁이 아이를 가졌다는 사실을 이경복에게 말하지 않았다. 이경복 역시 눈치를 챘지만 이순신의 사적인 일에는 신경을 쓰지 않았다. 사내끼리는 이심전심으로 통하는 것이 있었다. 의원청에 있던 청매가 병든 수졸들을 돌보다 학질에 걸려 죽자, 본영의 여종 덕이를 진으로 불러 남게 하였으며, 오죽하면 그동안 잊고 살았던 부안댁을 불렀을까 싶었다. 위장병으로 여태까지 고생해온 데다 냉한 바다에서 반 년 이상이나 머문 동안 풍습風濕이 심해져 사내로서 마음이 허해지고 약해진 까닭일 터였다. 어떤 날은 머리를 감고 빗는 데도 굳이 살냄새가 상큼한 덕이를 부를 때도 있었던 것이다.

아산에 있는 방씨 부인을 진중으로 부르는 것이 가장 좋겠지만 그것은 불가능한 일이었다. 장수 가운데 본부인을 부르는 사람은 아무도 없었다. 작전지역 일선에서 부인을 부르지 않는 것은 장수들 사이에 불문율이나 다름없었다. 이순신은 이경복이 묻지 않았는데도 말했다.

"안사람두 인자 쉰을 바라보는 나이가 됐구먼. 살림허기가 심들 겨. 집안 살림은 물론이구 선영이나 사당까정 돌봐야 허니께 말여."

"큰살림을 허신께 그라시겠지라우."

"기여."

"그라고 발바닥 밑이 저승이나 다름읎는 여그를 어찌케 오시겄습니까요."

"위험허기두 허지만 워쩔 수 읎는 일여."

"장계는 다 쓰셨는게라우."

"오늘 중으루 쓸 턴께 내일 탐후선 편에 가지구 나가믄 될겨."

"알겄습니다요."

이순신은 이경복이 대장선을 내려가자 다시 장계를 쓰기 시작했다. 새로 건조한 판옥선에 장착할 지자, 현자총통을 만들려면 철이 필요한데 승려들이 집집마다 돌아다니며 쇠붙이를 탁발하는 것도 한계가 있으니 공문을 내려보내달라고 요청했다. 즉 철물을 바치는 정도에 따라 벼슬을 주고, 신역을 면해주고, 천한 신분을 면해준다는 공문이 필요하다고 품의했다. 또 다른 장계에서는 화약을 제조하는데 염초는 많이 있으니 광산에서 캔 석유황을 보내달라고 썼다.

뿐만 아니라 선산 부사로 있다가 병이 들어 고향에 내려간 정경달을 종사관으로 임명해달라는 장계도 작성했다. 삼도수군통제사가 됐는데도 문서 작성과 장계를 쓰는 등의 공무에 너무 시간을 빼앗기고 있기 때문이었다. 장흥 태생으로 회천에 살고 있는 정경달은 이순신이 일찌감치 점지해둔 인물이었다. 이순신이 임란 전해에 전라 좌수사로 임명받아 여수로 가는 도중 보성 관아에서 정경달과 강진 태생인 황대중을 만났는데, 두 사람 다 범

상치 않았으므로 이순신의 뇌리에 남아 있었던 것이다.

또한 돌산도 같은 둔전을 피난민들에게 나눠주어 소출의 절반을 본영에 바치게 하고, 흥양현의 도양 목장 말들은 절이도로 옮긴 뒤 목장을 돌산도 둔전처럼 운영한다면 군량을 조달하는 데 큰 도움이 될 것이라는 장계도 작성했다. 본영을 방비하는 유방군이 부족한 처지이므로 군이 둔전에 군사를 두어 농사짓게 할 것까지는 없는 데다, 피난민들로서는 농토가 생기니 배고픔은 면할 수 있을 것이라는 건의였다. 그런데 이런 조치들을 전라좌수영 관할 지역이라 하더라도 이순신 마음대로 처리할 수는 없었다. 둔전은 호조에서, 목장은 사복시에서 관할했으므로 해당 수장의 허락을 받아야 했다.

결국 한 달 만에 이순신의 요청은 절반만 이루어졌다. 어영담을 조방장으로, 정경달을 종사관으로 임명해달라는 두 건만 받아들여졌던 것이다. 특히 어영담 건은 영의정 유성룡이 윤두수의 눈치를 봐가며 한 달쯤 기다렸다가 건의하여 선조의 승낙을 얻어냈고, 정경달은 선산 부사직을 그만두고 고향에서 요양 중이었으므로 종사관을 임명하는 데 별다른 반대가 없었다.

선조의 교서를 가지고 내려온 이경복은 어두운 표정으로 이순신에게 보고했다.

"피난민덜이 군사를 대신해서 둔전을 경작허자는 것인디 호조에서 내 일멩키로 나서지 않드그만요."

"도대체 호조 관원덜은 워째서 그런 겨."

"농사를 지을라믄 종자를 확보해야 헌다는 둥 허나 마나 헌 말들을 함시롱, 둔전에서 농사지을 백성덜이 부지런헌지 께으른지 일머리가 있는지 읎는지 모른께, 한 곳을 선정해서 몬자 실행해보고 다른 곳도 허자는 둥 구신 씨나락 까묵는 소리만 허드랑께요."

"목심이 경각에 달렸는디 한가헌 소리만 허구 있구먼."

"백성덜이 굶어 죽든지 말든지 도대체 관심이 읎는 거 같드랑께요. 피난민덜이 둔전에서 농사지으믄 배고픔을 면헐 수 있고, 군사덜은 방비에 전념허면서도 군량이 생겨분께 좋지라우."

"내 생각두 그려. 돌산 둔전은 피난민덜에게 빌려주어 농사짓게 허구, 도양 목장은 농토가 될 때까정 유방군덜에게 맽겼다가 낸중에 돌산 둔전맹키루 운영허믄 될 겨."

"한시가 급헌 일이랑께요. 아이고, 우리덜 전라도만 빼놓고는 생지옥이 따로 읎드랑께요."

"사실대루 얘기혀봐."

"질에 죽은 사람덜이 널려 있는디 한양이 가장 심허구, 경기도 충청도 경상도 질에도 시신을 셀 수 읎었지라우."

"소문이 사실이구먼."

"겡상도에서 들은 야근디 끔찍허그만이라우. 시체를 질에 끌어다 놓으믄 묵을 것이 읎은께 시체 살을 베 간다고 허드랑께요."

이경복의 말은 과장이 아니었다. 이경복은 한양에서 내려오는 동안 자신이 본 대로 이야기하고 있었다. 굶어 죽은 피난민에다 겨울철로 들어서 얼어 죽은 동사자까지 시신의 숫자를 헤아릴 수가 없었다. 한양 개천가에는 시체가 언덕을 이루고 있었다. 마을의 빈집과 으슥한 곳에는 어김없이 시체들이 버려져 있었다. 사람을 잡아먹은 자가 병조에 끌려가 목이 베였다는 소문도 돌았다.

"백성덜이 죽어가는디 구제소라는 것두 읎다는 말여?"

"한양에 다섯 군데가 있는디 말이 죽이제 숭늉 같드그만요. 사람덜헌티 물어본께 하루에 다섯 군데 구제소로 열다섯 섬이 나온다는디 고것까정 중간에서 서리庶吏덜이 착복헌다고 허니 기가 멕힙니다요."

"감독은 읎는 겨?"

"한성부 관리덜이 감독허는 시늉만 내고 있었지라우."

"관리덜이 모른 체허구 있다는 말인 겨?"

"예, 통제사 나리."

한성부에서 날마다 식량 열다섯 섬을 다섯 군데 구제소에 배급하는 것은 사실이었다. 그러나 죽을 끓이는 서리들이 규정을 어겼다. 한 사람당 세 홉씩 돌아가게 죽을 끓여야 하는데 그렇지 않았다. 중간에서 서리들이 덜어내고 빼돌려서 한 사람분의 세 홉은 한 홉으로 줄어들기 일쑤였다. 감독 나온 관원들의 눈을 피해 솥단지에 물을 잔뜩 부어 속였다. 게다가 눈비가 내리면 희멀건 죽마저도 날씨를 핑계 대고 끓이지 않았다.

물이 흥건한 죽은 밥풀이 듬성듬성 떠 있는 숭늉이나 다름없었다. 며칠 동안 굶주렸던 피난민들은 멀건 죽을 먹기는 하지만 차츰 피골이 상접한 귀신 몰골이 되었다가 이내 쓰러져 죽고 말았다. 임금이 호조에서 하루 끼니로 쌀 여섯 되를 받다가 피난민과 천민들이 날마다 죽어가고 있다는 보고를 받고는 석 되로 줄였다고 하지만 백성들에게 비웃음만 살 뿐이었다.

"사람덜이 말하기를 '열다섯 섬 식량으로 한 사람당 세 홉씩 돌아가게 나눠준다믄 칠천 명을 멕일 수 있다'고 헙니다요. 구제소에서 죽을 끓이지 말고 그냥 쌀을 세 홉씩 나눠준다믄 서리덜이 훔쳐 묵는 폐단도 읎어지고 굶주린 사람덜 목심도 고만치 살릴 거라고 헙니다요."

"이 모든 비극은 왜놈덜로부텀 비롯된 겨."

"참말로 눈 뜨고는 못 보겄드랑께요."

"그려. 숭년두 숭년이지만 왜적이 침략혀서 우리나라가 생지옥이 돼버린 겨."

"시신을 치우지 않고 있은께 날씨가 따땃해져도 걱정이그만요."

"병조에서 군사를 동원하든, 중덜을 모집허든 시신을 빨리 도성 십 리 밖으로 실어내 양지 바른 땅에 묻구 한 그릇 밥과 한 잔 술루 지사라두 지내줘야 혀."

"봄이 되믄 시체가 물렁물렁해지고 틀림읎이 전염병이 돌 것입니다요."

"산 사람은 산 사람대루, 죽은 사람은 죽은 사람대루 걱정이구면."

28

아사자와 동사자는 해가 바뀌어서도 여전했다. 그런데도 선조는 물론이고 조정의 대신들 가운데 아무도 자신들의 무능을 통감하고 물러나는 이가 없었다. 벼슬자리에 연연하여 선조의 눈치만 볼 뿐이었다. 사헌부가 뒤늦게나마 겨우 목소리를 냈다.

'기근이 극도에 달하여 심지어 사람 고기까지 먹으면서도 태연해하고 괴이한 줄을 모르고 있습니다. 살을 베어 먹을 뿐만 아니라 길에 널린 시체에 살이 온전하게 붙어 있는 것이 하나도 없으며, 간혹 산 사람을 죽이고 내장과 뇌수까지 모두 먹어버리는 경우도 있습니다.

옛날에 이른바 사람끼리 서로 잡아먹었다고 한 것도 이렇게까지 심하지는 않았을 것입니다. 보고 듣기만 해도 너무나 참혹합니다. 도성 안에서 이와 같이 놀라운 변고가 있는데도 형조에서는 굶주린 백성들이 무뢰한으로 변하여 한 짓이라는 핑계를 대고 전혀 붙잡아 금지하지 않으며, 현장에서 체포된 사람들도 엄하게 다스리지 않고 있습니다. 당상관과 당하관들의 과오를 모두 추궁하는 동시에 포도대장을 시켜서 죄인을 붙잡아 엄하게 처단하라고 지시하시기 바랍니다.'

며칠 뒤, 유성룡도 사헌부의 건의에 힘을 보탰다.

'근래에 기근이 너무 혹심하여 경창릉 근처에서는 지나가는 사람을 잡아먹은 일도 있사옵니다. 그 곁에 있는 둔전관은 무서움을 금할 수 없어서 목책을 치고 산다고 하옵니다.'

이순신은 이경복과 저녁까지 이런저런 걱정을 하면서 하루를 보냈다. 초저녁에는 제만춘이 대장선으로 올라와 합석했다. 원래는 경상 우수사의 부하였지만 지금은 이순신의 지휘를 받는 군관이었다. 고성 태생인 제만춘은 무과 급제자로 왜군 포로가 되어 히데요시가 있는 나고야까지 갔다가 거의 일 년 만에 도망쳐 돌아왔으므로 누구보다도 왜국 소식과 왜군 동향에 밝았다.

지난가을에 이순신은 제만춘이 보고 들은 대로 히데요시의 나이와 근황, 왜군의 정보를 조정에 알렸는데, 진주성이 무너진 뒤 진주 목사 서예원과 판관 성수경, 병사 최경회 등의 머리가 히데요시에게 보내졌다는 사실까지 조정에 보고했던 것이다.

"무신 일인 겨?"

"통제사 나리, 화가 나서 왔십니다. 영남은 모든 것이 거덜난 땅입니다. 사람덜은 초근목피로 연명하고 있십니다."

"그래서 겡상도 피난민덜을 돌산 둔전에 들어가 살게 하구 있는 겨."

"호조에서 영남에다 굶주리는 사람들이 묵는 북나무, 느릅나무 껍데기를 바치라고 독촉하고 있다캅니다. 겨우 살아남은 영남 사람덜에게 어찌 그럴 수 있십니꺼."

"나두 유감이 많네."

이경복도 이순신의 말에 동조했다.

"둔전을 많이 맹글어서 백성덜이 들어가 살게 허는 것이 급헌디 참말로 큰일이그만요."

"호조에서 날짜만 끌구 있는 것이 유감이여. 농사철이 다가오는디 제때에 처리허지 못하구 있으니께 말여."

이순신은 부하들과 불만을 더 터뜨리고 싶었지만 참았다. 조정 대신들이 답답하고 한심했지만 그들을 탓하고 있기보다는 발등의 불부터 꺼야 했다. 한산도 삼십 리 밖에는 왜적이 웅크리고 있었다. 언제 전투가 벌어질지 몰랐다. 이순신의 머릿속에는 바닷길을 막아 왜적을 소탕하고 섬멸할 생각밖에는 없었다.

금토패문

선조는 이순신에게 왜군을 공격하라는 유서를 내려보냈다. 반면에 명나라 총병 유정은 적을 토벌하지 말라는 이른바 금토패문禁討牌文을 이순신에게 보냈다. 그러나 이순신은 결코 명나라 장수들의 지시를 따르지 않았다. 오직 삼도수군통제사로서 왜군의 적정을 파악해 전술적으로 판단할 뿐이었다. 3월 3일 초저녁에 출진하여 7일 밤 이경쯤 귀진歸陣할 때까지의 진해와 당항포해전도 금토패문과 상관없이 척후장 제한국의 상세한 급보를 받고 난 후 작전에 돌입했던 것이다.

이번 진해와 당항포해전도 이순신 함대의 완벽한 승리였다. 3월 4일 꼭두새벽에 진해 선창에서 왜선 열 척을, 5일 새벽 당항포구에서 왜선 스물한 척을 부수고 불태웠기 때문이었다. 그런데 6일에 또 명나라 황제의 명을 전하는 선유도사宣論都司 담종인이 이순신에게 금토패문을 보내왔다. 남해 현령 기효근이 담종인의 금토패문을 수령하여 공문으로 진중에 급히 전해왔던 것이다. 담종인은 작년 11월부터 웅천에 내려와 심유경을 채근하며 고니시와 협상하고 있는 도사였다.

이순신은 금토패문의 압박 속에서도 선조에게 승첩 장계를 쓸 수 있다는 것이 무엇보다 흐뭇했다. 왜군이 싸움을 회피하므로 싱겁게 끝낸 해전이었지만 그래도 삼 일 밤낮으로 작전하여 서른한 척의 왜선을 분멸시킨 것은 큰 전과였다. 명나라 장수들이 잇따라 보내오는 금토패문이 마음에 걸렸지만 해전의 결과는 좋았던 것이다. 이순신은 송희립에게 이억기와 원균을 불러오도록 지시했다.

"수사덜을 불러오게."

"시방 이경인디 고단허신께 오늘밤은 쉬시고 낼 아척에 부르시믄 으쩌겠습니까요?"

"담 도사가 보내온 패문이 찜찜해서 그런 겨."

"명나라 사람덜 간섭이 심허그만요. 휴전허고 잡아서 안달이 났그만이라우."

"그래두 우덜을 도우러 온 명군이라 눈치를 안 볼 수 읎다니께."

"이번에 담 도사를 본께 명허고 왜적 장수덜이 서로 왔다 갔다 허는 모냥입니다요."

"그려, 담 도사나 심유경은 웅천에 있는 행장을 만나는 거 같구, 유정 대인은 울산에 있는 청정(가토)까정 상대허구 있는 거 같어."

이순신도 이미 전라 병사 선거이의 군관을 통해 왜군의 적정은 어느 정도 알고 있었다. 이여송 제독이 본국으로 돌아간 뒤 남원에 머물게 된 유정은 서신을 통해서 가토와 고니시를, 심유경은 고니시를 직접 상대하고 있었다. 이는 히데요시에게 충성 경쟁을 벌이는 가토와 고니시의 처지를 이용한 양면작전이기도 했다. 가토와 고니시는 철수 조건으로 명에게 한강 이남의 할양割讓을 요구하는 히데요시의 요구를 관철시키기 위해 서로 경쟁했다. 그러나 조명연합군의 위세에 경상도로 후퇴한 왜장들의 생각은 망상에 불과했고, 조선의 입장에서도 결코 용납할 수 없는 철수 조건이었다.

원균이 오만상을 찌푸리며 대장선으로 왔다. 뒤따라온 이억기는 술안주를 들고 있었다. 모처럼 전과를 올렸으니 술 한잔이 간절했던 것이다. 실제로 한산도로 진을 옮긴 이후 반년 만에 겨우 싸움다운 해전을 한 셈이었다.

"통제사 나리, 좋아하시는 노루 육포를 가져왔습니다."

"이 공, 고맙소. 그런디 원 공은 워디 불편허슈?"

"오랜만에 삼 일 밤낮으로 장졸들을 다그쳤더니 피곤하오."

"모다 고상덜 혔구먼유."

"통제사 나리께서는 무슨 일로 부르셨소이까?"

이순신이 삼도수군통제사가 된 이후로 이억기의 말투는 더욱 깍듯했다. 이제는 같은 수사급이 아니기 때문이었다.

"웅천에 있는 명나라 선유도사가 금토패문을 보내왔슈."

원균이 선유도사에 대해 짜증을 냈다.

"명 도사는 우리 수군더러 싸우지 말라 하고 임금께서는 왜적을 토벌하라고 하시니 어쩌란 말이오?"

"패문은 언제 받으셨습니까?"

"남해 현령이 어제 흥도 앞바다에서 수령해 가지구 왔슈. 명나라 사람과 왜적들이 남해 현령을 부른 모냥이유."

"다행입니다."

이억기가 안도했다. 그러자 원균이 투덜거렸다.

"이 공, 패문이 또 왔는데도 다행이라니 이해가 되지 않소."

"우리 수군이 왜선을 크게 분멸하지 않았습니까? 그런 뒤에 패문을 받았으니 그나마 다행이라는 것입니다."

밤하늘에는 반달이 떠 있었다. 달빛이 검푸른 파도를 타고 출렁거리다가 사라졌다. 금토패문은 이순신에게 목에 걸린 생선 가시 같았다.

"기 현령이 패문을 가지구 온 명나라 사람에게 물어보니께 왜장이 담 도사에게 애걸복걸혀서 맹글어 왔다구 허는구먼유."

"그랬을 것입니다. 담 도사 이름을 빌려서라도 우리 수군의 공격을 막고자 했을 것입니다."

이순신은 문득 담종인이 직접 패문을 썼다기보다는 왜장이 작성한 뒤 그의 이름을 빌려 보낸 것인지도 모른다는 생각이 들었다. 왜선에 명나라 사람 두 명과 왜군 여덟 명이 타고 있다가 기효근에게 금토패문을 전했다는 사실로 보아 그런 의심이 들지 않을 수 없었다. 유정의 금토패문은 그의 부하가 진중으로 가져왔지 왜군이 동행하지 않았던 것이다.

"왜적은 교활하구 말여, 속이기를 잘헌다니께. 온갖 간교헌 꾀를 다 내어 지덜찌리 이 패문을 맹글어 담 도사 명의루다가 명나라 사람 편에 보내도록 애걸복걸했을 수 있단 말이여."

"그래도 담 도사 명의의 패문이니 회답은 보내야 할 것입니다."

"내 생각두 그렇소."

이순신은 이억기의 말에 동감했다. 해전에서 이미 전과를 올렸으니 명나라 선유도사의 비위를 건드릴 필요는 없었다. 담종인은 자신의 지시가 묵살됐다고 여긴다면 조정을 향해 화풀이할지도 몰랐다.

"패문의 회답에는 짐짓 왜적을 치지 않을 거맹키루 허구, 기회를 봐서 다시 치믄 되지 않겠슈?"

"통제사 나리, 제 생각도 그렇습니다."

이순신은 비로소 두 수사를 부른 이유를 말했다.

"담 도사의 패문을 수령혔으니께 내가 답서를 쓰겠슈. 두 수사께서두 연명혀야 허니께 낼 아침에 다시 오슈."

원균이 빨리 돌아가고자 했으므로 술자리는 생략했다. 이억기가 아쉬워했지만 이순신도 금토패문에 대한 답서를 쓰기 위해 그들을 보냈다. 이순신은 대장선 수졸에게 먹을 갈게 했다.

답서는 사실을 바탕으로 하되 담종인에게 호소하는 투로 쓰기로 했다. 이순신은 왜군이 침략하여 원수가 됐다는 사실을 쓰고 난 뒤 최근에 왜선 삼십여 척이 고성, 진해 지역에서 저지른 노략질을 지적했다. 이에 조선의 장수들은 왜선 이백 척이 있는 거제도로 들어가 모두 섬멸해버리고자 했으나 선유도사의 금토패문이 진중에 도착하여 재삼 읽어보고 있다는 식으로 썼다.

　그러나 이순신은 답서에 담종인 도사가 잘못 알고 있는 부분을 바로잡았다. 즉 '왜장들이 마음을 돌려서 귀화하지 않는 자 없으며 모두들 무기를 거두어 제 나라로 돌아가고 싶어 하니, 너희 모든 병선들은 속히 각자의 고장으로 돌아감으로써 왜 진영 지척에서 트집을 잡히지 말도록 하라'라는 담 도사의 지시를 반박했다. 붓을 든 이순신은 실소를 금치 못했다. 왜장이 귀화하고 왜군이 바다 건너 자기 나라로 돌아가고 싶어 한다는 말은 왜의 속임수일 뿐이었다. 침략한 지 삼 년이 지났지만 포악한 행동을 그치기는커녕 섬과 바닷가에 진을 치고 멧돼지처럼 쳐들어와서 사람을 죽이고 재물을 약탈하고 있기 때문이었다. 또한 거제, 웅천, 김해, 동래 등은 모두 우리 땅인데도 왜 진영에 가까이 가지 말라고 하니 어이가 없었다. 각자의 고장으로 돌아가라는 말도 이치에 맞지 않았다. 지금 왜가 진을 치고 있는 곳은 조선 수군이 살았던 고장인 것이다. 이순신은 답서 끝에 공자의 말을 빌려 담 도사에게 부탁했다. 공자가 '하늘의 뜻을 따르는 자는 흥하고 하늘의 뜻을 거스르는 자는 망한다[順天者興 逆天者亡]'고 했던 것이다.

　'대인께서는 저의 뜻을 살피시어 왜적들에게 하늘의 뜻을 거스르는 것과 하늘의 뜻에 따르는 것의 도리가 무엇인지를 알게 타이르신다면 천만다행이겠습니다.'

　이순신은 담종인에게 먼저 답서를 보낸 뒤에야 금토패문에 대한 처리 결과를 보고하는 장계를 썼다. 그래야만 명나라 장수들의 항의가 있다고 하더라도 조정에서 대비할 수 있을 것이기 때문이었다. 그런데 원균은 참지 못했다. 이순신보다 빨리 승첩 장계를 써 보냈다. 원균은 왜선 서른한 척을 자기 혼자서 분멸시켰다고 허위 장계를 올렸다.

이순신은 이틀 동안 내내 여러 통의 장계를 썼다. 전공을 독차지하려는 원균과 달리 승첩 장계는 서두르지 않았다. 군량미를 걱정하는 장계, 장수에게 상 주기를 청하는 장계, 특히 순천 교생 성응지와 승장 수인守仁과 의능이 각각 삼백 명의 군사를 모병해 참전하고 있으므로 상 주어야 한다는 장계 등등을 작성했다.

마지막으로 이순신은 장수들을 불러 일일이 전공을 거듭 확인한 뒤 당항포해전의 승첩 장계를 쓰기 시작했다. 전라좌우도는 물론 경상우도 장졸들의 전공까지 공평무사하게 다뤘다. 두 달 전부터 이질에 걸려 숨을 헐떡거리는 늙은 어영담을 만나 이야기할 때는 눈물이 났다.

"인자 싸움에 나가지 말으야 헌다니께유."

"통제사 나리께서 언젠가 싸우다 죽는 것이 장수의 도리라꼬 하지 않았는교?"

"몸이 성해야 싸울 수 있으니께 그래유."

"이래 뵈도 가심은 아직 청춘입니데이. 허허허."

어영담은 애써 웃었지만 병든 기색까지는 숨기지 못했다. 입에서 빠져나가는 숨소리가 거칠었다. 이순신은 병이 깊어진 그에게 한두 마디만 물었다.

"조방장께서 분멸헌 적선이 세 척이지유?"

"아닙니데이. 큰 배 두 척입니더."

"얼릉 돌아가 푹 쉬어야 허겄구먼유."

왜 대선 두 척을 분멸했다면 장수들 중에서 가장 큰 전공이었다. 원균도 중선 두 척을 불태웠으니 어영담에 미치지 못했다. 이순신은 장수들의 공적란에 어영담을 맨 앞에 내세웠다. 공적란에는 경상 우수영 장수들의 전공도 조사해 빠짐없이 기록했다. 고성 현령 조응도, 웅천 현감 이운룡, 하동 현감 성천유, 소비포 권관 이영남, 사량 만호 이여념, 거제 현령 안위, 진해 현감 정항 등의 전공을 정확하게 밝혔다.

며칠 뒤, 어영담은 결국 죽고 말았다. 한두 달 더 살 줄 알았는데 갑자기 숨을 거두어 스스로 택한 것이 아닐까 하고 의심이 들 정도였다. 이순신이 황망한 표정으로 송희립에게 말했다.

"통탄함을 워찌 말루 다 허겄는감."

"별이 떨어져뻔진 거 같습니다요."

"별두 큰 별이여."

"천수를 누리지 못하고 전염병으로 돌아가신 것이 원통합니다요."

"나두 그려. 그래두 다행이라믄 어 현감이 원허는 대루 진중에서 숨을 거둔 거여."

삼도 수군이 한 진에 장기간 모인 탓에 폐단도 속출했다. 그중에 하나가 이질이나 학질 등의 전염병이었다. 전염병이 돌면 사망자가 순식간에 많아졌다. 약품도 빈약할 뿐만 아니라 치료하는 의원도 부족했다. 이순신은 송희립이 놓고 간 무과별시 급제자 백 명의 명단을 건성으로 보았다.

그런 뒤에야 이순신은 어영담의 혼령을 위로하는 제문을 지었다. 전시 중이므로 어영담의 고향으로 직접 조문을 가지는 못하지만 의승장 의능을 보내 대신 조의를 표할 생각이었다. 이순신은 감정이 격해져 제문을 짓다가 말고 붓을 놓았다. 갑자기 흐르는 눈물이 짓다 만 제문에 떨어졌다. 이순신은 이를 악물었다. 장대에 홀로 있었지만 장수가 소리 내어 통곡할 수도 없었다. 그러자 숨이 막히고 가슴이 찢어지는 듯했다. 이순신은 기어이 흐느꼈다. 전공을 세우고도 보상받지 못한 채 병들어 죽은 어영담이 가련하여 견딜 수 없었기 때문이었다.

보름쯤 후 선조가 절충장군 어영담에게 방답 첨사를 제수했으나 그것은 그가 죽고 난 뒤의 일이었다. 친구 같은 어영담을 잃고 난 이순신은 시름시름 앓았다. 신뢰하는 장수 하나를 잃은 상실감이 그만큼 컸던 것이다. 어느 날은 통증이 심해져 인사불성 상태가 되기도 했다.

왜장 고니시는 진해와 당항포에서 전선 서른한 척을 잃은 뒤 유정에게 항의 편지를 보냈다. 조선 수군의 공격은 강화 협상 위반이라는 항의였다. 총병 유정은 떨떠름한 얼굴로 담종인 도사가 금토패문을 이순신에게 보냈는데도 조선 수군이 또 공격했다며 접반사로 온 김찬에게 고니시의 항의 편지를 보여주었다. 김

찬은 즉시 고니시의 편지를 그대로 베껴서 조정에 보고했다. 왜장 고니시의 편지는 다음과 같았다. 조선 장수에게 지시하여 또다시 공격하지 않도록 엄히 조치해달라는 내용이었다.

'선봉장 풍신행장豊臣行長은 유 대인의 휘하에 삼가 회답의 글을 올립니다. 왜선이 표류하더라도 전라도로 가지 말라는 지시를 삼가 들었습니다.

이삼 일 전부터 조선인들이 전선을 출동시켜 땔나무를 하러 다니는 우리 측 여러 병영의 배를 빼앗고 있습니다. 무엇 때문에 이유 없이 사단을 일으키는 것입니까. 대인께서 알지 못했다면 조선에 엄히 지시하여 금지시켜야 합니다. 만일 또다시 조선인들이 전선을 출동시킨다면 우리 여러 장수들도 틀림없이 군사를 출동시키려 할 것입니다. 휘하의 사절이 이 일을 잘 알고 있을 터인즉 물어보시기 바랍니다. 담 대인도 이 일에 대하여 말할 것이기 때문에 자세히 더 말하지는 않겠습니다.'

유정과 왜장들 간에 편지가 오간다는 말을 들은 이순신은 애써 관심을 갖지 않았다. 그들은 이미 싸울 생각이 없는 장수들이었던 것이다. 고니시는 싸움을 중지하되 협상에서 유리한 조건을 얻어내려 했고, 유정은 자국으로 돌아갈 생각만 하고 있을 뿐이었다. 명 장수들은 명군을 철수하는 것이 오히려 조선을 위하는 일이라고 설득하기까지 했다. 유정 휘하의 군사를 철수한다면 오천 명의 군량이 절약되니 조선의 군사 이만 명의 목숨을 살릴 수 있으므로 이야말로 조선을 구제하는 일이라고 강변했다. 이러한 설득이 전혀 통하지 않자 경략 고양겸이 참장 호택을 시켜 공문을 보내왔다. 명과 왜 간의 강화 협상을 방해하지 말라고 강요하는 공문이었다.

'왜적들이 조선에 이유 없이 쳐들어온 뒤, 세 수도를 함락하고 조선의 땅과 백성을 십 분지 팔, 구나 차지하였고, 조선의 왕자들과 신하들을 붙잡아 갔으므로 황제께서는 크게 노하시어 군사를 일으켰다.

한 번 싸워서 평양의 왜적을 쳐부수고, 두 번 싸워서 개성을 탈환하자 왜적들은 마침내 한양에서 도망치더니 왕자들과 신하들을 돌려보냈다. 조선의 이천 리 땅을 회복하는 동안 우리 대궐 창고의 금이 적지 않게 나갔고, 지원 나간 군사와 말도 적지 않게 죽은바, 조정에서 속국을 대하는 은정과 의리가 여기에서 그친다 하더라도 작은 나라에 대한 폐하의 은덕은 역시 과분한 것이리라.

이제는 군량도 다시 모아 실을 수 없고, 군사도 다시는 동원할 수 없게 되었다. 왜적들도 대국의 위력에 겁을 먹고 항복하겠다고 청하는 한편, 왜왕을 책봉해주고 조공을 바치게 해달라고 빌고 있다. 대국에서 왜왕을 책봉해주고 조공을 바치게 허락하여 그를 바깥의 신하로 삼음으로써 왜적들을 모두 몰아내어 바다를 건너가게 하고, 다시는 조선을 침범하지 않게 하여 싸움을 아주 포기하게 함은 조선을 위하는 또 하나의 원대한 계책이 아니겠는가.

지금 조선에서는 식량이 떨어져 백성들이 서로 잡아먹고 있는 형편인데, 또 무엇을 믿고 군사를 청하는가? 우리가 더 이상 조선에 군사와 군량을 주지 않으면서 왜왕을 책봉해주고 조공을 바치게 해달라는 왜적들의 간청까지 거절한다면, 왜적들은 반드시 조선에 화를 낼 것이며, 결국 조선은 틀림없이 망하게 될 것이니, 어찌 미리 스스로 손을 쓰지 않을 수 있으리오.

조선에서도 대국에 왜왕을 책봉해주고 조공도 바치게 해달라고 요청하여 대국의 허락을 받아낸다면 왜적들은 틀림없이 감격할 것이고, 조선을 고맙게 여겨 반드시 싸움을 멈추고 떠나가지 않겠는가.

왜적들이 간 다음에 조선의 임금과 신하들이 애를 쓰고 와신상담하면서 월나라의 임금이 하던 것처럼 원수를 갚고자 한다면 하늘도 호의를 보내게 될 것이다. 왜적들에게 복수할 날이 어찌 없을 것이라 하겠는가.'

명나라가 왜국과 강화 협상에 매달리는 까닭은 그만한 속사정이 있기 때문이었다. 대륙에 흉년이 들어 더 이상 군량미를 보내줄 형편이 못 되었던 것이다. 특히 산동, 하남, 양자강 이북은 황제의 은총이 전혀 미치지 못했다. 길거리마다 굶어 죽은 유랑민들이 즐비했고 산적들은 사람을 잡아먹기까지 했다. 마을마다 장정들이 사라진 탓에 군사도 더 이상 동원할 수 없는 처지가 돼버렸다.

정탐 1

의승장 유정은 지난 4월에 이어 또다시 왜장 가토의 진중으로 들어가기 위해 도원수 권율을 찾았다. 권율은 합천 원수부에서 삼도의 육군과 수군을 지휘하고 있었던 것이다. 적의 진중을 드나드는 것은 반드시 도원수의 지시를 받아야 했다. 물론 둔진을 성주에서 남원으로 옮긴 명군 총병 유정도 미리 만나 신고를 했다. 총병은 의승장 유정에게 자신에게 보내온 가토의 답서에 서명과 도장이 없다며 그 허물을 지적하라고 명했다. 서명이 없는 답서란 왜장 중에 누군가가 농간을 부렸을 수도 있기 때문이었다.

궂은비가 새벽부터 줄기차게 내렸다. 수량이 불어난 계곡물 소리가 크고 거칠게 들려왔다. 계곡물은 원수부 둔진 옆구리를 지나 낙동강으로 흘러갔다. 계곡물을 건너야 하는 의승장 유정은 비가 멈추기만 기다렸다. 권율이 원수부 진을 떠나지 못하고 있는 의승장 유정에게 말했다.

"울산 군수 등이 지난번에 만난 청정을 궁금해하니 군사기밀은 빼고 이야기해주면 어떻겠소?"

"소승이 지난번에 보고드린 대로 도원수 어른께서 장계를 올리지 않았십니꺼? 그런데 소승이 또 이야기해도 괴안찮겠십니꺼?"

"원수부에 모인 수장들은 모두 왜적과 언제 싸울지 모르는 장수들이오. 그러니 적장이 무슨 생각을 하고 있는지 알아야 되는 것이오."

"그렇다믄 도원수 어른께서 말씀하시는 것이 좋겠십니다만."

사명당 유정은 지난 4월에 적진으로 들어가 왜장 가토를 만났던 사실을 여러 사람 앞에서 발설하는 것이 부담스러웠다. 만일 가토가 알게 된다면 다시는 만나주지 않을 것이기 때문이었다. 그러나 권율의 생각은 달랐다. 고을 수장들과 적정을 공유하는 것이 옳다고 판단했다.

권율은 자신이 말하기보다는 적진으로 들어가 왜장과 필담을 주고받은 유정이 직접 이야기하기를 원했다.

"나에게 보고한 군사기밀까지도 괜찮을 것 같소. 청정을 만난 일을 어서 말해보시오."

"그렇다믄 말씸드리겠십니더."

권율이 말한 군사기밀이란 히데요시에게 충성 경쟁을 하는 왜장 고니시와 가토의 생각이나 태도를 두고 한 말이었다. 사명당 유정의 임무는 적진으로 들어가 정탐하는 일이었다. 장대비가 성문 누각의 기왓장을 두들겼다. 비가 멈추면 원수부를 떠나려고 했지만 굵어진 빗줄기는 유정의 발걸음을 새벽부터 붙잡았다. 성문 누각 가장자리에 앉은 군관들은 비가 들이치는데도 꼼짝을 않고 있었다. 성문 누각 안으로 달려드는 빗줄기에 군관들의 전복 자락이 젖었다.

지난 4월 적진에 갈 때 앞장서 향도를 했던 경상 좌병사 군관 이겸수가 유정을 바라보며 짙은 눈썹을 움직였다. 유정이 가토를 만날 때마다 무관으로 동석했던 그였다. 유정은 이겸수와 이심전심으로 통했다. 이윽고 유정은 입을 열었다. 유정의 기억력은 놀라웠다. 바로 어제 벌어졌던 사건인 듯 생생하고 소상하게 이야기하기 시작했다.

"지난 4월 12일이었소……."

유정은 서생포 왜성에 들어갔던 일행부터 밝혔다. 경상 좌병사 군관 이겸수, 도원수 군관 신의인, 수문장 출신인 양동해, 통사通詞 출신인 김언복, 의승장 유정을 호위하는 승려 열댓 명이 미리 적진에 선통先通을 하고 나섰던 것이다. 선통이란 적진에 미리 알리는 것을 뜻했다. 편지는 이겸수가 써 보냈는데 그 내용은 다음과 같았다.

'조선 사인士人 이겸수가 알립니다. 조선 사신인 대선사 북해北海 송운松雲이 도독부의 영으로부터 와서 귀진의 큰 상관에게 화합할 일을 의논코자 하니 하인 몇 사람을 보내어 가는 길에 근심이 없도록 하면 다행이겠습니다.'

송운은 유정의 호였다. 또한, 편지는 대선사 유정이 개인 자격이 아니라 조선의 사신임을 밝히고 있었다. 유정은 이십 명의 일행을 이끌고 울산 전탄천에서 하룻밤을 잤다.

다음 날, 잡풀들이 웃자란 소등천 천변에 이르러 타고 온 말에게 풀을 먹였다. 그때 왜군에게 잡혀갔다가 서생포 왜성 안에서 밥장사를 하던 박주즐 등 일곱 명이 나타났다. 박주즐이 고개를 숙이고서 다가와 말했다.

"저희는 밥장수를 하며 연명하고 있십니데이."

이겸수가 근엄하게 물었다.

"메칠 전에 정보년이란 자를 시켜 왜장에게 편지를 보냈데이. 그런 사실을 들어서 알고 있나?"

"정보년이 어제 도착했십니더."

"정말 아나?"

"밥장수를 하니까네 다 압니데이."

"헌데 와 이렇게 조용하노?"

"왜장의 부하가 인마를 거느리고 맞이하러 올라꼬 이미 정했는데 요사이 비가 와서 아직 여기 오지 못한 모양입니더."

"그렇다믄 너거딜 가운데 두 사람이 몬자 성으로 들어가 우리가 왔다꼬 왜장에게 전하그래이."

두 사람이 떠난 뒤 유정 일행도 소등천을 건넜다. 공수곶은 이미 왜적의 땅인 듯했다. 왜군 수천 명이 땔나무를 하는 등 사역을 하고 있었다. 왜군 중 일부는 유정이 가는 길로 나와 칼을 휘두르고 조총 쏘는 흉내를 내는 둥 시위했다. 그래도 유정 일행은 겁내기는커녕 꼿꼿한 자세로 적진을 향해 나아갔다. 서생포 구성舊城이 보일 때쯤에야 가토의 부장 기하치로喜八郞가 안장을 갖춘 말 네 마리와 사십여 명의 조총 부대를 거느리고 와 맞이했다. 유정 일행은 기하치로가 마련한 말로 바꾸어 타고 구성을 지나 왜성 안으로 들어갔다. 성문 안팎에서는 오천여 명의 왜군들이 유정 일행의 입성을 구경했다. 유정과 이겸수 등은 기하치로의 거처로 안내받았다. 기하치로가 잠시 자리를 비우자 명나라 사람 강옥호가 재빨리 다가와 글씨를 써 보였다.

'왜인은 항상 악한 짓을 잘하니 삼가고 가볍게 말하지 마시오.'

명나라 사람이 왜성에 상주하고 있는 것을 보면 명나라 장수들이 왜장 가토와도 물밑 협상을 하고 있음이 분명했다. 유정 일행과 통성명이 끝나고 나자 기하치로가 말했다.

"우리나라에서도 큰일을 의논하려면 고승을 부르는데 귀국 또한 고승을 보내온 까닭은 이 일을 중하게 여기고 있기 때문일 것입니다."

그러면서 기하치로가 이것저것을 확인했다. 명군의 도독부에서 보내왔다고 하니 도독부의 편지를 가지고 왔는지, 조선의 사신이라고 하니 왕자의 편지를 가지고 왔는지 등을 캐물었다. 한때 임해군과 순화군이 포로가 되어 가토의 진중에 머문 적이 있었던 것이다. 이에 유정은 지난번 유정 도독의 편지에 가토가 답신을 보냈는데 서명이 없고 도장이 찍혀 있지 않으니 무슨 까닭인지를 알고 싶어 왔다고 반격했다. 기하치로도 녹록치 않았다. 유정 일행을 통해서 웅천 왜성의 고니시가 어떤 생각을 하고 있는지 집요하게 파악하고자 했다.

"요시라要時羅는 지금 어디에 있습니까?"

유정은 물론 동행한 군관들 모두 요시라가 누구인지 아는 사람은 아무도 없었다. 요시라는 부산의 관원과 장사치들이 부르는 이름이었다. 대마도 태생으로 현재는 고니시의 통역관인 그는 임란 전부터 부산을 드나들며 장사를 하여 조선말에 능한 사람인데 왜인들에게는 가케하시 시치다유로 불렸다.

"우리들은 요시라가 어떤 인물인지 모르고 있소."

"요시라는 심유경과 함께 명나라로 들어간 자입니다. 그대들은 심 유격의 강화조건을 알고 있습니까?"

"소승이 어찌 알겠소."

유정이 모른다고 하자 기하치로가 '관백이 천자의 딸과 혼인한다', '조선 4도를 떼어 준다'는 두 조문을 글로 써 보였다. 그러자 유정도 글로 응수했다.

"이것이 심 유격과 행장 간 강화조건이라면 절대로 이루어질 수가 없소. 그대 대장이 바라는 바도 이와 같소?"

"우리 대장은 행장과 다른 분입니다."

"무엇이 다르다는 것이오?"

"행장처럼 협상을 질질 끌지 않습니다."

초저녁에 유정과 이겸수는 기하치로의 안내를 받아 가토가 머무는 고층 누각인 청廳으로 갔다. 가토 역시 기하치로와 같았다. 오직 고니시와 심유경 간에 강화가 어찌 되어갈 것인지에만 신경을 곤두세우고 있었다. 유정은 가토에게 절대로 그들 간에 강화 협상이 이루어지지 않을 것이라고 말했다. 그러자 가토가 안도하면서 유정을 자신의 방으로 안내했다. 가토가 불자임을 과시하듯 흰 비단 장삼을 두른 두 명의 승려도 나타났다. 가토는 한 승려만 소개했다. 비단 장삼에 황금빛 금란가사를 두른 그는 본묘사本妙寺 주지인 닛신 [日眞]이었다.

고니시에게 스페인 마드리드에서 온 종군 신부 세스페데스가 있다면 가토에게는 종군 승려 닛신이 옆에서 보좌하고 있는 셈이었다. 유정은 가토와 필담을 나누면서 고니시와 심유경 간에 협상하는 강화조건이 다섯 가지나 되며, 가토가 고니시를 드러내놓고 견제하고 있다는 사실을 알았다. 강화조건은 조선을 철저하게 무시하고 있었다.

1. 왜국 관백이 천자의 딸과 혼인할 것.
2. 조선 영토를 왜국에 할양할 것.
3. 전과 같이 교린할 것.
4. 왕자 한 사람을 왜국에 영주토록 할 것.
5. 조선의 대신과 대관을 인질로 보낼 것.

유정 일행은 의논한 끝에 글로써 가토에게 협상이 이루어지지 못할 것이라는 이유를 열거해주었다. 천자의 딸을 수만 리 창파 밖에 보내 결혼시킨다는 것은 성사시키기 어려운 일이고, 사해四海 안은 모두 천자의 땅이므로 조선의 땅 한 조각과 풀 한 포기도 천자의 처분에 달려 있으니 고니시와 심유경의 꾀는 결단코 이루어지지 않을 것이고, 임금과 아비가 서로 원수가 되었으니 전과 같이 교린 화합한다는 것은 이치에 맞지 않는 일이고, 조선의 종묘사직을 도탄에 빠트렸는데 왕자를 낯선 땅에 영주케 한다는 것은 있을 수 없는 일이고, 조선의 대신과 대관을 왜국에 볼모로 보낸다는 조건도 대의에 맞지 않으니 받아들일 수 없는 일이라고 주장했다. 특히 왕자를 영주케 한다는 조건에 유정은 백번 죽음을 달게 받을지언정 그들의 의논을 좇지 않을 것이라고 밝혔다.

가토는 유정 일행의 주장에 가타부타 말하지 않고는 술 네 통을 가져오게 한 뒤 자리를 떴다. 다음 날 가토는 기하치로를 보내 덕담을 전했다.

"우리 대장께서 '내가 함경도에 있을 때 왕자군 장인 황 호군 護軍(황혁)이 매양 말하기를 강원도 금강산에 존귀한 고승이 있다고 하더니 지금에야 와서 나를 맞아주니 다행한 일이오'라고 전하라 했습니다."

가토의 부탁인 듯 기하치로가 두껍고 질긴 종이인 장지壯紙 한 권과 부채 열두 자루를 내보이며 글씨를 써달라고 요청했다. 유정은 즉석에서 부채 위에 글을 써주었다.

의로움을 바르게 하고
이로움을 꾀하지 않는다.
正其義不謀其利

밝음에는 해와 달이 있고

어둠에는 귀신이 있다.

明有日月 暗有鬼神

진실로 내 것이 아니라면
비록 털끝 하나라도 취하지 말라.

非吾之所有 雖一毫莫取

　유정은 기하치로가 부탁한 글씨 말고도 가토의 부하들이 가지고 온 부채에 오전 내내 글을 써주었다. 정오 무렵에야 가토가 있는 누각으로 이겸수와 함께 갔다. 자리에 앉자마자 가토는 또다시 고니시와 심유경의 강화 협상이 잘 될 것인지를 물었다. 유정은 전날에 답한 것을 그대로 되풀이해서 말했다. 가토는 고니시를 제치고 자신이 강화 협상에 임하고자 하는 의중을 강하게 드러냈다. 또한 가토는 필담하는 중에 유정으로부터 명군 도독부와 그 밖의 동태를 알려고 캐물었다.

　"독부가 무슨 이유에서 전라도로 진을 옮겼소?"

　"명군 수십만 명이 전라도 연해 지방의 여러 관서에 머물고 있으므로 군사를 쉽게 징발코자 남원으로 옮긴 것이오. 또한 남원은 도로의 중앙이 되는지라 전라 경상 양도의 군사를 함께 통솔코자 함이오."

　"독부의 나이는 몇 살이오?"

　"삼십삼 세라고 하오."

　"평안 함경 충청 경기 4도는 명나라의 어느 장수가 군사를 거느리고 있소?"

"송 경략과 이 제독은 이미 군사를 돌이켰고 고 시랑顧侍郎(고양겸)이 삼십여 만 명을 통솔하고 평양에 도착하여 4도의 군사를 함께 거느리고 있소."

임해군과 순화군으로부터 편지가 오지 않는 것도 섭섭해했다.

"왕자군을 잡은 사람도 나고 놓아준 사람도 나인데 한번도 편지를 보내지 않음은 크게 무신無信함이 아니겠소?"

"어찌하여 무신하다 하겠소? 왕자군이 명나라에 갔으니 조만간 돌아오게 되면 답서를 보낼 것이오."

이겸수가 글로써 둘러댔다. 유정은 그 순간을 놓치지 않고 가토가 원하는 바를 일필휘지로 써서 보여주었다.

"그대가 독부의 마음을 알고자 하면서도 그대의 마음을 털어놓지 않으니 소승이 돌아가 독부에게 무슨 말을 하겠소? 바라건대 대장께서 마음속에 생각하는 바를 말한다면 그대로 독부에게 보고하겠소."

"내 마음은 심, 장과 다르오. 독부와 내가 대사를 통해서 협상하면 하루아침에 처리할 일이오. 무엇 때문에 심과 장처럼 오래 끌겠소?"

가토는 떠나려는 유정에게 신물信物로 백지 열 권과 부채 열 자루를 또 주었다. 가토의 예우가 느껴지는 신물이었다.

"멀리 남의 나라에 있어 별로 보물 될 만한 것이 없으니 박한 것이라고 탓하지 마시오. 성의를 표할 따름이오."

유정 일행이 적진으로 들어가 가토를 만난 것은 대성공이었다. 원하던 정탐이 이루어졌기 때문이었다. 가토는 강화 협상에서 조건을 양보하기보다는 고니시를 제치고 주도권을 잡아 성사시키려고 조급해하고 있었던 것이다.

유정은 서생포 왜성을 나와 곧바로 합천 원수부로 가 권율에게 보고했다. 그런 뒤 다시 남원에 있는 명군 도독부를 찾아갔다. 이여송이 철수한 뒤부터 도독부를 지키는 명군 총병 유정이 반갑게 맞이했다.

"그대들이 어려움을 무릅쓰고 적의 소굴에 들어가 무사히 잘 돌아온 것을 기쁘게 생각하오. 수고가 많았소. 그대들을 가상히 여기오."

"왕의 일로 왕복하였는데 무슨 피로가 있겠십니꺼? 소승은 본래 산에 있는 사람이나 마침 왜란을 당하여 병세兵勢를 도울 뜻으로 감히 생사를 무릅쓰고 위태로운 곳으로 간 것입니더. 비록 불자의 도리에는 미안한 바 있으나 다만 촌심寸心이 우리 임금을 위하여 간절하였을 따름입니더."

"때마침 큰 어려움을 당하여 대사는 한 사람의 산인山人으로 나라의 일에 근념하여 승려와 속인의 다른 길을 헤아리지 않고 분기하여 적을 무찌르니 인인仁人, 군자의 마음이 아니오. 남아의 뜻과 절개는 진실로 마땅히 이와 같을 것이오."

유정 도독이 바로 상을 내렸다. 의승장 유정에게는 청포 한 단과 명주 한 단을, 이겸수에게는 명주 한 단을 주었다.

호상에 앉아서 유정의 이야기를 듣던 권율이 눈짓을 했다. 이제 울산으로 출발하라는 신호였다. 비가 멈춘 듯 성문 누각 추녀 끝에서는 더 이상 낙숫물이 떨어지지 않았다. 비에 씻긴 주변의 산색이 유난히 푸르렀다. 녹음이 상쾌한 상수리나무 숲에 노란 뻐꾸기가 날았다. 유정 일행은 원수부를 나섰다. 일행은 지난번보다 배 정도가 늘어난 서른일곱 명이나 되었다. 이번에는 울산 군수 군관 장희춘이 향도가 되어 앞장섰다. 유정 일행이 서생포 왜성으로 간다고 미리 편지를 띄운 사람도 그였다.

정탐 2

합천에서 울산으로 가는 고갯길 밑의 계곡들은 물이 불어나 격류로 변해 있었다. 황톳물이 소용돌이치며 바윗덩이가 굴러가듯 흘렀다. 유정 일행은 때마침 날이 어두워졌으므로 고갯길을 넘어가지 못하고 주변 고을의 노포路鋪를 찾아가 하룻밤을 보내기로 했다. 명군이나 왜군의 둔진으로 들어가는 길가의 가게들을 노포라고 불렀는데, 임란 전에는 볼 수 없었던 풍경이었다. 명군과 왜군이 조선에 들어와 장졸들을 상대로 생겨난 가게들이었다.

특히 명군 둔전이 가까운 길가에는 노포가 더욱 즐비했다. 명나라 군사들을 상대로 돼지고기와 닭고기 및 만두를 파는 밥집, 창녀들이 있는 술집, 우롱차를 마시는 찻집들이 있었다. 노포의 주인들은 대부분 산동이나 요동에서 명군을 따라와 터를 잡은 장사치들이었다. 조선 사람이 장사하는 노포도 있기는 했지만 시들하거나 곧 망했다. 명군들은 밥값, 술값을 월급 받은 은으로 주었지만 조선 사람들은 은을 받지 않으려 했다. 그때까지도 조선 사람들은 은보다는 면이나 곡물 등 현물을 주고받았던 것이다.

유정은 가토에게 미리 편지를 보냈으므로 안심하고 여관을 겸하는 큰 노포에 들었다. 노포에도 왜장의 첩자가 있을 수 있겠지만 신경 쓸 필요는 없었다. 일행 중에서 군관급들만 겨우 방을 구했다. 이겸수를 제외한 나머지 군관들은 지난번과 달리 모두 바뀐 얼굴들이었다. 울산 군수 군관 장희춘, 충청 방어사 군관 최복한, 경상 방어사 군관 김언복, 수문장 출신인 임언호, 김유엄 등은 처음 따라나선 무장들이었던 것이다. 유정을 호위하는 승려들은 노포 처마 아래서 노숙했다. 처마 밑인 까닭에 밤이슬만은 피할 수 있었다.

유정은 왱왱거리는 모기 때문에 잠을 자지 못하고 뒤척였다. 이경쯤에는 방문을 두드리는 소리가 났다. 유정은 벌떡 일어나 앉았다.

"대사님!"

"무신 일이가."

"해인사 중이 대사님을 뵈러 왔십니더."

"들여보낼 기구마."

이경에 유정을 찾아온 사람은 삼십 대의 젊은 승려 행수였다. 행수가 유정에게 큰절을 올렸다. 유정은 행수의 인사를 받고 난 뒤 방문을 활짝 열었다. 달빛이 방 안의 어둠을 몰아냈다. 방 안이 환해지자 승려 행수의 우직한 얼굴이 드러났다. 왕방울만 한 부리부리한 눈과 주먹코가 강인하게 보였다.

"큰시님께서 합천 원수부에 겨신다는 소문을 듣고 달려갔지만 이미 떠나신 뒤였십니다."

"나를 찾아온 이유가 뭐꼬?"

"소승은 작년에 경상 우수영 배를 탔십니다. 그런 중에 왜군 포로가 되어 웅천 왜성으로 끌려가서 온갖 얄궂은 일을 다 하다가 도망쳐 나왔십니데이."

"사실이가?"

"증표가 여기 있십니데이."

행수가 저고리 속에서 열십자 모양의 황금 물건을 꺼냈다. 유정은 난생처음 보는 물건이었으므로 몹시 의아해했다.

"고것이 와 증표가?"

"왜장이 따르는 코쟁이 신부가 목에 걸고 다닌 물건입니데이."

"훔친 물건이가?"

"도둑질하는 중도 있십니꺼? 왜성 안에 떨어져 있었십니더. 이것이 코쟁이 신부 것인 줄 알고 주워서 호주머니에 넣고 있다가 느닷없이 성벽을 넘을 기회가 생겨 도망쳤을 뿐입니다."

유정은 열십자 모양의 쇠붙이를 행수에게 건네받아 이리저리 살폈다. 황금에 백, 홍, 록, 남색 칠보가 박힌 것으로 보아 보통 물건은 아닌 듯했다. 유정은 산학算學에 밝은 승려를 불러 열십자 황금 물건을 조사하게 했다. 그러자 불려 들어온 승려가 조사한 바를 종이에 써 유정에게 주었다. 그것의 길이는 1촌 9푼 5리, 가로 크기는 1촌 2푼 5리, 넓이는 2푼 5리, 두께는 1푼 8리나 되었다. 문득 유정은 웅천 왜성에서 탈출한 옥천사 승려로부터 신부의 이름을 들은 기억이 났다.

"세스페데스라는 신부 아이가?"

"예, 맞십니더. 왜장이 늘 공손하게 '세스페데스 신부님' 하고 불렀십니더."

"오늘부터 너를 내 소솔所率로 인정할 끼다. 다만 이 이야기는 비밀에 부칠 기구마."

"와 그랍니꺼?"

"의심 많은 청정이 우리덜과 행장이 내통하고 있다꼬 믿는다면 큰일 난데이."

"명심하겠십니더."

"나는 이것을 묘향산에 겨신 은사님께 보낼 끼다."

"소승으로서는 영광입니데이."

유정의 은사는 서산 휴정이었다. 평양 전투에 참가했던 휴정은 선조를 배알한 뒤 묘향산 법흥사로 되돌아가 노환으로 누운 채 시나브로 와선臥禪을 하고 있는 중이었다. 땅꼬마 같은 어린 동자승이 조실채를 지키고 있을 뿐 상좌들은 모두 전장터에 나가 있는 형편이었다.

"그라고 청정은 행장을 미워하니 말이다, 코쟁이 신부가 웅천 왜성에 있다는 것을 안다면 당장 관백에게 보고할 끼다."

히데요시가 왜국에 들어온 신부들에게 포교 금지령을 내린 바 있기 때문에 고니시가 진중으로 몰래 세스페데스를 불러들였다면 항명죄를 짓는 것이나 다름없었다. 유정은 비겁하게 고니시와 가토를 이간시켜 득을 보고 싶지는 않았다.

"아, 알겠십니더."

"뭣을 말이가?"

"행장은 신부가 멀리 출타하는 것을 막았십니더. 웅천 왜성에서 명동 왜성이나 자마 왜성까지만 허락했십니데이."

"그 왜성들은 믿을 만한 행장의 부하 장수들이 있으니까네 그랬을 끼다."

"맞십니더. 가차운 안골 왜성도 가지 못하게 했십니더. 무식한 해적 출신 장수가 있는 곳이라고 못 가게 했십니더."

행수가 전해 들은 말은 사실이었다. 명동 왜성은 고니시의 사위인 소 요시토시와 고니시가 신임하는 마쓰라 시게노부의 부대가 주둔하고 있었고, 안골 왜성은 불문佛門에 호감을 가진 와키자카 야스하루나 해적 출신인 구키 요시타카 등의 수군 장수들이 있었던 것이다.

"웅천 왜성에 신부가 있다는 소문이 퍼지면 행장의 처지가 난처해지니까네 조심할 수밖에 없을 끼다."

하루살이처럼 생긴 모기들이 유정과 행수의 팔뚝에 달려들어 물었다. 방문을 열어놓은 탓이었다. 두꺼운 누비옷도 뚫는다는 독한 산山 모기들이었다. 왱 하고 눈앞에 나는 모기를 행수가 손뼉을 쳐서 잡았다. 모기 피가 행수의 손바닥에 묻어났다.

"코쟁이 신부들은 우리 중들을 어떻게 보드노?"

"악마이자 적이며 원수들이라꼬 했십니더."

"악마는 마음이 만든 허깨비지 본래부터 악마가 어딨노."

"늙은 중들은 설교해도 진실이 어딨는지를 모르는, '구원자 명부'에도 기록할 가치가 없는 자들이라꼬 비꼬아댔십데이."

"하하하. 나도 늙은 중이라서 '구원자 명부'에 끼지 못할 기구마."

"그래서인지 신부는 포로 중에서 가장 젊은 저를 개종시킬라꼬 애를 썼십니더."

행수는 세스페데스가 그를 개종시키기 위해 틈나는 대로 호의를 베풀었다고 고백했다. 개종이 쉽지 않은 늙은 승려들은 본체만체하면서 자신을 임시 교회로 데리고 가 맛있는 음식을 먹이고 잠을 재워주곤 했다고 말했다. 또한 세스페데스는 행수에게 왜국 미에[三會] 지방에서 승려 다섯 명을 개종시켰는데, 그 중 한 명이 세례를 받기 전에 법당의 불상을 가져와 부쉈다며 자신의 선교 능력을 은근히 자랑했다고 말했다. 뒤이어 다른 승려들도 자신의 절에 있던 불상을 걸머지고 돌아와 장작으로 만들어 불 속에 던진 뒤, 때마침 추운 날에 몸을 녹였다고 하니 선교 능력이 뛰어난 세스페데스는 고니시가 추종할 만한 신부인 셈이었다.

"사람의 행동에는 선행이 있고 악행이 있데이. 인과를 믿는다면 시비를 가릴 것도 없는 기라. 행수도 낼 일찍 떠나야 하니까네 가서 자그래이."

"예, 대사님."

다음 날 한나절이 지나 유정 일행은 적진에 도착했다. 가토는 부산에서 왜성으로 돌아오고 있는 중이라고 부장 기하치로가 말했다. 그런 뒤 기하치로는 가토를 맞이하러 나갔다가 두 식경 만에 돌아왔다. 기하치로가 반색하며 글을 써 보였다.

"송운 대사님께서는 어찌하여 한양에 다녀옴이 이렇게 늦었습니까. 우리 대장께서 몹시 기다렸습니다."

"독부에도 보고하고 조정에도 장계를 올리느라 늦어졌소."

유정 일행은 일단 정해진 처소로 가서 가토가 부를 때까지 기다렸다. 밤중에 기하치로가 와서 가토의 말을 그대로 전했다.

"'비가 와서 땅이 진데 오시느라고 수고했소. 바로 만나 이야기를 나눠야 하겠지만 미안하오. 서로가 피곤하니 내일 아침을 기다렸다가 의논하겠소'라고 하셨습니다."

"그게 좋겠소."

부산에서 달려온 가토처럼 유정도 피곤하기는 마찬가지였다. 더구나 어젯밤에는 행수를 만나 잠을 설쳤고 그나마 밤새 모기에 뜯겼던 것이다. 유정은 눕자마자 잠에 곯아떨어졌다. 따라온 승려들도 마치 절간처럼 편하게 널브러져 깊은 잠을 잤다. 무장으로 따라온 군관들은 코를 드르렁드르렁 골았다. 아침밥 때까지 깨어나지 못한 군관도 있었다.

기하치로가 아침을 먹고 난 후 유정을 찾아와 또다시 두 사람은 필담을 나누었다.

"독부의 심중을 알고 왔습니까?"

"물론이오."

"송운 대사님께서는 한양에 갔다 왔다고 하니 국왕의 심중도 알겠습니다."

"임금님의 마음이나 독부의 마음이나 같소."

"독부가 가장 높은 상관입니까? 별도의 상관이 또 있습니까?"

"독부란 대장군이오. 일의 대소를 막론하고 모두 스스로 결정하여 천자께 아뢰는 높은 벼슬이오."

기하치로는 유정에게 계속 물었다.

"유격은 어떤 벼슬입니까?"

"제독 아래의 벼슬이오."

기하치로가 명군의 계급을 묻는 속셈은 따로 있었다. 왜군 대장인 고니시와 제독의 하관인 심유경은 서로 격이 맞지 않으므로 강화 협상을 제대로 하려면 왜군 대장과 명군 제독이나 도독이 만나야 한다고 주장하고자 계급을 묻고 있었다.

"제독의 하관이 어찌 행장과 협상할 수 있다는 것입니까?"

"그러니까 이루어지지 않는 것이오."

"독부가 우리와 화의코자 하는 것은 무슨 일입니까?"

"독부의 생각은 행장과 심 유격이 말하는 조건과 다르오."

기하치로는 사시巳時쯤에야 가토가 있는 청으로 유정과 이겸수를 안내했다. 유정은 자리에 앉자마자 기하치로에게 가토가 받아들이기 어려운 조건으로 으름장을 놓았다.

"독부의 생각을 말하겠소. 그대 대장은 호걸인데 어찌 관백의 하인이 된 것이오. 실로 개탄스러운 일이니 천자께 주청하여 그대의 대장을 관백으로 봉하고 군사를 내어 도와줄 것이오."

그러자 두 달이 넘어 다시 찾아온 유정에게 가토가 본묘사 주지 닛신을 시켜 자신의 말을 글로 쓰게 했다.

"왕년에 명나라 사신 풍숙굉馮淑紘과 원노야袁老爺(이여송 종사관)가 첩문을 가지고 화의를 구하려고 왔다가 한번 간 뒤로는 검다 희다는 말이 없으니 우리가 속은 것이 하나요, 심유경 등이 화의하기를 맹세하고 우리를 퇴각하게 하고서는 여러 해가 되었는데도 아무 결정을 보지 못하니 우리가 속은 것이 둘이며, 왕자를 돌려보낼 때 여러 가지 약속한 바가 있었는데 한번 간 뒤로는 소식이 끊겨버렸으니 우리가 속은 것이 셋이다. 그런데도 그대들은 또 나를 속이려고 온 것이다."

가토는 유정 일행이 자신을 속이고 있다며 의심했다. 두 달 동안 아무런 연락이 없다가 며칠 전에야 선통하고 입성했기 때문이었다. 유정이 꼿꼿하게 앉아 정색하며 글을 써 보였다.

"소승은 산에 사는 중으로 세상을 떠난바, 오랫동안 절에서 좌선만 하고 있었던 사람이오. 그런 사람이 무엇을 속이겠다고 여기를 왔겠소? 왕자께서 대장과 헤어질 때 약속을 했다는데 그 글을 보여줄 수는 없겠소?"

유정이 점잖게 반격하자 가토가 미안했던지 고개를 끄덕거렸다. 삼십 대의 가토가 오십 대의 유정에게 막무가내로 굴지는 못했다. 가토가 닛신을 보며 말하자 닛신이 유정에게 글을 써서 내밀었다.

"조선에는 송운 대사 한 사람만 거짓이 없고 나머지는 모두 거짓말만 하고 있소."

"고맙소. 그러나 모두가 대장에게 그른 말을 하고 있지는 않소.”

“대사는 조선의 보배요.”

“소승은 보배가 아니오. 우리가 대장의 머리를 원하고 있으니 대장의 머리가 우리에게는 보배인 것이오.”

가토 옆에 있던 무장들이 칼을 뽑으려고 했다. 그러자 가토가 자신의 머리를 만지면서 눈짓으로 만류했다. 무장들이 오만상을 찌푸리며 참았다. 순식간에 험악해진 분위기가 가토의 눈짓 한 번으로 진정이 됐다. 가토가 어깨를 펴면서 다시 입을 열었다.

“그대들은 우리가 내놓은 다섯 가지 강화조건이 다 이루어지지 않을 것이라고 말하는데, 그렇다면 어떤 조목으로 화의가 이루어질 수 있겠소? 왕자군의 글은 곧 내보이겠소.”

“조건 중에 교린에 관한 조목은 장차 의논할 여지가 있소. 그러나 나머지 네 조목은 심 유격이 명나라 조정에서 거론조차 못할 것이오. 그러니 여기서 어찌 감히 논하겠소.”

“지난해 심과 행장이 강화한다고 논의해온 것은 자기들끼리의 이야기라서 실제로 이루어질 수 없다고 하더라도 내가 거짓 없이 적실하게 나선다면 왜 결말이 나지 않겠소?”

“행장의 일이 성공하지 못함은 이치상 당연한 것이오. 대장이 바라는 바가 또한 이 다섯 가지 조목이라면 심과 행장의 논의와 다름이 없으니 어찌 이루어질 수 있겠소.”

가토가 실망한 낯빛을 보였다. 돌파구를 찾을 수 없기 때문이었다. 가토가 닛신을 시켜 또 필담을 해왔다.

“다섯 가지 조건은 관백의 명령이오. 그러니 나는 관철시키지 않을 수 없소.”

“관백의 명령이라 하더라도 명나라의 뜻에 맞지 않을 뿐더러 또한 의리에 맞지 않으니 설사 천지가 뒤바뀐다 해도 강화는 이루어지지 않을 것이오.”

가토가 실망한 낯빛을 거두고 유정에게 조언을 구했다.

“대사께서는 무슨 조목으로 화의를 이룰 수 있다고 생각하는 것이오?”

“다섯 가지 말고 좋은 계책이 있으면 가할 것이오. 그렇지 않다면 우리들이 논할 바가 아니오. 돌아가서 독부에게 고한 뒤 처리하게 할 따름이오.”

가토는 조급해했다. 젊은 장수로서 패기는 있으나 참을성이 부족했다. 고니시와 심유경 간에 벌이고 있는 협상을 빼앗아 자신이 주도하고 싶은데, 그 묘수가 나오지 않자 유정에게 매달리듯 부탁하고 있었다.

“화의에 관한 일은 대사께서 깊이 생각하시어 서면으로 전달해주시면 좋겠소.”

“미안하지만 별로 생각할 것이 없소. 독부의 편지에 이미 다 쓰여 있는데 소승이 무슨 말을 더 보태겠소.”

“만약 교린을 논의한다면 어떻게 하면 되겠소?”

“조선은 대대로 원씨源氏(왜왕)와 서로 교역하고 왕래하는 사이였는데 다시 무엇을 더하겠소. 예전으로 돌아가면 그만이오.”

“협상이 이 같을 뿐이라면 우리가 삼 년간 싸운 결과는 끝내 공 없이 되고 말 것이니 어찌해야 한단 말이오.”

"왜국이 비록 우리와 십 년을 싸운다 하더라도 군사를 일으켜 천하의 백성을 소란케 하였을 뿐이오. 스스로 군사를 일으켜 스스로 싸운바인데 우리가 무엇을 상관한단 말이오. 한사漢史에 '군사가 교만하면 망한다'고 하였소."

유정이 왜국의 군사가 원래대로 돌아가는 것만이 해결책이라고 말하자, 가토가 벌컥 성을 냈다.

"행장과 의지義智는 원래 외로운 섬에서 소금을 파는 장사치였소. 싸울 줄 모르는 그들과 달리 나는 조선에 와서 가는 곳마다 이겼소. 함경도에서는 왕자와 여러 대신을 사로잡았고, 작년 진주성 싸움에서도 행장 등이 물러날 뻔했지만 내가 공격하여 이겼소. 진주성을 함락시킨 장수가 누구라고 생각하오? 지금은 비록 명나라 사람에게 속아 남으로 내려와 바닷가에 주둔하고 있지만 대사의 나라를 이기지 못함이 아니라 대사의 나라 생령生靈을 불쌍히 여기고 있는 것이오. 우리나라로 돌아가지 않고 여기서 주둔하고 있음은 대사의 나라가 하는 짓을 기다리고 있는 것이오."

유정은 밀리지 않았다. 가토를 지그시 쳐다보면서 답했다.

"그대의 나라가 우리나라와 화친코자 할진대 어찌 위력으로 이루어질 수 있겠소. 우리 군사도 대장의 군사와 같이 정예하고, 더구나 대장은 명군과 합세한 우리 전력을 잘 알고 있지 않소."

그제야 가토가 다섯 가지 협상 조건에서 양보할 기미를 보였다. 험상궂었던 얼굴이 언제 성을 냈는지 싶을 정도로 바뀌어 있었다. 그러나 유정의 입장은 다섯 가지 중에서 교린 부분만 받아들이고 나머지 조목은 다 거절한다는 것이었다.

"교린은 나도 대사의 생각과 같소. 다만 조선 땅을 4도 중에서 2도로 할양하는 것으로 줄이고 왕자만이라도 우리나라로 보내야 강화가 가능할 것이오."

"땅을 주고 왕자를 보낸다면 교린은 이루어질 수 없는 것이오. 왜국의 사정이 정 그러하다면 군사로 결단을 볼 수밖에 없겠소."

이번에는 유정이 짐짓 윽박질렀다. 가토는 감정의 기복이 심한 다혈질의 장수가 분명했다. 유정의 태도에 성을 내기는커녕 어느새 온순해져 있었다.

"교린하는 조건으로 예전에 대마도에 주던 물목物目을 써서 약속할 수 있겠소?"

"나는 잘 알지 못하니 돌아가서 조정에 보고하고 처리하겠소."

가토는 하나의 조목이라도 해결됐다고 생각했는지 만족한 듯한 안색을 보였다. 가토는 표정을 숨기지 못했다. 유정 일행에게 술을 내놓기까지 했다.

다음 날 유정은 새벽부터 가토를 만나 필담을 나누었다. 그런데 가토는 유정에게 조선이 원래는 자기 땅이라는 둥, 조선과 가까운 쓰시마 섬에 왜인들이 사는 것이 그 증거라는 둥, 자기가 다시 북진하여 땅을 빼앗는다면 어찌하겠냐는 둥 억지를 부리다가 마지막에 가서야 속마음을 드러냈다.

"우리와 교린을 이루고자 한다면 반드시 독부가 경주로 와서 나를 만나야만 할 것이오."

"우리들이 돌아가서 독부에게 보고하겠소."

가토는 고니시와 달리 명나라의 상대를 격상시켜 협상하고자 했다. 그러면서도 두 달이 넘어서야 나타난 유정에게 새로운 조건을 하나 달았다.

"대사는 여기에 있고 이겸수 등이 왕래하며 뜻을 통함이 옳지 않겠소?"

"소승도 이곳에 있기를 원하오. 다만 독부가 여기 있는 소승을 의심하고 왕래하는 군관들까지 의심한다면 일을 쉽게 이룰 수 없음이 걱정되오."

유정은 인질로 남으라는 가토의 조건에 아무렇지 않은 듯 대응했다. 가토가 의심이 많다는 것을 이미 파악하고 있었기 때문이었다. 그러자 가토가 도리질을 하며 말했다.

"비로소 대사가 하는 말이 거짓임을 알겠소. 대사가 여기 있다고 하여 어찌 일이 이루어지지 않겠소."

"나 같은 중이 여기 있다고 한들 진실로 우리나라에 손실은 없다 할 것이오. 다만 서로 왕래코자 한다면 의심을 끊은 후에야 가능하지 않겠소. 예전에 대장의 나라와 우리나라 간에 사신이 오고간 것은 서로 의심하지 않았기 때문이었소."

갑자기 가토가 호탕하게 웃었다. 몇 번이나 성을 낸 사람답지 않게 큰소리로 과장하여 길게 웃었다. 유정은 민망한 듯 약간 고개를 돌렸고, 옆에 있던 이겸수는 은근히 긴장했다.

"송운 대사의 말이 옳소. 내가 그대들의 마음을 살펴보려고 한 말이니 상관하지 마오."

가토가 또다시 웃음을 터뜨리며 자리를 떴다. 기하치로가 남아 뒷수습을 했다.

"우리 대장이 도모하면 이루어지지 않은 일이 없으니 속히 결정하는 것이 좋지 않겠습니까?"

기하치로가 가토와 이미 상의한 듯 유정이 극구 반대하는 왕자 인질 문제를 해결하라며 그들이 꾸민 계책을 내놓았다.

"관백은 왕자를 끝까지 요구할 것입니다. 그것 때문에 교린이 깨져서야 되겠습니까. 그러니 그대 나라에서 나이 팔, 구 세 되는 아이를 구해 왕자라고 속여 보낸다면 일이 빨리 이루어질 것이오."

유정은 이런 계책도 받아들이지 않았다.

"다른 일은 돌아가 조정에 보고하되 왕자에 관한 일은 말할 수 없소."

"아무튼 전일에는 비가 계속 내려 왕래가 마땅찮았지만 이번에는 독부의 소식을 빨리 접할 수 있기를 손꼽아 기다리겠습니다. 늦어도 10월까지는 소식을 주시면 좋겠습니다."

왜성을 출발할 때쯤 비가 또 퍼부었다. 유정 일행은 왜성에서 이틀이나 더 머물렀다가 떠났다. 기하치로가 공수곶 큰길까지 따라오며 유정 일행에게 다음에는 늦지 말라며 거듭 부탁했다.

새 해 첫 눈 물

별들이 얼음장 같은 그믐밤 하늘에 대못처럼 꼭꼭 박혀 있는 듯했다. 일렁이는 냉기가 목덜미를 움츠러들게 했다. 이순신은 소변을 보고 나서 허리춤을 올린 뒤에도 진저리를 쳤다. 한산도 통제영 둔진은 모든 불이 꺼져 칠흑같이 캄캄했다. 순찰을 도는 군관과 야간 경계 병사 간에 주고받는 군호 소리만 멀리서 간간히 들려오는 적막한 밤중이었다.

이순신은 이부자리에 눕지 않고 앉은뱅이책상 앞에 앉았다. 잠깐이었지만 추위가 뼛속에 스며들어 잠이 저만큼 달아나버렸다. 새벽닭이 울면 갑오년(1594)이 가고 을미년(1595)이 올 터였다. 여수 본영을 떠나 한산도 진중에서 새해를 맞이하기는 처음인 셈이었다. 이순신은 촛불을 켰다. 그러자 방 안이 상념의 바닷가로 바뀌었다. 갑오년에 겪었던 일들이 파도처럼 간단없이 떠밀려왔다. 마치 흔들리는 촛불이 마술을 부리듯 지나간 일들을 불러왔다. 신산해진 마음을 위로하고자 스스로 읊조리며 남겼던 시들도 하나둘 눈앞에 스쳤다. 계사년 7월 보름날에 지은 시가 먼저 생생하게 다가왔다.

　　가을 기운 바다에 드니
　　나그네 회포 어지럽고
　　장대에 홀로 앉아 있나니
　　생각은 끝없이 들끓네.
　　달빛이 뱃전에 어리니
　　정신은 청랭해지고
　　자려 해도 잠들지 못하나니
　　새벽닭은 벌써 우네.
　　秋氣入海 客懷撩亂
　　獨坐篷下 心緒極煩
　　月入船舷 神氣淸冷
　　寢不能寐 鷄已鳴矣

　공무를 보는 건물을 짓고 나서였다. 한산도 바다가 한눈에 드는 산마루 쪽에 망루 같은 수루戍樓를 지은 적이 있는데, 갑오년 초여름 한밤중에 그곳으로 홀로 올라가 읊조린 시도 문득 떠올랐다.

　낮에는 쇠라도 녹일 듯 더웠는데 밤이 되자 한 줄기 시원한 바닷바람이 불어오는 날이었다. 이순신은 아침에 둘째 아들 울을 본영으로 보낸 뒤 마음이 울적했으므로 자신이 흠모하는 충청 수사 정걸을 저녁때 불러 밥을 몇 숟가락 떴다. 한밤중에는 방안의 무더위를 피해서 바닷바람을 쐬러 수루로 올라갔다. 일부러 큰 칼인 대도大刀를 옆구리에 찼다. 지난봄에 대장장이 태귀련과 이무생이 풀무질하고 두들겨서 만든 칼이었다. 그때 이순신은 시를 지어 새겨 넣게 했는데 검명劍銘은 장수로서의 비장하고 결연한 마음이었다.

석 자 칼로 하늘에 맹세하니
산하조차 낯빛이 움직이네
한번 휘둘러 쓸어버리니
그 피로 산하가 물들도다.
三尺誓天 山河動色
一揮掃蕩 血染山河

때마침 허공에 뜬 달은 반달에서 보름달로 차오르면서 한산도 바다를 한가득 비추고 있었다. 이순신이 수루에 앉자, 진중 어디선가 옥피리 소리가 들려왔다. 피리 소리라면 조카 해가 불고 있음이 분명했다. 조카 해는 강적羌笛이라고도 불리는 옥적玉笛을 지니고 다녔으므로 이순신은 마음이 울적할 때는 가끔 조카 해에게 옥피리를 불게 했던 것이다.

한산섬 달 밝은 밤

수루에 올라

큰 칼 옆에 차고

깊이 근심할 때

어디서 들려오는 피리 소리

시름을 더해주네.

閑山島月明夜上戍樓

撫大刀深愁時

何處一聲羌笛更添愁

문틈으로 스미는 냉기에 촛불이 흔들렸다. 앉은뱅이책상 위에는 지난여름에 둘째 아들 울이 보낸 편지가 놓여 있었다. 아산에 있는 아내가 위중하다는 편지였다. 이순신이 편지를 치우지 않는 이유는 단 한 가지였다. 아침에 손을 씻은 뒤 편지를 아내처럼 생각하고 주역 점을 치고는 했다. 점괘가 잘 나오면 하루가 덜 불안했다.

이미 지나가버린 갑오년 9월 초하룻날의 점괘도 잘 나와서 스스로 안도했었다. 첫 점괘는 '승려가 속세에 돌아오는 것과 같다[如僧還俗]'였다. 두 번째 점괘는 '의심이 기쁨을 얻은 것과 같다[如疑得喜]'였으므로 매우 길한 운세였다. 마지막으로 아내의 병세가 어떤지를 알아보기 위해 점을 쳤다. 결과는 '귀양 땅에서 친척을 만난 것과 같다[如謫見親]'였는데, 이는 반가운 소식을 들을 운세이니 아내의 병이 나아간다는 점괘였다. 더구나 첫째 아들 회가 어머니를 간병하고 있을 터이니 마음이 놓였다.

점괘가 불길하게 나오는 날은 반드시 무슨 일이 벌어졌다. 의병장 성응지가 고향에서 중병을 앓고 있다더니 애통하게도 죽었다는 소식이 왔고, 선조가 터무니없이 자신을 태만하다고 의심한다는 소문이 들려왔다. 웅천과 거제도에 웅거하고 있는 왜적을 공격해 섬멸하지 않는다는 것이 그 이유였다. 그때마다 유성룡이 수군과 육군 장수들 중에서 이순신이 가장 우수하다고 변호했지만 역부족이었다.

선조는 이순신을 지적하는 비밀 분부[有旨]를 내려보내기까지 했다. 새벽에 선전관이 진중으로 들어와 비밀 분부를 전하고 돌아갔던 것이다. 원균을 두둔하는 조정 대신들의 모함에서 비롯된 분부였다. 선조는 '수군과 육군의 여러 장수들이 팔짱만 끼고 서로 바라보면서 한 가지라도 계책을 세워 적을 치는 일이 없다'며 유별나게도 이순신을 꾸짖었다. 이순신은 '삼 년 동안이나 바다에 나와 있는데 이 무슨 날벼락인 겨!' 하고 억울해했다.

그런 날은 하루 종일 일손이 잡히지 않았다. 때마침 낙엽이 거친 바닷바람을 타고 휘날렸다. 시름을 더욱 깊어지게 하는 가을바람이었다. 세찬 바람에 뒹구는 낙엽은 힘없는 이순신 자신인 듯했다. 반면에 북쪽에서 불어오는 가을바람은 선조와 대신들의 위세로 느껴졌다. 이순신은 군관들을 불러놓고 불평을 터뜨릴 수도 없었다. 혼자서 삭여야 했지만 배 속의 병이 도져 쓰라릴 뿐이었다. 이순신은 갑자기 트림을 꺼억꺼억 토해낸 뒤 '여러 장수덜과 맹세하여 죽음으로써 원수 갚을 뜻을 결심허구 나날을 보내지마는 적이 험고헌 곳에 웅거허구 있으니께 경솔허게 나아가 칠 수두 읎는 일이여. 나를 알구 적을 알아야만 백 번 싸워두 위태허지 않다구 허지 않았던감' 하고 길게 중얼거렸다.

그날 초저녁이 되어서야 배 속의 쓰림이 가시고 트림도 멈췄다. 이순신은 촛불을 가까스로 켰다. 문풍지를 밀치며 들어오는 돌풍 같은 바닷바람이 촛불을 끄곤 했던 것이다. 이경의 밤인데도 방에 불이 켜져 있자 흥양 현감 배흥립이 지나가다가 걸음을 멈추었다. '이 일을 워쩔 겨, 워쩔 겨!' 하고 이순신이 한탄하는 소리를 내뱉고 있었다. 배흥립은 자못 걱정이 돼 헛기침을 했다.

그러나 이순신은 배흥립에게도 속마음을 터놓지 못하고 자정까지 자질구레한 군사의 일만 말했다. 배흥립이 방을 나간 뒤부터는 가을비가 바람에 섞이어 흩뿌렸다. 이순신은 벼루에 먹을 갈았다. 흰 종이에 자신의 심사를 쏟았다.

쏴아쏴아 비바람 치는 밤
온갖 시름에 잠 못 이룰 때
가슴은 쓸개 찢기듯 아프고
마음은 살갗을 에듯 쓰리네.
蕭蕭風雨夜 耿耿不寐時
懷痛如摧膽 傷心似割肌

강산은 참혹함이 여전하고
물고기 날새들도 슬피 우네
나라는 갈팡질팡 어지럽건만

위기를 바로잡을 이 없구나.

山河猶帶慘 魚鳥亦吟悲

國有蒼黃勢 人無任轉危

또 며칠 뒤에는 황대중과 시를 주고받기도 했다. 이순신이 황대중을 각별하게 받아들인 것은 오랜 인연 때문이었다. 전라 좌수사로 부임하던 길에 보성 관아에서 정경달과 황대중을 만난 일이 있고, 2차 진주성 전투가 끝나고 나서 황대중이 스스로 한산도 진중으로 찾아와 휘하의 군관이 되었던 것이다. 이순신이 먼저 차갑게 떨고 있는 별들을 올려다보며 읊조렸다.

깊은 밤 시름에 잠 못 이루고

머리 위 하늘에는 별들이 가득

달이 지니 강물 같은 파도 일고

용이 우니 칼이 빛나는구나.

夜深愁不寐 頭戴一千高

月落江聲起 龍鳴尺寶刀

바다에 가을빛 저무니

추위에 놀란 기러기 떼 하늘 높이 날고

걱정하는 마음에 잠 못 자는 밤

새벽달은 활과 칼을 비추네.

水國秋光暮 驚寒雁陣高

憂心輾轉夜 殘月照弓刀

　황대중도 진나라 조적祖狄을 떠올리며 이순신의 시에 화답하
는 시를 지었다. 조적이 군대를 이끌고 북쪽으로 가면서 배가 강
가운데 이르자 노를 두드리면서 중원을 수복할 것을 맹세했던
것이다.

　　하늘 아래 한 곳

　　아름다운 사람 본다.

　　달은 삼경

　　바다에 배를 띄운다.

　　나라 찾은 조적은 어디 있을까

　　노 젓는 소리만 슬프네.

　　天一方 望美人

　　月三更 汎中流

　　可憐祖狄今安在

　　擊楫聲中萬古愁

　이순신은 황대중이 자신을 아름다운 사람[美人]이라고 노래하
자 쑥스러워했던 기억이 났다. 이순신 자신은 물론 누구도 황대
중의 효심을 능가할 자가 없기 때문이었다. 황대중은 학질에 걸
려 생사를 넘나드는 어머니 병수발을 하면서 자신의 엉덩이 살
을 떼어 왼쪽 다리를 절게 되었는데, 사람들은 효도하느라 다리

를 전다며 그에게 효건孝褰이란 호를 준바 있었다. 그런데 이순신은 황대중이 장문포 전투에서 수군의 군관으로 싸우다가 왜적의 총알을 오른쪽 다리에 맞고 또 절게 되자 충건忠褰이란 호를 하사했다. 이후 사람들은 황대중이 두 다리를 전다고 하여 양건兩褰이라고 불렀다.

이순신은 장문포 전투를 별로 기억하고 싶지 않았다. 총병 유정이 본국으로 돌아가지 않았다면 벌어지지 않았을 수륙 합동 작전이었다. 삼도체찰사 윤두수는 유정의 간섭을 받지 않게 되자, 거제도 일대에 있는 왜적을 토벌하기 위해 무모한 수륙 합동 작전을 구상했던 것이다. 병사 선거이는 윤두수의 지시를 받아 남원에 있던 수천 명의 군사를 이끌고 고성으로 나아가 주둔했고, 도원수 권율은 박종남과 김경로를 장수로 선정하여 별초군 천 수백 명을 붙였다. 또한 의병장 김덕령에게는 의령 등의 진에서 차출한 군사 팔백 명을 주어 선봉장으로, 곽재우는 도별장으로 임명했다. 이일의 군사 이백여 명도 합세했다. 이 같은 규모의 육군은 바다를 건너 거제도로 상륙하고 이순신 휘하의 수군은 바다의 왜적을 무찌른다는 작전이었는데, 윤두수의 작전은 실패로 끝나고 말았다. 거제의 왜적들이 뜻밖에 강했으므로 견내량을 건너려는 이일과 곽재우의 군사들이 동요했고, 특히 김덕령은 공교롭게도 각기병에 걸려 말을 타거나 걸을 때 비틀거렸으므로 그가 지휘하는 장졸들이 마치 지팡이를 잃은 소경처럼 겁을 냈던 것이다. 수군 역시 비바람이 불어 앞으로 나아가지 못하고 수일 동안 지체하며 기회를 얻지 못했으므로 윤두수의 수륙 합동작전은 어정쩡하게 끝날 수밖에 없었다. 물론 왜군에게 참패한 싸움은 아니었다. 그런데 원균은 오비질포에서 왜선 두 척을 분멸시키고 싸움에서 왜적을 많이 죽였다는 등의 내용으로 승첩 장계를 올렸다. 원균이 전과를 과장한 장계였다. 원균의 승첩 장계는 경상 관찰사 홍리상이 올린 급보로 허풍임이 드러났다. 왜적의 공격으로 사도 전선 한 척이 불탔고 그 전선의 수군이 살해됐으며, 탐망선 세 척이 사라져버렸고, 이순신 통제사의 수군이 거제로 상륙했을 때 왜적의 기병과 보병 부대가 공격해와 여러 명이 죽는 등 피해가 적잖았는데, 이를 보고하지 않았다는 홍리상의 급보였다. 더구나 홍리상의 급보는 원균의 장계에 부하 장수 이광악이 왜적 한 명을 생포했다고 했지만 사실은 투항이라고 바로잡았다. 선조는 장수들이 임금을 속였으니 책임을 묻겠다고 했지만 무슨 까닭인지 원균보다는 도원수 권율과 통제사 이순신을 질책했다. 조정의 논란 끝에 최종 책임은 장문포 전투를 지휘한 윤두수가 졌다. 거제의 왜적을 섬멸하지 못한 죄가 크다 하여 윤두수를 파면했던 것이다.

"통제사 나리, 기침하셨는게라우?"

"들어오시게."

이순신은 축축한 눈가를 손바닥으로 쓱쓱 훔쳤다. 꼭두새벽에 찾아온 군관은 송희립이었다.

"무신 일루 일찍 온 겨?"

"어느새 갑오년이 후딱 지나가부렀그만이라우. 오늘이 을미년 설날인께 세배드릴라고 왔습니다요."

"시방은 절 받을 맴이 읎네. 아침에 장수덜 헐 때 혀."

"여수에 겨신 자당님 땜시 그라지라우?"

"가찹게 있어두 뵙지 못허구 또 설을 쇠게 됐네."

"지도 마찬가지랑께요."

"자, 일단 서쪽을 보구 세배 허세. 송 군관도 혀. 홍양두 서쪽 아닌감."

두 사람은 서쪽을 향해 세배를 했다. 그런 뒤 송희립은 이순신에게 절을 올렸다. 그러자 이순신이 송희립에게 덕담을 했다.

"송 군관, 앓던 이빨이 빠져버린 겨."

"아, 원 수사가 육지로 가분 거 말씸이지라우?"

"기여."

원균에게 불만이 가장 많았던 군관은 송희립이었다. 그동안 원균의 횡포를 셀 수 없을 만큼 자주 보아왔던 것이다. 삼도체찰사 윤두수가 지휘한 장문포 전투가 끝나고 난 뒤, 분투하지 않은 책임을 물어 이순신과 원균에게 죄를 주되 원균을 충청 수사로 보내려는 선조에게 비변사는 다음과 같이 건의하였던 것이다.

'통제사 이순신은 지금 나라를 속인 죄가 있으니 엄중히 다스려야 할 것입니다. 그러나 수군에 대한 조치들이 하루하루 급해 가는데 이런 때에 주장主將을 교체함은 실로 좋은 계책은 아닐 것입니다. 때문에 과오는 추궁하되 앞으로 전과를 내도록 지시해야 할 것입니다.

원균은 통제사 이순신 아래의 장수이면서도 주장의 지휘를 잘 따르지 않았습니다. 만약 원균을 교체한다고 하면 전하의 지시대로 병사로 승급시켜 가까운 곳에 두지 마십시오. 군사를 통솔하고 명령하는 원칙이 더욱 허물어져서 수습하고 정돈할 방도가 없을 것 같습니다. 의논이 일치하지 않은 것도 이 때문입니다. 이순신과 원균이 다 같이 엄중한 군율을 위반하였는데도 원균만 교체한다면 역시 한쪽으로 치우친 폐단이라 아니할 수 없습니다. 그러나 전번에 건의한 대로 선거이와 자리를 바꾸는 것은 무방할 것 같습니다.'

이에 선조는 원균을 선거이의 자리인 충청 병사로 임명했다. 놀라운 일이었다. 원균에게 죄를 묻는다면서도 수사에서 병마절도사로 승진시킨 것이었다. 그러나 송희립에게는 기분 좋은 일이었다. 이순신에게 사사건건 시비를 걸고 헐뜯었던 원균이 멀리 충청 병사로 떠날 것이기 때문이었다.

"통제사 나리, 새해는 맴이 쪼깐 더 편허시겄습니다요."

"걱정은 따로 있는 겨."

"머신게라우?"

"전하께서는 워째서 내가 원균보다 죄가 크다는 것인지 알 수 없는 겨."

"사필귀정인께 꿋꿋허게 버티셔야지라우."

"아녀, 조정 대신덜두 한편이여. 비변사에서는 나를 두둔허는 것두 같지만 말여."

촛농이 녹아 초의 키는 반으로 줄어들어 있었다. 자정을 지나 꼭두새벽이 된 듯 멀리서 새벽닭 울음소리가 들려왔다. 이순신은 다시 요의를 느껴 방문을 열고 나갔다. 밤하늘은 여전히 살얼음이 낀 것처럼 차가웠다. 하늘에 박힌 별들이 추운 하늘에서 파르르 떨었다. 이순신은 거적때기를 열고 정랑 안으로 들어가 진저리를 쳤다.

이제는 을미년 초하룻날이었다. 촛농을 보자 자신이 흘리는 눈물 같았다. 실제로 눈물이 한두 방울 흘러 손바닥으로 훔쳤다. 나랏일 걱정에다가 문득 여수 곰천에 계시는 어머니가 생각나 자신도 모르게 눈물을 흘렸던 것이다. 이순신은 몇 년째 어머니께 세배하고 축수의 술잔을 올리지 못하는 자신의 처지를 한탄했다. 전라 좌수사로 부임한 이후에도 해마다 그랬던 것이다.

촛불 밝히고
홀로 앉아
나랏일 생각하니
나도 모르게 눈물이 나네.

병드신
팔순 어머니 생각에
초조한 마음
밤을 새웠네.

이순신은 세배드리지 못한 자신의 불효를 일기에 또박또박 남겼다. 눈물이 떨어졌지만 먹이 번지지는 않았다. 눈물이 자주 나는 것은 나이 탓도 있었다. 일기에 눈물 자국이 나지 않은 것을 다행이라고 생각했다. 이순신은 심호흡을 했다. 송희립을 다시 불러 설날을 맞이한 진중의 모든 장졸들에게 아침 떡국 후 술을 돌리라고 지시했다.

약탈

습한 마파람이 살살 불었다. 태풍을 몰고 올 조짐이었다. 이순신은 배뜸이라고도 불리는 장대 지붕을 살피라고 본영 사내종 무재를 시켰다. 무재는 이미 만들어놓은 마른 갈대 이엉을 한 겹 더 장대 지붕에 얹었다. 계집종 옥이에게는 전복과 밴댕이, 어란 젓을 챙겨 곰천으로 가져가라고 지시했다. 십여 일이 지나면 곰천에 계시는 어머니 생신이었다. 초여름에 입맛을 돋우는 데는 젓갈이 으뜸이었다.

대장선에서 내려 공무를 보는 운주당運籌堂에 들어서자, 왜국 말에 능통한 군관 제만춘이 와서 보고했다.

"투항해 온 왜놈덜이 말하는데 그 자석덜 중에 흉측한 짓거리를 많이 허는 놈이 있다고 합니더."

"워째 흉측허댜?"

"산소山素란 놈이 도망칠라꼬 한답니더."

"배은망덕헌 놈은 살려줄 필요가 읎는 겨. 산소 때문에 행장이 우덜 진중 사정을 알게 되믄 안 좋은 겨."

"무신 말씸이신지 알겠십니더."

"왜놈 중에 필담헐 만한 우두머리가 있으믄 델꾸 와봐."

이순신은 투항한 왜군 중에서 우두머리를 불렀다. 제만춘은 한나절이 지나서야 항왜降倭 우두머리를 데려왔다. 진중에서는 투항한 왜군을 항왜라고 불렀다. 그가 직접 제만춘이 지켜보는 데서 탈출하려고 한 산소의 목을 벤 듯했다. 그의 소맷자락에 검붉은 피가 묻어 있었다. 이순신은 왜국 말을 잘하는 제만춘을 통해서 준사俊沙를 격려했다.

"수고혔다."

"배반할 놈은 죽여야 합니다."

"니는 워디에서 온 겨?"

"안골 왜성에서 도망쳐 왔습니다. 이름은 준사라 합니다."

"위째서 탈출했댜?"

"배가 고파 투항했습니다."

"성에 군량이 읎다는 말인 겨?"

"히데요시가 보내주지 않은 지 오래됐습니다."

"니 상관은 누군 겨?"

"마다시馬多時(구루시마 미치후사)였습니다."

구루시마 미치후사來島通總는 임란 초기에는 육군 장수였다가 히데요시의 명에 의해 수군 장수로 보직을 바꾼 왜장이었다. 왜군 제5군 대장 후쿠시마 마사노리福島正則 지휘를 받다가 왜 수군이 이순신의 조선 수군에게 연전연패하자 수군 대장 구키 요시타카 휘하 장수로 들어갔던 것이다.

준사는 안골포 왜성에서 구루시마의 전령 임무를 맡고 있을 때 웅천 왜성을 수없이 오갔으므로 그곳을 소상하게 알고 있었다.

"니 임무는 뭣인 겨?"

"안골포 왜성에 있는 포로들 중에서 행장이 요구하는 포로를 호송하는 일을 맡았습니다."

"행장은 어떤 포로를 원헌 겨?"

"포로들 중에서 도공이나 세공, 인쇄쟁이를 데려오라고 했습니다."

준사는 도공들을 색출해서 고니시에게 넘기곤 했다. 웅천 왜성에는 고니시의 지시로 명동 왜성에서 붙잡혀 온 도공들도 많았다. 일반 포로들은 성을 쌓는 데 밤낮으로 불려 다녔지만 도공과 세공들은 배가 오면 바로 왜국으로 보내졌다. 히데요시가 조선의 장인들을 생포해 오라는 명령서를 보냈기 때문이었다. 명령서는 히데요시의 붉은 도장이 찍힌 문서라 하여 주인장朱印狀이라고도 불렀다. 반면에 총사령관 우키다는 고니시와 달리 한양에 머물면서 궁궐과 사대부 저택에 소장된 서적들을 약탈하였는데, 오천여 권이 넘었다. 훔친 서적의 가치를 평가하는 자는 주로 학식이 있는 종군 승려들이었다. 그들은 모두 히데요시가 직접 선발한 종군문서비서참모부從軍文書秘書參謀部 일원이었다. 상국사相國寺의 조레스承說, 남선사南禪寺의 레이조靈三, 동복사東福寺의 에이테쓰永哲, 분에이文英, 세이칸淸韓, 안국사安國寺의 에케이惠瓊 등이 그들이었다. 서적을 처음으로 약탈한 왜장은 모리 데루모토毛利輝元였다. 그는 성주성을 함락시킨 뒤 관청 창고에 있는 수만 권의 고서적을 약탈했다.

물론 고니시나 우키다만이 조선의 보물들을 훔친 것은 아니었다. 가토 기요마사 같은 자칭 불자 왜장들은 다투어 불상과 석탑을 훔쳤다. 그들이 조선 산중의 고찰에 쳐들어가 탐을 내 훔친 신라와 고려의 범종만 해도 오십여 개나 되었다. 화엄사 범종은 약탈해 가다가 섬진강에 빠뜨리기도 했다. 또한 구로다 요시다케는 조선 승려들이 밥그릇으로 사용하던 막사발을 빼앗아 긁어모으느라고 한양 입성이 고니시보다 4일이나 늦어 히데요시의 칭찬을 받지 못했다. 그때까지도 왜군은 무겁고 거친 나무 그릇을 사용했는데, 조선 승려들이 밥그릇으로 사용하고 있는 매끄럽고 가벼운 분청 막사발을 보고는 정신을 놓았던 것이다. 왜장들은 막사발을 감히 밥그릇으로 사용하지 못하고 차를 마시는 다완으로 소장했다.

구로다 나가마사黑田長政는 아예 절 한 채를 통째로 해체해 문과 창문, 문양이 있는 기왓장, 신라 향로와 고려 석등을 욕심 사납게 반출하기도 했고, 왜군 제2군 대장 가토 휘하의 왜장 나베시마 나오시게鍋島直茂는 자기 고향에 없는 까치를 잡아다가 자신이 성주로 있는 성안에 풀어놓고 키우기도 했다. 그런가 하면 왜군 제6군 소속의 다치바나 무네시게立花宗茂는 태백산맥에 자생하는 어린 소나무를 대량으로 뽑아다가 자신의 성인 치쿠고

筑後 유천성柳川城에 심었다.

난치병에 걸린 채 누워서 연명하는 히데요시는 나베시마에게 호랑이를 잡아 보내라는 명령서를 보내기도 했다.

'내가 병들어 누운 지도 어느새 일 년이 된다. 듣건대 내 병을 고치는 데 명약이 있다고 한다. 조선의 호랑이 뼈를 삶아 물을 마시고 호랑이 고기를 구워 먹으면 낫는다고 한다. 조선의 호랑이를 잡아 보내도록 하라.'

히데요시의 난치병이란 등골에 물이 차 허리를 쓰지 못하는 중병이었다. 가토와 나베시마는 물론이고 다른 왜장들도 충성 경쟁하듯 히데요시를 위해 사냥한 호랑이를 바쳤다. 나중에는 산 호랑이도 왜국으로 보내졌던바, 히데요시의 밥상에는 날마다 호랑이 고기 요리가 올랐던 것이다.

이순신은 영민해 보이는 준사를 보낸 뒤 제만춘과 이야기를 더 나누었다. 지금까지 해온 포로 심문 방법을 달리 해야겠다고 생각했다. 포로를 심문하면서 적정을 파악하는 데만 그친 것이 아쉬워서였다. 준사의 말을 믿는다면 히데요시는 왜장들을 시켜 장인들을 붙잡아 갈 뿐만 아니라 조선의 보물들을 훔쳐 가고 있는 것이 분명했다.

"고향이 고성이라구 혔는감?"

"예, 통제사 나리."

"거기두 도공덜이 사는 겨?"

"진주 동남쪽 해안가에 막사발을 만드는 사기장들이 많이 살고 있십니더."

"전라도 여수, 흥양, 보성에두 막사발 맹그는 디가 있는 것을 보믄 바다가 운반허기 수월혀서 해안가에 도공덜이 많이 살 겨."

"나리, 고성 막사발도 유명합니데이."

"앞으로는 왜장덜에게 우리 장인덜을 뺏기지 말으야 혀."

"왜성에 있는 포로들을 구출할라카믄 싸움을 걸어와야 될 낀데 적들이 고슴도치맨치로 꼼짝 안 하니까네 에럽십니더."

"기여. 그래두 탐망을 잘 혀. 우리 포로덜이 바다를 못 건너가게 말여."

"예, 나리."

"이번 제사 때는 이짝 지방 막사발을 구해 제기루 사용혀봐. 본영에서 가져온 것덜이 모다 이가 빠지고 금이 갔으니께."

"지 고향인 고성에도 막사발이 억수로 많다 아입니꺼. 구해 오겠십니더."

이순신의 지시로 지내던 제사는 세 가지가 있었다. 전쟁의 신에게 지내는 둑제, 싸우다가 죽은 수군의 고혼을 위로하기 위해 의승군이 염불하며 지내는 천도재, 그리고 여제厲祭가 있었다. 여제는 돌림병(전염병)으로 죽은 수군을 위해 지내는 제사였다. 이순신은 이질과 학질에 걸려 죽은 수군의 고혼을 위로하기 위해 일정 기간마다 군관을 시켜 여제를 지내게 했다. 삼도의 수군이 한 곳에 모여 있다 보니 전염병이 해마다 번지고 돌았다. 싸움이 뜸했던 작년과 올해에는 전사자보다 전염병으로 병사한 숫자가 훨씬 더 많았던 것이다.

두 달 후.

이순신은 녹도 만호 송여종에게 쌀 두 섬을 주어 제사를 지내게 했다. 극락왕생을 기원하는 염불 의식은 의승장 의능이 시키지 않아도 알아서 준비를 잘했다. 제기는 제만춘이 포작선을 타고 가 고성 막사발을 구해 왔고, 특히 해인사에서 온 행수는 의능을 돕는 바라지가 됐다. 행수는 유정이 서생포 왜성을 드나들 때 유정의 소솔로서 적정을 정탐한 적이 있는 젊은 승려였다. 의능이 행수를 부른 까닭은 염불 바라지가 없어서가 아니었다. 이순신이 가토의 적정을 궁금해하기 때문이었다. 이순신 앞에 불려온 행수는 공손하게 자기소개부터 했다.

"통제사 나리, 해인사에서 온 소승은 한때 행장에게 포로로 잡혔다가 탈출한 이후로는 송운 큰시님을 모셨십니다."

"송운이라믄 청정을 만난 대사가 아닌 겨?"

"큰시님께서 서생포 왜성을 세 번 드나드셨는데 소승은 두 번째부터 큰시님을 모시고 다녔십니다."

"자세히 얘기혀봐."

"큰시님께서 청정을 두 번 만났으나 세 번째는 청정이 큰시님을 피했십니다."

"왜장을 본 대루 얘기혀."

"나이는 삼십 초반인데 제법 호연지기가 있었십니다. 함경도에서 호랑이를 창 하나로 잡았다꼬 자랑했십니다. 호랑이를 잡을 때 창끝이 부러졌다꼬 그 창을 가져와 보여주기도 했십니다."

"그밖에 또 본 것이 있는 겨?"

"소승은 큰시님께서 청정하고 필담을 나누는 자리에는 끼지 몬했십니더. 그 자리에는 군관들이 들어갔십니더."

"헌데두 워째서 대사를 따라다닌 겨?"

"처음에 큰시님을 따라갔을 때 소승의 눈을 의심할 정도로 놀랐십니더."

"뭣을 본 겨?"

"저녁을 묵꼬 왜성 안을 돌아댕기다가 우연히 봤십니더. 우리나라에서 훔친 물건들을 쌓아둔 창고를 봤는데 온갖 보물이 다 있었십니더."

가토는 고니시와 또 달랐다. 까치를 잡아다 기르는 까치 사육장까지 있었다. 그 뒤편 창고에는 절에서 훔쳐 온 탱화와 요령, 쇠북 등 불구佛具들이 차곡차곡 쌓여 있었다. 석탑들은 숲속 여기저기에서 기단석과 상륜부들이 따로따로 분리되어 뒹굴고 있었다. 그런데 창고 안쪽을 살피던 행수는 자신의 두 눈을 비볐을 만큼 놀랐다. 법주사 나한전에서 보았던 나한 중에 황금 여의주를 든 나한과 갈비뼈가 드러날 만큼 마른 나한을 보는 순간 행수는 피가 거꾸로 솟구치는 것 같았다. 불자라고 스스로 자랑하는 가토는 나한상과 탱화, 불구, 석탑을 훔치고 다니는 도둑인 것이었다.

행수는 그날 밤 두 나한상이 눈앞에 어른거려 잠을 자지 못했다. 황금 여의주를 손에 든 나한의 두 눈은 마치 무인처럼 날카로웠고, 귀는 턱 밑까지 길게 내려와 있었다. 마치 부처님의 법을 이어받았다는 증표로 황금 여의주를 들고 있는 듯했다. 또한 갈비뼈가 드러난 나한은 부처님 고행 상을 닮았는데 표정은 의외로 부드러웠고 중국인처럼 두건을 쓰고 있었다. 두 나한 모두 아름드리 통나무에 투각한 모습이었는데 머리 뒤편에는 둥그런 광배가 조각돼 있었다. 큰 통나무에 투각한 나한은 법주사 나한전에서만 볼 수 있었으므로 행수는 또렷하게 기억하고 있었던 것이다. 행수는 돌려받을 수 있는 방법이 없을까 하고 밤새 뒤척거렸다.

그러나 행수 혼자 힘으로는 가토가 약탈한 성물聖物들을 돌려받을 수 없었다. 결국 가토를 어르고 달래는 계책을 찾아야만 했다. 그밖에 별다른 묘수는 떠오르지 않았다. 다음 날 새벽에 행수는 바로 유정에게 보고했지만 유정은 강화 협상이 주요한 목적이었으므로 성물 반환 논의는 차후에 하자고 미루었다. 이순신이 웃으면서 물었다.

"청정이 까치까정 잡아갔다는 말여?"

"그자가 사는 땅에는 까치가 없넌 모냥입니다."

행수는 유정을 따라서 작년 7월에 이어 두 번째로 12월 23일에 서생포 왜성을 찾았다. 행수가 다시 유정의 소솔이 되어 간 것은 성물들 중에서도 법주사 나한상을 돌려받기 위해서였다. 그러나 가토는 유정이 10월에 오기로 한 약속을 어겼다며 만나주지 않았다. 두말할 것도 없이 가토의 막무가내 트집 잡기였다. 유정은 한양에서 선조를 알현한 뒤 병이 나 사십여 일을 움직이지 못했고, 내려오는 중로에서도 병이 깊어져 이십여 일을 누워 있었던 것이다. 유정이 강구江口로 마중 나온 가토의 부장 기하치로에게 '나는 부처님 제자로서 거짓말하지 않고[不妄語] 살생하지 않는다는 계율을 철저하게 지켜왔는데 어찌 청정을 속이겠는가'라고 꾸짖듯 말했지만 가토는 이런저런 핑계를 대며 유정을 피해버렸다. 결국 유정은 뜻을 이루지 못하고 출가했던 직지사로 되돌아갔고, 행수는 해인사로 가 반년을 보내다가 의능의 부름을 받고 한산도 진중으로 온 것이었다.

"수고했다. 가서 쉬그라."

이순신은 행수를 보낸 뒤 벼루에 먹을 갈았다. 을미년에 죽은 군졸들의 고혼을 위로하는 제문을 짓기 위해서였다. 잠시 후, 이순신은 제문을 일필휘지로 써 내려갔다. 충청 수사 선거이, 조방장 신호와 방답 첨사 장린, 여도 만호 김인영, 녹도 만호 송여종, 보령 현감 이의정, 결성 현감 손안국, 경상 우수사 권준 등과 송희립, 여수 출신의 박자방, 제만춘, 이순신의 친구인 현덕승의 집안 동생 현덕린 등의 군관들이 모여 지켜보았다. 모두가 홀린 듯 감탄했다. 특히 병을 앓다가 오랜만에 운주당에 나온 선거이와 얼마 전에 배설 후임으로 경상 우수가 된 권준이 절절한 제문의 전편을 읽으면서 눈을 떼지 못했다. 이순신은 어느새 후편의 제문을 마무리 짓고 있었다.

상관을 따르고 수장을 섬기며
그대들은 맡은 임무를 다했지만
군사를 위로하고 군사를 아끼는 일
나는 그런 덕이 부족했노라.

그대들 혼을 한 자리에 부르나니

정성껏 진설한 제물 함께 받으시라.

親上事長 爾盡其職

投醪吮疽 我乏其德

招魂同榻 設奠共享

투료投醪란 춘추전국시대에 월왕 구천勾踐이 오왕 부차夫差에게 패한 뒤, 와신상담하면서 많은 군사와 백성들을 위로하고자 강 상류에서 작은 양의 술을 부어 모두가 함께 마셨다는 고사에서 나온 말이었다. 연저吮疽 역시 장수 오기吳起가 병든 군사의 고름을 자신의 입으로 빨아내줌으로써 사기를 충천케 하여 군사들이 목숨을 아끼지 않고 싸웠다는 병서에서 빌린 말이었다.

그러나 투료 연저란 말뜻을 이해하는 사람은 문관 출신의 장수 권준과 선거이, 한두 명의 군관뿐이었다. 일찍이 함경도 북병사 이일의 계청 군관을 지냈던 선거이와 순천 부사를 지낸 권준은 문무를 겸비한 장수였던 것이다. 장대비가 내렸다. 운주당 지붕은 작년 겨울에 이미 볏짚 이엉을 두껍게 얹었으므로 비가 새지 않았다.

이경쯤 이순신은 보성 출신 군관 최대성을 불렀다. 지난 5월에 본영 유진장으로 있다가 진중으로 왔는데 한 번도 위로의 술자리를 함께하지 못했던 것이다. 장대비가 운주당 지붕을 세차게 때렸다. 빗물이 마당가 도랑으로 노래하듯 콸콸 소리치며 흘러갔다. 농사에 도움이 되는 단비였다. 그러고 보니 을미년에는 봄부터 지금까지 가뭄이 한 번도 들지 않았으므로 풍년이 들 것 같은 예감이 들었다. 정말로 그렇게 된다면 임란 이후 처음 맞이하는 풍년일 터였다. 이순신은 최대성과 함께 쏴아쏴아 쏟아지는 장대비를 바라보며 막사발에 술을 따라 몇 잔째 들이켰다. 한 식경이 지난 뒤에는 오랫동안 전장터에서 동고동락해왔던 선거이와 신호가 비를 흠뻑 맞은 채 술병을 들고 찾아왔다. 모처럼 비와 술, 가족 같은 동지들이 이순신의 마음을 격동시켜주었다.

체찰사 이원익

성주에 체찰사부를 둔 이원익은 경상우도부터 시찰하기로 했다. 초가을로 접어든 날씨는 시찰하기에 좋았다. 폭염도 아침저녁으로 불어오는 서늘한 바람에 한풀 꺾여 있었다. 이원익은 삼도 수군 통제영이 있는 한산도를 목적지로 정해놓고 나섰다. 이순신은 이원익이 진주로 내려온다는 공문을 받고는 서둘러 준비했다. 진주로 미리 가서 보고하고 한산도까지 안내하기 위해서였다. 진중의 점고는 휘하의 여러 장수들에게 맡겼다. 이순신은 한산도를 떠나기 전에 홍양 둔전에서 돌아온 송희립을 불러 지시했다.

"각 진에서 형편이 되는 대루 소를 한두 마리씩 차출혀."

"멫 마리나 차출헐게라우?"

"우덜 군사가 오천오백여 명이니께 적어두 삼십 마리는 준비혀."

이순신의 지휘를 받는 한산도 진중의 수군 장졸은 정확하게 오천사백팔십 명이었다.

"회식시켜줄라고 허시는그만요. 그라믄 술이나 음석도 장만해부러야 허겄그만이라우."

"기여."

"요새야말로 장졸덜 사기를 올려줄 때입니다요. 싸움은 안 하고 훈련만 허다 봉께 사기가 겁나게 떨어져 있그만요."

"그래두 싸움이 은제 벌어질지 모르니께 훈련은 평소에 잘 혀야 혀. 속임수에 능헌 왜적덜을 잡을라믄 훈련이 최고여."

"원 병사가 읎웅께 각 진에서 협조를 잘헐 거그만요."

원균이 충청 병마절도사로 올라간 지도 몇 달이 되었다. 삼군통제영에서 원균이 빠지고 없자, 예전보다 군율이 더 살아난 것도 사실이었다. 경상 우수영 장수들이 원균의 눈치를 보며 이순신의 지휘를 받곤 했던 것이다.

"원 병사는 충청도에 가서두 말썽인 모냥이여. 아산에서 돌아온 봉이 전헌 말이여."

봉은 동생 이요신의 장남이었다. 조카인 봉의 말은 사실이었다. 사헌부 대간들이 충청 병사 원균을 파면하라고 삼 일 동안이나 계속 선조에게 건의했던 것이다.

'충청도 병사 원균은 사람이 분수에 넘치는 일을 하고 있사옵니다. 더구나 탐욕스럽고 포악하기까지 하옵니다. 오뉴월에 방어 군사를 기한 전에 군역에서 놓아주고는 종자 콩을 납부케 하여 농막으로 실어간 일이 있사옵니다. 또한 형벌을 잔인하게 적용하며 혹독한 짓을 함부로 해 목숨을 잃기도 하고 병들고 폐인이 된 사람이 많사옵니다. 원망하고 울부짖는 소리가 온 도에 가득 찼으니 이런 사람을 엄격하게 징벌하지 않을 수 없사옵니다. 파면시키고 채용하지 말기를 바라옵니다.'

그러나 선조는 원균을 파면하라는 사헌부 대간들의 건의를 일축해버렸다.

'현재 장수들 중에 원균이 가장 우수한 편이다. 설사 지나친 일이 있더라도 어찌 경솔히 논박하여 원균이 힘을 쓰지 못하게 해서야 되겠는가.'

대간들은 더 이상 원균을 탄핵하지 못했다. 선조는 원균을 이상할 정도로 감싸고돌았다. 이러한 한양의 소식은 하루 만에 아산에도 퍼졌다. 여수 본영과 아산을 오가던 봉 역시도 관청에 공문을 전하는 역참의 역리들에게 상세히 전해 들었다. 아산 출신의 역리 중에는 봉의 친구가 있었던 것이다.

이순신은 최대성에게 삼도의 수사들을 불러오도록 지시했다.

"싸움이 곧 있습니까요?"

"아녀. 헐 말이 있는 겨."

"알겠습니다요."

"몸이 불편헌 선 수사는 쉬어두 좋으니께 형편대루 오라고 혀."

"아직두 몸이 편찮으신게라우?"

"괴안찮다는디 요 메칠은 워쩐지 모르겠구면."

"고향 선배 성님이신디 문병도 못 했그만요."

충청 수사 선거이도 해상 생활이 길어지자 풍습증에 걸려 한두 달 누워 있다가 최근에야 활터로 나가 활을 쏘는 등 겨우 움직이고 있었던 것이다. 이순신은 왜군과 전투가 없는데도 선거이를 마냥 붙잡아두고 싶은 생각은 없었다. 병든 그가 원하면 언제든지 놓아줄 참이었다. 충청 수군의 지휘는 선거이가 지명하는 임시 장수인 대장代將만 있으면 되기 때문이었다.

잠시 후, 충청 수사 선거이, 전라 우수사 이억기, 경상 우수사 권준이 운주당으로 왔다. 선거이는 병색이 또렷했다. 황달에 걸린 사람처럼 얼굴이 누렇게 떠 있었다.

"수사덜을 오라구 헌 까닭이 있소."

"특별한 일이 있습니까?"

"전투가 있다믄 을매나 좋아불겄소."

선거이가 이억기의 말을 받았다. 명이 왜군과 싸우지 말라는 금토패문을 보내온 지 이 년째였다. 이순신이 수사들을 부른 이유를 말했다.

"체찰사께서 시찰을 오실 모냥이구먼유."

"점고받을 준비는 잘 돼 있으니 걱정하지 마시지요."

"그래두 수사덜께서는 잘 숙지허구 있으야 좋을 것이구먼유."

이순신은 수사들에게 세세하게 지시했다. 전선마다 수군의 숫자를 확인하고, 전선 수리를 완료하고, 총통 안의 녹을 닦고, 장졸들의 복장 점검까지 다시 한번 확인토록 강조했다. 수졸들의 더럽고 찢어진 전복은 빨거나 깁도록 하라고 당부했다.

"나는 미리 진주성으루 가 체찰사 대감을 맞이헐 거유."

"진중은 걱정 마시고 다녀오시지요."

이억기가 공손하게 말했다.

"우덜이 워째서 싸움을 못 허구 있는지 전하께 알릴 좋은 기회지유."

"체찰사 대감께서 직접 눈으로 보고 나면 우리들 사정을 이해할 것 같습니다. 대감의 시찰이 우리 군사를 불편하게도 하지만 한편으로는 이로울 것 같다는 생각이 듭니다."

"우리덜이 싸움을 피하고 있다는 오해가 풀어진다믄 을매나 좋겠습니까."

선거이도 한마디를 보탰다. 안타깝게 생각하는 수사들의 마음은 모두가 같았다. 파면당한 윤두수와 달리 이원익이 직접 아군과 적군의 현장을 확인하고 나면 인식이 달라질 것이었다. 왜군과 강화 협상 중인 명군 장수들의 견제가 얼마나 심한지 이순신에 대한 조정의 오해가 풀릴 수도 있을 터였다. 명군 장수들의 군관이 한산도 진중에 파견 나와 감시하고 있거나 수시로 드나들었던 것이다.

며칠 후, 이순신은 진주로 나아가 이원익을 만난 뒤 소비포로 물러나와 하룻밤을 잤다. 그런 뒤 아침 일찍 이원익 일행과 함께 한산도 진중으로 향했다. 이원익은 한산도 진중으로 오면서 이순신의 건의를 받아들여 이러저런 일들을 처리했다. 임란 중에 피폐해진 여러 섬의 진들을 통폐합했다.

곡포(남해 이동면 화계리)는 평산포와 합치고, 상주포(남해 이동면 상주리)는 미조항에 합치고, 소비포는 사량과 합치고, 가배량(거제 도산면 노전동)은 당포와 합치고, 지세포는 조라포와 합치고, 제포는 웅천과 합치고, 율포는 옥포와 합치고, 안골포는 가덕도와 합쳤다. 뿐만 아니라 이순신은 이원익에게 임란 이후 지금까지 왜군과 싸워 이겼던 해전 현장을 일일이 설명했다.

이원익은 조정에서 듣던 이순신이 아님을 현장의 바닷길에서 깊이 깨달았다. 이원익은 마음속으로 놀라 물었다.

"왜적과 싸워서 단 한 번도 패하지 않았다는 말이오?"

"워째서 체찰사 대감께 감히 허언虛言을 허겄슈."

"연전연승을 한 비책을 듣고 싶소."

"싸움 전이 가장 중요허지유. 훈련은 기본이구 장졸덜 맴을 하나루 엮어 강군으루 맹글어놓는 것이 첫 번째 비책이지유."

뱃전을 치는 바닷물이 갑판으로 튀어 올라왔다. 바닷물이 이순신의 전복을 적셨다. 이원익이 이순신 옆으로 바짝 다가왔다.

"두 번째 비책은 무엇이오?"

"탐망을 잘 혀서 적의 동태를 정확하게 파악허게 되믄 절반은 이기는 거지유."

이원익을 보좌하는 체찰부사 김륵이 끼어들었다.

"시 번째 비책은 전술이 아니겠십니꺼?"

"물론 전술 작전이지유."

일행으로 따라온 구미 출신의 종사관 노경임도 말했다.

"통제사 나리께서 왜적을 무찔렀다카는 전술이 궁금합니데이."

"당파撞破 전술루 왜선덜을 섬멸헌 겨."

바윗덩어리 같은 큰 파도가 밀려오자 배가 심하게 요동쳤다. 닻을 담당하는 정수碇手와 돛을 다루는 요수繞手가 달려와 이원익을 붙들었다. 넘어질 뻔했던 이원익이 가까스로 자세를 고쳐 잡고는 물었다.

"배끼리 충돌시켰다는 말이오?"

"우덜 배가 아무리 견고허더라두 고것은 불가능헌 일이지유. 당파란 왜선 옆구리까정 근접혀서 총통을 쏘아대 분멸시키는 전술이지유."

"그렇다면 철갑을 씌운 귀선(거북선)이 당파에 앞장선 것이군요."

"체찰사 대감, 그렇구먼유. 거북선은 적의 화공에 강허니께유."

이원익은 당파 전술을 이해한 듯 고개를 끄덕거렸다.

"이 공, 마지막으로 묻겠소. 네 번째 비책이 있다면 무엇이오?"

이순신은 이원익이 묻는 마지막 질문에 잠시 침묵했다. 사람이 꾀할 수 있는 일을 다 한 뒤에는 하늘의 뜻을 기다리는 수밖에 없기 때문이었다. 이른바 진인사대천명盡人事待天命이었다. 이순신이 마치 천명을 기다리듯 입을 다물고 하늘을 올려다보자 체찰사 일행도 이순신을 따라 했다. 하늘에는 한 무리의 새 떼가 일자진 대오로 남쪽으로 날아가고 있었다. 그러고 보니 제비가 강남으로 돌아간다는 중양절(9월 9일)이 다가오고 있었다. 이윽고 이순신이 웅천 쪽을 바라보며 대답했다.

"마지막 비책으로는 하늘과 신령께 제사를 지내지유."

"나도 동감하오. 천우신조께 비는 것은 마지막 비책이 아니라 첫 번째 비책이 아니겠소?"

"새해가 되면 천우신조께 빌고 봄가을로 둑제를 지내며, 망자가 된 장졸들을 위해 가끔 여제를 지내는구먼유."

"이 공, 훌륭하고 또 훌륭하오."

이원익은 이순신의 두 손을 마주 잡았다. 이순신보다 두 살 아래로 이순신을 지휘하는 상관이었지만 이원익은 장수다운 이순신의 면모에 탄복하여 먼저 고개를 숙이고 손을 내밀었다.

이원익.

그는 태종의 아들 익령군의 후손으로 한성부에서 태어났는데 자는 공려公勵, 호는 오리梧里였다. 명종 19년에 사마시를 거쳐 선조 2년 별시 문과에 급제한 뒤 승문원 관원과 성균관 전적을 거쳤다. 이후 호조, 예조, 형조 좌랑을 두루 역임하고 외직인 황해도 도사로 나갔다가 율곡 이이의 추천으로 정언에 발탁되었다. 선조 21년에는 안주 목사가 되어 수완을 발휘해 지역 민심을 안정시켰으며 임란 때는 이조판서로서 평안도 순찰사에 올라 선조를 호종했다. 또한 선조 26년에는 이여송이 평양성을 공격할 때 관군을 이끌고 가담했다. 이후 종1품의 숭정대부가 되었으며 선조 28년에는 우의정으로서 4도 체찰사가 되어 경상도 시찰 중에 이순신을 만났던바, 타고난 품성이 침착하고 사교를 꺼려하여 공무가 아니면 관청 밖으로 나오는 일이 없었으므로 아무도 그를 알아주지 않았지만 이이가 조정에 천거하였고 유성룡이 그를 인자仁者로 알아주었던 것이다.

이순신과 체찰사 일행은 저녁 무렵이 돼서 한산도 진에 도착하였다. 소비포에서 한산도까지는 배로 한나절 거리 안팎이었지만 여러 진을 두루 거쳐왔기 때문에 하루가 걸렸다. 운주당 마당에 이순신 휘하의 장수들이 모두 모였다. 이원익은 도열한 장수들 앞에서 품속에 넣고 온 교서를 꺼내 들었다. 그러자 이순신이 큰 소리로 어정쩡하게 서 있는 장수들에게 말했다.

"모다딜 교서에 숙배혀."

"예, 통제사 나리."

장수들이 교서를 향해 모두 절을 했다. 교서에 숙배하는 의식은 임금의 명에 복종하고 충성하겠다는 맹세나 다름없었다. 숙배 의식이 끝나고 나서야 장수들이 제자리로 돌아갔다. 이원익도 시찰길이 힘들었던지 바로 객사 방으로 들어갔다. 다음 날도 이원익은 피곤한 데다 밀린 장계를 쓰느라고 객사 방에서 나오지 않았다. 이순신은 이원익을 대신해서 운주당을 찾아온 체찰부사 김륵에게 왜군의 동태를 이야기해주었다.

낮에는 잠잠하다가도 밤이 되면 바람이 사납게 불었다. 냉기가 섞인 메마른 가을바람이었다. 추석이 지난 뒤부터는 아침저녁으로 써늘한 가을바람이 불어 입술이 트고 소름이 돋았다. 장졸들은 움츠린 채 자라목을 하고 다녔다. 이원익도 찬 바닷바람을 쐰 탓인지 이틀 만에 기침을 쿨럭쿨럭 토해냈다. 이순신은 꼭 두새벽에 이원익의 방을 찾아가 헛기침을 했다.

"대감, 오늘뿐이겄구먼유."

"무엇이 오늘뿐이라는 것이오?"

"낼 아침에는 떠나실 터인즉 기회는 오늘뿐이라는 거지유."

이순신은 객사 방으로 들어가 이원익과 마주 앉았다. 객사 방은 명 제독의 군관이나 어사, 조정의 선전관 등이 내려오면 묵는 곳이었다.

"무슨 기회라는 것인지 말씀해보시오."

"한산도 장졸덜이 실망헐까 두렵구먼유."

"나에게 실망하다니 그게 무슨 말씀이오?"

이원익이 몹시 의아해했다. 그제야 이순신이 진중의 사정을 이야기했다.

"체찰사 대감께서 필시 잔치를 베푸시는 것은 물론이구, 상도 있으려니 허구 진중의 장졸덜이 모다 지달리구 있구먼유."

"어찌했으면 좋겠소?"

이순신이 웃으며 말했다.

"음식을 내려 장졸덜 사기를 북돋아주시면 되겄지유."

"미처 준비를 못 했으니 난감하오."

"제가 이미 음식과 술을 준비허구 소 삼십여 마리를 잡아두었으니께 체찰사 대감 이름으루 주시기만 허믄 되지유."

이원익은 한산도 진중에 들기 전 이순신의 비책을 들었을 때처럼 또다시 탄복을 했다. 이순신의 주도면밀함에 크게 감동을 받았다. 이원익은 몸 둘 바를 몰랐다. 한산도 진중에 '대감 나리, 감사히 잘 묵어불겠습니다요!' 하는 함성 소리가 크게 울려 퍼졌던 것이다.

송희립의 안내를 받아 한산도 고등산 정상으로 올라가던 체찰부사 김륵이 이원익에게 말했다.

"대감 나리, 임란 전부터 와 유성룡 대감이 이 공을 천거한지 알겠십니다."

"오늘 이 공은 나를 몹시 부끄럽게 하더니 또한 매우 기쁘게도 하는구려."

고등산 정상에 먼저 올라와 있던 이순신이 체찰사 일행을 맞이하면서 적진과 전선들이 왕래하는 바닷길을 낱낱이 설명했다. 고등산 정상에서는 지척에 거제가, 멀리는 사천, 웅천, 가덕이 한눈에 보였다. 그러나 이순신과 체찰사 일행은 해가 떨어지자마자 가을바람이 거칠게 불었으므로 하산하고 말았다.

이원익이 떠난 지 보름 만이었다. 선거이는 병이 또 도질 기미가 보이자 한산도 진을 떠나려 했다. 이순신은 오랜 동지였던 선거이를 위해 수사들을 부르고 술자리를 마련했다. 보름달이 중천에 떠올라 있을 때까지 이억기, 권준과 술을 마셨다. 달빛이 비쳐든 창호는 치자 열매처럼 노랗게 물들었다. 창호를 바라보던 이순신이 한 잔의 술을 더 권하듯 선거이에게 시를 지어 주었다.

북쪽에 갔을 때 함께 고생했고
남쪽에 와서도 생사를 같이했네.
오늘 밤 달 아래 술잔을 나누며

내일의 이별을 아쉬워하네.

北去同勤苦 南來共死生

一杯今夜月 明日別離情

다음 날 아침, 이순신은 선거이가 작별을 알리려고 왔을 때 또다시 술잔을 권했다. 항상 서로 믿고 의지했던 선거이가 떠난다고 하니 문득 옆구리로 가을바람이 스치는 듯 허전했던 것이다.

관등 觀燈

임란 이후 처음으로 풍년이 들어 마음이 놓였다. 둔전 점고를 나갔다가 돌아온 정경달이나 송희립도 풍작이라고 보고했다. 군량을 실은 배들이 둔전과 한산도 진을 오갔다. 둔전에서 수확한 벼와 콩 등을 실은 배들이었다. 이순신은 지난가을부터 군량을 빼돌린 장졸에게 엄한 벌을 주었다. 죄질이 고약한 경우에는 군율에 따라 처형하기도 했다. 군사들에게 군량은 무기만큼이나 중요했다. 이순신이 군관들에게 고기를 잡아오도록 지시하는 것도 군량을 확보해두기 위해서였다. 장졸들이 잡아온 대구나 청어는 뭍에 사는 부자들의 곡식과 교환할 수 있었던 것이다.

군관들의 장기는 다 달랐다. 설을 쇠기 며칠 전에 청어 칠천여 두름을 싣고 온 황득중과 오기는 고기 잡는 능력이 뛰어났고, 이종호는 말린 고기들을 곡식과 맞바꾸는 일에 능했다. 고기 중에서도 송한련은 대구를 잘 잡았는데, 이순신은 대취한 뒤에는 대구탕으로 쓰린 속을 풀곤 했다. 또한 외사촌 동생 변존서는 사냥을 잘했고, 신홍수는 주역 점을 칠 줄 알았고 휘파람도 잘 불었다. 그리고 종사관 정경달이나 계청 군관 노릇을 가끔 하는 정사립은 군관들 가운데 문장이 뛰어난 편이었다.

종들도 소질이나 능력이 조금씩 차이가 났다. 이순신을 병간호했던 덕이는 이따금 방으로 들어와 사담을 나눌 만큼 입이 무거웠고, 금이는 이순신의 머리를 찬찬히 조심스럽게 잘 빗었으며, 옥이는 밥상에 오르는 젓갈을 짭조름하게 담는 등 손맛이 좋았고, 개介는 술이 강해 장수들 술자리에 끼어 시중을 들기도 했다. 하다못해 부엌데기 목년과 금화는 머리에 물동이를 이고 잰걸음으로 달릴 줄 알았다. 그런가 하면 사내종 무재와 풍진은 손재주가 뛰어나 새끼를 잽싸게 꼬았고 미투리나 이엉 같은 것을 잘 엮었다.

그렇다고 이순신은 본영 종들을 한산도 진에 묶어두지는 않았다. 일정 기간이 지나면 본영으로 돌려보내곤 했다. 몸이 심하게 아팠을 때 옆에 두었던 덕이나 머리를 긁어주곤 했던 금이도 붙잡지 않고 내보냈다. 사월 초파일 새벽에는 이순신 스스로 머리를 빗었다. 마파람이 부는 데다 비가 내리고 있었다. 송한련이 이순신을 찾았다.

"나리, 기침허셨습니까요?"

"머리 빗구 있었네."

"금이는 읎습니까요?"

"본영에 보냈네. 종덜두 수시루 교대를 해줘야 불평이 읎는 겨."

"숭어를 잡어 왔그만이라우."

"그물로 잡은 겨?"

"성이 낚시질했는디 상허기 전에 잡수셔야 헙니다요."

영호남 바닷길을 잘 아는 흥양 출신인 송한련의 형은 송한이 었다. 두 사람이 함께 본영을 찾아와 이순신의 군관이 되었던 것이다. 송한련은 철 따라 입맛을 돋우는 고기를 잡아 오곤 했는데, 겨울에는 대구나 청어, 봄여름에는 개숭어를 잡아 왔다.

송한련 말고도 형제가 이순신의 군관이 된 예는 몇 사람이 더있었다. 나대용과 사촌 동생 나치용, 정철과 동생 정린, 정린과 사촌 동생 정춘, 송희립과 동생 송정립, 이봉수와 사촌 동생 이방직, 정사준과 동생 정사립 등이 그들이었다.

"이건 참숭어가 아녀?"

"맞습니다요. 참숭어는 개숭어보다 쪼깐하고 등짝 때깔이 퍼러지라우."

송한련은 참숭어와 개숭어를 정확하게 구분할 줄 알았다. 개숭어는 등에 누런 빛깔이 돌았고 꼬리지느러미 끝이 갈라진 참숭어와 달리 한일자로 밋밋했다. 비는 한밤중부터 쉬지 않고 내렸다. 마파람은 날이 밝으면서부터 멈추었다. 빗줄기도 차츰 순해졌다.

"시방 썰어불게라우?"

"아녀. 오후에 부를 테니께 그때 와."

"싱싱헐 때가 맛이 좋습니다요."

"오늘은 아침부텀 비린내를 입에 묻히기가 그려."

"무신 날인디라우?"

"초파일 아닌감."

그때 담장 너머에서 발자국 소리가 났다. 누군가가 자박자박 걸어오고 있었다. 의능과 행수가 비를 피하듯 잰걸음으로 왔다. 두 사람 다 보릿짚 도롱이 차림이었는데, 행수의 배는 아기를 밴 여자처럼 볼록했다. 송한련이 크게 웃었다.

"하하하. 스님, 애기 가져뻔졌소?"

"군관님, 말씸이 심합니다."

이순신도 따라 웃었다. 그런데 행수의 배 속에서 나온 것은 연등이었다. 연등을 본 이순신이 반색했다.

"연등을 직접 맹근 겨?"

"중들은 다 맹글 줄 압니데이. 초파일 전에 수십 개를 맹글어 났십니더."

진달래 꽃물을 들인 종이 꽃잎을 동그란 산죽 살에 다닥다닥 붙여 만든 홍련 등이었다. 의능이 말했다.

"우리덜이 맹근 연등 중에서 가장 큰 거지라우."

"고마운 일인디 연등을 워쩐댜?"

"운주당 처마 밑에 다시면 되불지라우."

"연등을 다는 이유가 있는감?"

"부처님 광명이 어둔 시상을 비추어 밝게 바꾼다는 뜻이 있지라우."

의능의 대답에 이순신은 고개를 끄덕거렸다. 조선 땅을 밝게 하는 방법은 단 하나, 왜적을 무찔러 사라지게 하는 것뿐이었다. 의능이 이순신 휘하의 의승장이 된 지도 어느새 몇 년이 흐른 것 같았다. 의능이 비록 출가한 신분이지만 이순신은 부하 군관처럼 친근하게 말을 주고받았다.

"운주당 처마에 걸 테니께 부처에게 왜적을 섬멸해달라구 해야겄구먼."

"통제사 나리, 소승은 폴시게부텀 자나 깨나 빌어뿔고 있습니다요."

행수도 거들었다.

"연등을 단다카믄 부처님 가피로 왜적이 사라질 낍니더."

행수가 처마 밑 제비 둥지를 피해 연등을 걸었다. 제비 둥지 안에서 고개만 내밀고 눈을 깜박거리던 제비 한 쌍이 놀라서 날아갔다. 작년 삼짇날 무렵에 날아와 둥지를 틀고 살던 어미 제비들이었다. 그새 가는 빗발이 굵어졌다. 빗방울이 튀어 토방 섬돌을 적셨다. 대청으로 들어온 이순신은 의능과 행수에게 차를 권했다. 본영 종이 끓여온 다관에서 김이 모락모락 났다. 차를 마시기 전에 의능이 말했다.

"통제사 나리, 감히 한 말씸드려도 될께라우?"

"뭣인감?"

"기도는 남이 대신 해주는 것이 아닙니다요. 처마 밑에 연등을 달았으니 드리는 말씸입니다."

"나보구 연등 앞에서 기도허란 말여?"

"자작자수自作自受, 스스로 짓고 스스로 받는 것이 기도입니다요."

이순신은 선뜻 의능의 건의를 받아들였다. 바로 대청을 나와 처마 밑에 섰다. 의능과 행수가 이순신 등 뒤에서 합장했다. 이순신이 연등을 보면서 중얼거렸다.

'부처시여. 천우신조와 천군의 도움이 있어 의주루 몽진허신 임금님께서는 마침내 한양으루 돌아오시구 전라도와 충청도 이북 땅에는 떠나간 백성덜이 돌아오구 있습니다. 허지만 임진년에 쳐들어온 왜적의 무리가 아직두 겡상도 해안가와 거제에 성을 쌓은 뒤 분탕질을 허구 있은즉 나라의 근심이 수그러들지 않구 있습니다. 명과 왜가 강화 협상을 끌구 있지만 왜는 온갖 술수를 부려 조선의 땅을 차지헐라구 허는 흉악헌 야심뿐이니 오직 통탄헐 일입니다. 부처시여. 하오니 우덜 군사에게 왜적을 비질하듯 마땅히 쓸어버리는 계책을 주시옵소서. 원컨대 임금님께서 기뻐하고 온 나라 백성덜이 추풍낙엽멩키루 이리저리 옮겨다니지 않구 자기 터전에서 편안허게 살기를 바랍니다.'

의능도 합장한 채 중얼거렸다.

'부처님이시여. 불가의 근본 가르침은 인과응보가 아닌게라우. 조선을 침략헌 왜적의 괴수 수길秀吉에게 큰 업보를 내리시기 간절하게 바라옵니다.'

행수도 의능을 따라 기도했다.

'불상과 범종을 도덕질헌 청정이 칼날이 시퍼런 칼산지옥이나 솥단지에서 물이 펄펄 끓는 화탕지옥에 떨어지기를 원하옵니다.'

대청으로 들어온 이순신은 의능과 행수에게 발효차 한 사발을 주었다. 찻물은 이미 식어버렸으므로 미지근했다. 그래도 본영 다시청의 승설이 보내온 발효차 맛은 탁하지 않고 맑았다. 이순신이 의능에게 물었다.

"초파일인디 행사는 읎는감?"

"전쟁 중이라 행사는 읎어져뻔겼어라우. 다만 등을 맹글어 관등은 할 뿐입니다요."

"처소에 가믄 연등이 또 있는감?"

"소승은 묵고 있는 처소를 법당이라 여기고 등을 달아놓았습니다요."

행수가 말했다.

"대사님께서 나리 가족 분덜 등까정 맹글어놨십니더."

"그려?"

"큰시님께서 손수 준비하셨십니더."

이순신은 의능이 가족 등을 만들었다는 말에 찻사발을 들었다가 놓았다. 문득 여든둘 된 어머니와 병에 시달리는 아산의 아내와 자식들이 떠올랐다. 고향을 떠난 지 몇 해 동안 가족들에게 아무것도 해주지 못한 미안함이 솟구쳤다. 자신을 위해서 등을 만들어놓았다는 의능이 새삼 고마웠다.

"나는 도리를 지키지 못허구 사는 사람이여."

"아닙니다요. 소아를 버리고 대아로 사시는 분이지라우."

"그 말은 또 뭔 겨?"

"소아는 혈연을 넘지 못허고, 대아는 중생을 위해 사는 사람을 말허지라우."

"뿌리 읎는 나무가 워디 있겄는 겨. 부모 읎는 자식이 워디 있겄는감. 그러니께 효가 곧 충인 겨."

의능은 이순신의 말에 입을 다물어버렸다. 자신에게는 효도할 양친이 이미 고인이 돼버렸으니 허허로울 뿐이었다. 의능은 모처럼 이순신의 얼굴에 희색이 도는 것을 느꼈다. 아마도 어머니를 위해 등을 단다고 하니 마음이 흡족해진 듯했다.

"처소는 워디 있댜?"

"고등산 중턱에 있습니다요."

"워째서 처소가 거기에 있는 겨?"

"장가 못 간 나무꾼덜이 각시 새암이라고 부르는 새암 근처에 움막을 지었습니다요."

"각시 새암이라니 물맛이 그만이겄구먼."

"수루 반대쪽인디 웅천 앞바다를 오가는 적덜을 탐망헐 수 있는 자리지라우."

"오늘은 내가 직접 가볼 테니께 오늘부텀 의승청이라구 혀."

"소승이 기거허는 움막을 의승청이라고 혀주신다니 감격스럽그만요."

빗줄기가 명주실처럼 가늘어지고 있었다. 대신 마파람이 불었다. 가는 빗줄기가 마파람을 따라 하늘거렸다. 도롱이는 걸칠 필요가 없었다.

이윽고 이순신은 의능과 행수를 앞세우고 각시 샘 쪽으로 난 산길을 타고 올라갔다. 각시 샘이란 갓 시집온 각시처럼 새로 판

샘이라 하여 총각 나무꾼들이 붙인 이름이었다. 좁은 산길로 들어서자 빗줄기가 다시 어린 삼대처럼 굵어졌다. 행수가 걸치고 있던 도롱이를 벗어 이순신에게 주었다. 구렁이 허물 같은 산길은 가파르고 미끄러웠다. 행수가 썩은 나무뿌리에 걸려 엉덩방아를 찧었다.

건너편 산자락에 수루가 보였다. 이순신이 초저녁에 올라가 조카 해에게 피리를 불도록 하는 수루였다. 어떤 날은 주역 점에 능한 신홍수에게 휘파람을 불게도 했다. 산길을 좀 더 오르자 떳집 움막이 나타났다. 수루에서 사량, 남해의 바닷길이 한눈에 든다면 움막에서는 웅천 앞바다가 훤히 보였다.

"워째서 이런 험지에 움막을 지었댜?"

"망루멩키로 적선의 동향을 탐망헐 수 있는 곳입니다요."

"통제사 나리, 각시 새암 물맛 쫌 보시겠십니꺼?"

행수가 재빨리 각시 샘으로 달려가 표주박에 물을 떠 왔다. 고로쇠 물처럼 단맛이 돌았다. 물을 다 마시고 나니 산길을 오르느라고 헐떡이던 숨이 가라앉았다. 움막 처마에는 연등이 대여섯 개가 매달려 있었다. 의능이 말했다.

"저 연등이 다 통제사 나리 것입니다요."

"승장두 속가가 있을 테구 나는 두 개믄 충분혀."

"예, 통제사 나리."

행수가 처마에 연등을 두 개만 걸어놓고 나머지는 떼어 방으로 들였다.

"여든둘 되신 어머니를 위한 등에다가 아내와 자식을 위한 등

하나면 족허지 않겄는감."

"나리 부럽십니더."

"워째서 부럽다는 겨?"

"소승은 가족이 없십니더. 천애 고아로 자라다가 절에 들어왔십니데이."

행수가 애처로운 소리로 푸념하듯 말했다. 그러자 의능이 꾸짖었다.

"니는 시상 사람덜을 부모 성제로 받들어뿌러야 허는 대아로 사는 사람이여. 그런께 외롭다는 소리는 허지 말어야 써."

"큰시님, 그래도 부처님 생신날이라서 그래분지 맴이 싱숭생숭합니더."

"우리덜이 외로운 것은 사실이지만 외로움을 밑거름 삼아 대아로 살아뻔지는 사람이 우리덜 중이란 말여."

이순신은 '외로움을 밑거름 삼아 대아로 산다'는 의능의 말에 공감했다. 변방에서 왜적과 싸우고 있는 자신의 심정도 그와 마찬가지였다. 이순신은 새삼 의능이 예사롭지 않은 승장이란 것을 실감했다.

이순신은 처음으로 한 발 뒤에 물러 서 있는 의능처럼 합장했다. 행수도 서서 두 손을 모았다. 띠를 얹은 움막 지붕에서 낙숫물이 제법 큰 소리를 내며 떨어졌다. 이순신은 여든둘 된 어머니를 떠올리는 순간 눈시울이 붉어졌다.

'생신날 찾아뵙구 축수의 잔을 올리지 못허는 불효자를 용서허셔유. 올해는 수하 승장의 청을 받아들여 연등을 달아 축수의 기도를 허는구먼유. 어머니 안강하게 오래오래 사셔유. 불효자가 바라는 것은 오직 어머니가 오래오래 살아 겨시는 거뿐이어유.'

잠시 후, 아내를 위해 기도하려 하자 만감이 교차했다. 아내에게 진즉 진중을 보여주고 싶었지만 본부인은 임지로 부르지 않는다는 장수들의 묵계 때문에 그러지 못했던 것이다. 아내에게 무슨 일이 생겨도 달려가지 못하고 속만 태웠다. 지지난해 초가을 아내가 위독했을 때 마음이 심란해 주역 점을 쳤던 일이 선명하게 떠올랐다. 첫 번째 점에서는 승려가 속세에 돌아오는 것과 같다[如僧還俗], 두 번째 점에서는 의심이 기쁨을 얻은 것과 같다[如疑得喜], 세 번째 점에서는 귀양 땅에서 친척을 만난 것과 같다[如謫見親]는 괘가 나와 세 번 모두 안심했던 것이다. 또한, 아비로서 세 자식들에게도 미안했다. 전라 좌수영 본영 수군이 된 첫째 회와 둘째 울이 한산도 진에서 치르는 무과별시에서 번번이 낙방했는데, 감독관인 이순신이 다른 응시자들보다 두 아들을 더 엄격하게 심사했기 때문이었다.

세 아들만 보면 아비로서 정을 주지 못한 탓에 늘 미안했다. 그런가 하면 아들들을 대할 때마다 장점보다는 단점이 더 눈에 들어왔다. 장남 회는 눈에 거슬리는 관노를 바로 닦달하는 등 성격이 급했고, 종기를 심하게 앓았던 둘째 아들 울은 병치레가 잦았다. 어머니를 봉양하겠다고 아산에 남아 있는 막내아들 면은 더위를 먹어 다른 병이 생길 정도로 약하고 착했다. 이순신은 조카들도 자식처럼 아꼈다. 요절한 형과 동생의 식구들이 측은하여 어디로 부임하든 친자식처럼 챙겼던 것이다.

이순신은 어머니 등과 가족 등 앞에서 잠시 기도를 하고는 바로 운주당으로 내려왔다. 송한련이 잡아온 숭어를 먹기 위해서였다. 이순신은 송희립에게 군사들에게 푸짐한 낮밥과 술을 먹이라고 지시한 뒤 수루로 올라가 술자리를 만들었다. 마침 부안댁이 보내온 술이 있었다. 잠시 후 권준과 이억기, 신호가 왔다.

초파일을 보낸 지 열하루 뒤.

항왜 남여문南汝文이 허둥지둥 달려왔다. 마음이 급한지 남여문의 발에서 미투리 한 짝이 벗겨져 나뒹굴었다. 본영에서 들어온 종 목년과 금화, 풍진 등이 우르르 몰려나왔다.

"통제사 나리, 수길이가 죽었습니다."

"확실헌 겨?"

히데요시가 죽었다는 소문은 진즉 돌았지만 웅천 왜성의 소식통인 항왜에게 듣기는 처음이었다. 이순신은 기뻤지만 일말의 의심이 들어 내색은 하지 않았다. 히데요시가 죽었다는 소식을 전해 듣고서 달려와 춤을 춘 사람은 의능이었다. 의능은 지난 초파일에 왜적의 괴수에게 큰 업보가 내려지기를 기도했던 것이다. 그러나 이순신은 운주당 마당에서 춤을 추는 의능을 보고 냉정하게 말했다.

"수길이가 죽었는지 살았는지는 아직 모르는 일이여."

"으째서 그랍니까요?"

"설령 죽었다고 해도 우덜에게 알려줄 리가 읎지 않는가."

이순신은 실제로 히데요시가 죽었다고 하더라도 왜군의 사기를 위해 감출 것이라고 판단했다. 그러니 조선 수군을 교란하기 위한 심리작전일 수도 있다고 경계했다. 이순신의 판단은 옳았다. 히데요시는 척추염, 매독과 폐암, 이질, 곽란 등 여러 가지 병에 시달리다가 선조 31년(1598) 8월 18일에야 죽었던 것이다.

휴가 청원

　며칠 동안 장대비가 오락가락했다. 하늘은 날마다 우거지 국물처럼 우중충했다. 해가 났다가도 금세 구름장 너머로 감쪽같이 사라져버렸다. 풍습증을 앓아온 이순신에게는 달갑지 않은 늦여름 날씨였다. 진땀이 나고 뼈마디가 아픈 풍습증은 바다를 전전하는 나이든 장수가 유독 많이 걸리는 병이었다. 충청 수사 선거이를 대신해서 가장이 된 충청 우후 원유남이 판옥선에서 내려 문병을 왔다. 조방장이 된 김완도 다른 날보다 일찍 운주당에 들렀다. 김완은 전라 좌수영의 사도 첨사 시절부터 이순신의 수족이나 다름없는 장수였다. 김완이 우직하게 물었다.

　"나리, 몸이 불편하십니꺼?"

　"메칠 공무를 지대루 보지 못혔네."

　김완은 이순신을 실망시킨 적이 많았던 부하였지만 그래도 용감하게 생사를 함께해온 장수였다. 전투가 벌어지면 좌우 척후장을 자원해 늘 목숨을 아끼지 않고 앞장서왔던 것이다. 다만 너무 자신만만하고 다른 장수들보다 우직하고 게을렀으므로 점고할 때 자주 지적을 받곤 했던 것이 김완의 흠이었다.

"일어나시믄 약주 한 잔 하십시더."

"남해(박대남)두 아프다구?"

"차츰 나아간다카니 걱정할 거 읎십니데이."

"다행이구먼."

"도대체 어디가 불편허십니꺼?"

"풍습이여. 그젯밤에는 진땀이 나 우아래 속옷을 다 적신 겨."

"기력을 회복하실라카믄 산마가 최곱니다."

"그렇지 않아두 승장 의능이 산마를 캐 와 갈아 마셨드니 기운이 나는 거 같구먼."

며칠 전에 의능이 더덕과 산마를 캐 와 부엌데기 목년이 아침저녁으로 갈아 즙을 내왔던 것이다. 뿐만 아니라 의능은 다른 물품과 바꿀 수 있는 날삼 백이십 근을, 어제는 수인이 삼백삼십 근을 가져와 바쳤다. 뜨거운 물에 삶기 전의 날삼은 코를 자극하는 역겨운 냄새를 풍겼다. 이순신은 어머니가 절에 불공하러 다녀서인지 승려들에게 호의적이었다. 승려들도 이순신을 믿고 따랐다. 그래서인지 전라 좌수영에서는 일찌감치 의승청을 두었고, 이순신의 명이 떨어지면 전라 각지의 승려들이 수십 명에서 수백 명씩 모여들었다. 김완이 말했다.

"중덜이 산에서 캐는 산마를 머라카는지 아십니꺼?"

"말해보게."

"산중에 있는 장어라꼬 부릅니더. 기력 증진에는 산마맨치로 좋은 기 없십니더."

"그래서인감?"

이순신은 어제 비가 갠 뒤 오후 늦게 공무를 보고 활터인 사장 射場으로 나가 활 열 순을 쏘았던 것이다. 입맛이 조금 돌아와 힘이 생긴 것도 같았다. 그러나 활 오십 발을 다 쏘고 났을 때 평소와 달리 가벼운 현기증이 일어 스스로 놀랐다.

"모다 승장덜 덕분이여."

"승장 중에서도 의능이 아까운 인물입니더."

"아녀. 의능, 삼혜, 수인, 신해, 성휘까정 모다 나헌티는 소중헌 승장덜이여."

충청 우후 원유남에게는 생소한 의승장들이었다. 충청도에서 선거이를 따라 한산도 진중에 합류한 원유남이 전라도 출신 의승장들을 모르는 것은 당연했다. 원유남은 행주산성 전투 때만 해도 권율 휘하의 군관으로 있다가 충청 우후가 된 인물이었던 것이다. 이순신은 일어서려는 원유남과 김완을 붙들었다.

"아침 들구 가."

"소장들 걱정은 마십시오. 나리께서 빨리 쾌차하셔야 합니다."

원유남이 걸걸한 목소리로 말했다. 원유남의 아버지 원호는 임란 초기에 경기, 강원 방어사로서 금화에서 왜군 복병을 만나 분전하다가 순절한 장수였다. 원유남도 부자가 모두 무과 급제한 무인 가문인 셈이었다. 마침 목년이 밥상을 들고 들어왔으므로 원유남과 김완은 다시 주저앉았다.

"상화떡은 읎는 겨?"

"밤참으로 저녁에 쪄불라고 했습니다요."

"나리를 잘 모시그래이."

"쇤네가 미처 기정떡을 생각지 못했습니다요."

"괴안찮다, 저녁에 내와두 되느니라."

전라도에서는 상화떡을 기정떡이라고도 불렀다. 시루에 쪄서 만드는 상화떡은 쌀가루나 밀가루에다 막걸리를 섞어 마치 서리꽃처럼 부풀게 한 떡이었다. 밀가루에 쑥물을 들이기도 하는데 속에 단팥을 넣으면 맛이 새콤달콤했다. 며칠 두어도 쉬지 않으므로 여름이 제철인 떡이었다.

"저녁에는 배 조방장두 와서 상화떡 먹으라구 혀."

"예, 통제사 나리."

흥향 현감이었던 배흥립도 조방장으로 한산도 진중에 들어와 있었다. 두 사람이 아침을 먹고 돌아간 뒤에는 송한련이 또 불려왔다. 이순신은 날삼 사십 근을 송한련에게 주어 보자기 출신 수군들과 함께 그물을 만들도록 지시했다. 그래도 날삼의 여분은 충분했다.

이순신은 곰천에 계시는 어머니에게 가지고 갈 말린 고기들도 따로 챙겨두었다. 청어나 대구 등을 먹다가도 무심코 어머니가 생각났던 것이다. 왜군과의 해전이 뜸해진 병신년(1596)에는 더욱 그랬다.

잠시 후 부하들이 모두 운주당을 나가고 난 뒤였다. 이순신은 체찰사 이원익에게 휴가를 청원하는 편지를 쓰기 위해 먹을 갈았다. 곰천으로 찾아가 어머니를 문안드리고 싶었다. 한산도 진중에서 공무를 본 후 처음 있는 일이었다. 휘하의 장수들에게 휴가를 주곤 했지만 자신이 말미를 얻겠다고 편지 쓰는 일은 쉽지 않았다. 이십여 일 동안 몇 번이나 쓸까 말까 하고 망설였던 것은 그런 이유 때문이었다. 이순신은 먹물의 농도가 짙어지자 바로 가는 붓을 들었다.

'살펴건대, 세상일을 하는데 의리 때문에 중단할 수 없는 경우가 있는가 하면, 부득이한 인정 때문에 어쩔 수 없는 간절한 형편도 있습니다. 이처럼 어쩔 수 없는 간절한 인정으로 부득이한 경우를 만나면, 차라리 가정을 잊어야 할 나랏일의 큰 의리에는 죄를 지을지언정 어버이를 위하는 개인적인 마음 쪽으로 굽혀질 수밖에 없는 경우도 있을 것입니다.'

임금의 명을 받은 장수는 오직 충의로써 나라만을 생각해야겠지만 어버이를 생각하는 마음이 인지상정이듯 자신도 어쩔 수 없다는 안타까움을 솔직하게 고백했다. 그러면서 어머니에 대한 이야기를 꺼냈다. 또한 한산도로 진을 옮긴 뒤 어머니를 자주 뵐 수 있는 본영으로 되돌아가지 못했던 사연도 써 내려갔다.

'저는 늙으신 어머님이 계시는데 올해 여든한 살이십니다. 임진년 초에 온 가족이 왜적에게 붙잡혀 불태워질까 두려웠고, 구차하게라도 목숨을 보전해보고자 마침내 배를 타고 남쪽으로 내려와 순천 땅에 우선 거처를 정하고 살았습니다. 그때에는 다만 모자가 서로 만나는 것만으로도 다행으로 여겼으며 다른 아무 생각이 없었습니다.

그러다가 이듬해 계사년에는 명나라 황제의 군사들이 휩쓸고 내려와 적들을 소탕하자, 비로소 떠돌던 백성들이 자기 고장을 그리워하게 되었습니다. 그러나 적들은 하도 음흉하여 속임수가 많고 온갖 나쁜 꾀들을 다 부리니, 비록 지금은 한 모퉁이에 진을 치고 있다고 하지만 어찌 그냥 계속 가만히 있겠습니까. 만약 적들이 다시 무지막지하게 쳐들어온다면, 이는 마치 어버이를 주린 범의 아가리 속에 남겨두는 격이 되겠기로 얼른 돌아가지 못한 채 오늘에 이르렀습니다.'

　이순신은 잠시 붓을 놓고 심호흡을 했다. 목년이 가지고 들어온 차를 마셨다. 어머니를 생각하자마자 붓끝이 떨려 더 쓸 수 없었다. 어머니가 눈앞에 어른거리는 것 같아 심호흡을 했다. 다시 마음을 다잡고 붓에 먹을 듬뿍 묻혔다.

　'저는 본래 용렬한 사람인데 외람되게도 무거운 소임을 맡아, 일에는 허술히 해서는 안 될 책임이 있고, 몸을 자유롭게 움직일 수 없는 처지라서 어버이 그리는 정만 더할 뿐 자식 걱정하시는 어버이 마음을 위로해드리지 못하고 있습니다.

　어버이 심정을 헤아려보건대, 자식이 아침에 나가서 돌아오지 않으면 문밖에 서서 기다리신다고 하는데, 하물며 못 뵌 지가 이미 삼 년이나 되었으니 저희 어머님 심정이 어떠하겠습니까.

　얼마 전에 집에서 인편으로 편지를 보내셨는데, '늙은 몸에 병이 날로 더해가니 앞날인들 얼마나 되겠느냐! 죽기 전에 네 얼굴을 다시 한번 보는 것이 소원이다'고 하셨습니다.

　남이 듣더라도 눈물이 날 말씀인데, 자식의 마음이야 어떠하겠습니까. 그 글월을 보고 난 이후부터는 정신이 더욱 산란하여 다른 일에 마음을 둘 수가 없습니다.

제가 지난 계미년에 함경도 건원보 권관으로 있을 적에 부친께서 돌아가셔서 천 리 길을 달려와 분상한 일이 있었습니다. 살아 계실 때 약 한 첩 못 달여드리고, 돌아가실 때 영결조차 못 했던지라, 그것이 항상 평생의 한으로 남아 있습니다.

이제 어머님 연세가 이미 여든이 넘어 해가 서산에 닿은 듯한데, 만일 하루아침에 갑자기 돌아가시어 효행을 다하지 못하는 슬픔이 있게 된다면 이는 제가 또 한 번 불효자식이 될 뿐만 아니라 어머님께서도 지하에서 눈을 감지 못하실 것입니다.'

이순신은 기어이 눈시울을 붉혔다. 병들어 돌아가신 아버지께 약 한 첩 달여드리지 못한 채 임종을 지켜보지 못한 회한이 밀려왔기 때문이었다. 아버지에 이어 어머니에게마저 또 그런 불효를 한다면 두고두고 후회할 것만 같았다. 이순신은 붓을 놓고 운주당을 나와 서늘한 바람이 슬쩍슬쩍 스치는 수루로 올라갔다. 수루에 한나절이나 앉아서 착잡한 마음을 진정시켰다. 이번에는 반드시 휴가를 받아 어머니를 위로하기로 결심했다. 왜선의 출몰이 뜸해진 이때를 놓치면 겨울이 닥치고 이어서 봄철에는 왜선을 감시하고 방비하는 상황이 긴박해질 것 같았다. 수루에서 눈에 드는 바닷길은 한가했다. 탐망선들이 드문드문 오가고 고기 잡는 수군들의 포작선들이 십여 척 떠 있었다. 포작선들 위로 갈매기들이 빙빙 돌았다. 이순신은 다시 운주당 대청으로 돌아와 붓을 들었다. 다 쓰지 못한 편지를 마무리 짓기 위해서였다.

'생각건대, 왜적들이 화친을 청해왔으나 이는 터무니없는 일입니다. 황제의 사신이 내려온 날도 한참인데, 아직도 적들은 바다를 건너가려는 기미조차 보이지 않으니 앞으로 닥쳐올 화는 지난날보다 더 심할 것입니다.

그러므로 겨울이 오기 전에 어머님을 찾아가 뵙지 못하면 봄철 방비는 더욱 급박해져서 도저히 진을 떠날 수 없을 것입니다.

대감께서는 저의 이 애틋한 마음을 살펴셔서 며칠간 말미를 주십시오. 배를 타고 가서 어머님을 한 번 뵌다면, 늙으신 어머님 마음에 조금이나마 위로가 될 듯합니다.

덧붙여 말씀드리건대 만일 그사이 무슨 변고가 생긴다면 어찌 대감의 허락이 있다 하여 감히 중대한 일을 그르치겠습니까.'

편지를 다 쓴 이순신은 군관 하천수를 불렀다. 송희립이 나이 들어 요즘에는 젊은 하천수에게 전령의 임무를 맡기고 있었다. 송희립이 참좌 군관으로서 중요한 일을 처리한다면 하천수는 자잘한 심부름을 도맡아 했다.

"체찰사 대감께서 진주에 와 겨시니께 이 편지를 전허구 와."

"예, 통제사 나리."

"바루 오지 말구 반다시 답서를 받아 와야 혀."

하천수는 이순신의 편지를 받아 든 뒤 바로 한산도 진과 본영을 오가는 탐후선에 올라 소비포로 나갔다. 소비포에서 진주로 가는 길은 왜적이 없었으므로 안전했고, 그곳 진에서는 말을 빌려 탈 수 있었다.

이순신은 운주당 대청에만 있는 것이 답답하여 활터로 나아가 장수들이 활 쏘는 것을 구경했다. 어제 내린 장대비로 활터 여기저기에는 물이 고여 있었다. 빗물에 젖은 나뭇잎들이 번들거렸다. 활터 건너편 산자락 나무숲에는 새들이 헝겊 조각 모양으로 희끗희끗 앉아 있었다. 새 떼 가운데 몇 마리는 주변을 경계하듯 훨훨 날아오르기도 했다. 모양과 크기는 비슷하지만 흰 새는 백로였고, 몸뚱이가 잿빛인 새는 왜가리였다. 이순신은 활시위를 잡아당길 만큼 몸이 회복되지 않았으므로 활을 잡지 않고 장수들의 명중 점수만 매겼다. 늘 보아왔던 것처럼 전라좌우도 장수들이 경상 우수영 장수들보다 활 쏘는 실력이 앞섰다. 타고난 솜씨라기보다는 훈련 강도에서 갈라지는 차이였다. 이순신은 휘하의 장수들에게 임란 전부터 틈나는 대로 활쏘기 훈련을 시켰던 것이다.

한편, 이원익은 진주 관아로 내려와 머무르는 동안 비변사에서 보낸 선전관의 이야기를 듣고는 미간을 찌푸렸다. 이원익은 이순신과 원균의 갈등을 한양에 있을 때부터 유성룡에게 들어 알고 있었는데, 원균이 전라 병사로 내려간다니 어이가 없었다. 전라 병사는 이순신의 관할 지역에 있는 벼슬자리였다. 선전관이 전해준 이야기는 이러했다. 선조가 임지로 떠나는 원균이 인사를 올리자 다음과 같이 격려했다는 것이다.

'경은 나라를 위해 힘껏 일하였소. 충성과 용맹을 발휘한 성의는 옛사람과 비교하더라도 뒤지지 않는 듯하오. 과인은 전부터 경을 좋게 보아왔는데 보답할 만한 것이 없소. 이제 멀리 떠나게 된 경을 직접 배웅하고 싶지만 건강이 허락하지 않소. 내사복시內司僕寺에 있는 좋은 말 한 필을 주어 과인의 마음을 표하니 경은 사양치 마시오.'

원균을 격려하는 선조의 태도에 선전관 앞에서 이의를 달지는 않았지만 이원익은 마음이 불편했다. 원균에 대한 평가를 도저히 수긍할 수 없었다. 이원익은 임금이 신하의 능력을 잘 알지 못하는 것도 불행한 일이라고 생각했다. 선조는 장수를 평할 때 특별한 이유가 없는데도 이순신에게는 박하고 원균에게는 후했던 것이다. 하천수는 진주성에 들어 바로 관아로 올라가 이원익 앞에 엎드렸다.

"통제사 나리의 편지를 가지고 왔습니다요."

"이 공은 잘 계시느냐?"

"예. 풍습으로 고상허시다가 이삼일 전부텀 좋아지셨습니다요."

"다행이다. 그럼 물러가 있거라."

"통제사 나리께서 답서를 받아 오라 하셨습니다요."

이원익의 얼굴빛은 어두웠다. 하천수가 이원익의 표정을 살피면서 말했다.

"물러나 답서를 지달리고 있어도 되겠습니까요?"

"그럴 것이 있겠느냐. 지금 바로 통제사의 편지를 보겠다."

"소장은 편지 내용을 알지 못합니다요."

"허락받을 일이 있으니 답서를 원한 것 같다."

이원익은 하천수에게 받은 이순신의 편지를 폈다. 편지를 읽는 동안 이순신의 마음을 이해하겠다는 듯 고개를 두어 번 끄덕거렸다. 그러다가도 무언가 결정을 내려야 할 부분에서는 눈을 지그시 감은 채 난감한 표정을 지었다. 잠시 후 이원익은 붓을 들어 이순신의 편지 뒤에 답서를 붙여 썼다.

'지극한 정에서 나오는 바는 피차가 모두 그러할 것입니다. 이 글은 보는 사람의 마음을 감동시킵니다. 그러나 공의公義에 관계된 일이므로 감히 제가 얼른 가라거나 말라거나 하기가 어렵습니다[至情所發 彼我同然 此書之來 令人心動 第緣公義所係 未敢率爾定奪也].'

휴가를 허락한다기보다는 묵인하겠으니 이순신 자신이 결정하여 다녀오라는 뜻의 답서였다. 하천수는 이원익 어깨너머로 이순신의 편지와 이원익의 답서를 모두 보았지만 정작 무슨 말인지 애매하여 알지 못했다.

"대감 나리, 허락하신 것입니까?"

"이 공이 보면 이심전심으로 알 것이다."

하천수는 진주성 북문을 빠져나오면서 고개를 좌우로 흔들었다. 이순신의 심부름을 제대로 한 것인지 아닌지 이원익의 답서 내용을 알 수 없기 때문이었다. 말을 타고 소비포로 돌아온 하천수는 날이 저물어 하룻밤을 보냈다. 그런 뒤 본영에서 오는 탐후선을 초저녁까지 지루하게 기다렸다가 한산도 진으로 돌아왔다.

어머니

한산도 진에도 붉고 노란 단풍이 번지고 있었다. 샛바람이 불자 단풍 든 이파리들이 우수수 우수수 낙화처럼 떨어졌다. 수군들은 윤달이 들어 8월을 또 한 번 더 지루하게 보내고 있었다. 이순신은 지난달에 이어 아직까지 곰천으로 가는 데 망설였다. 이원익의 답서를 받은 지 한 달이 지났지만 쉽게 떠날 수 없었다. 장수로서 나라를 지키는 큰 의리가 부모를 봉양하는 사심私心보다 앞선다고 여겨지기 때문이었다. 이원익의 분명한 확답을 받기 전에는 한산도 진을 비우기가 부담스러웠다. 이원익의 답서만 보아서는 휴가를 허락하는 것도 같고 그 반대인 듯도 해서 결정을 내리지 못했다. 이순신더러 알아서 판단하라고 하니 생각할수록 난감했다. 만약 휴가를 떠난 사이에 왜군과 전투가 벌어진다면 그 결과에 대한 책임은 삼도수군통제사인 이순신이 모두 져야 할지도 모르는 일이었다.

이순신은 진주로 보낸 하천수를 기다렸다. 지난달에 이어 하천수를 또 다시 체찰사 이원익에게 보냈던 것이다. 명분은 문안이지만 속셈은 이원익에게 가부의 답변을 듣고 오라는 것이었다. 수루 마루에는 샛바람에 날아온 낙엽들이 뒹굴었다.

하천수가 소비포에서 탐후선을 타고 올 시각이었다. 하천수를 대신해서 운주당에 머물고 있는 정사준이 말했다.

"전령이 댕겨올 때지라우?"

"샛바람이 불어 늦어지는 모냥이여."

"늦어불드라도 오늘 밤중까정은 오겠지라우."

"정 군관두 지잘려지는 겨?"

"그라지라우. 순천 집을 떠난 지도 삼 년이 지나뻬졌그만요."

이순신이 휴가를 받으면 자원해서 동행하려고 하는 군관은 정사립 말고도 몇 명이 더 있었다. 이봉수나 박자방, 송한련, 최대성 등이 동행을 학수고대하며 기다리고 있었다. 동행길에 말미를 얻어 자신의 집에 들를 수도 있기 때문이었다.

하천수는 생각보다 빨리 신시(오후 4시쯤)에 들어왔다. 이순신이 수루에서 내려와 낮잠을 한숨 자고 난 뒤였다. 하천수의 표정은 어두웠다. 또다시 확답을 듣지 못한 듯 이순신의 얼굴을 바로 쳐다보지 못했다. 이순신이 물었다.

"대감께서는 잘 겨신 겨?"

"예."

"워째 얼굴이 우거지상인감?"

"나리 휴가 허락을 받지 못했그만이라우."

"나보구 알아서 가라는디……, 고게 애매혀."

이순신에게 자신의 휴가를 스스로 결정하라는 것은 결코 쉬운 일이 아니었다. 더구나 이순신은 선조와 비변사 대신들의 눈치를 보고 있었다. 왜군을 공격하지 않는다는 불만과 의심이 있으므로 트집 잡히지 말아야 할 처지였다. 이원익의 답서를 받았지만 한 달이 지나도록 휴가를 떠나지 못한 것도 이러한 속사정이 부담스러워서였다.

"인자 체찰사 대감을 만날 수도 읎어라우."

"워디로 가신다는 겨?"

"예. 전라도 지방으로 점고 가신다고 헙니다요."

"하 군관이 직접 들은 말여?"

"대감께서 나리께 전허라고 말씸허시드그만요."

그런데 이순신은 반색했다. 하천수는 그런 표정으로 바뀐 이순신을 보고 어리둥절해했다. 이원익이 전라도로 시찰을 나간다면 당연히 이순신은 한산도 진에 남아야 할 터였다. 하천수가 퉁명스럽게 물었다.

"뭣이 좋으신게라우?"

"내가 대감을 안내헌다믄 좋은 일이 아닌감."

"나리께서는 휴가도 허락하지 않는 대감이 좋다는 말씸인게라우?"

"자네는 하나는 알고 둘은 모르는구먼."

하천수는 이원익의 시찰에 동행하겠다는 이순신을 이해하지 못했다. 하천수가 도리질을 하자 이순신이 말했다.

"대감께서 전라도 점고길을 내게 알리라는 것은 나와 함께 가자는 뜻인 겨."

"나리, 점고는 공무고 휴가는 쉬는 것이 아닌게라우?"

"점고길에 곰천 어머님을 뵐 수 있으니께 휴가두 되구 점고두 되지 않겠는감."

"아이고, 대감님의 짚은 맴을 인자 알겠그만요."

하천수가 뒷머리를 긁적였다. 이순신은 전라 우수사 이억기와 경상 우수사 권준, 그리고 충청 우후 원유남을 불러 한산도 진의 방비를 거듭거듭 당부했다. 그런 뒤 동행할 본영 군관들을 불러 탐후선을 띄우도록 지시했다. 이순신이 배에 올라 격군장에게 지시했다.

"미륵도 남단으루 돌아서 가야 혀."

"인자 북쪽도 왜선덜이 나타나지 않는디라우."

"흉악헌 왜놈덜은 속임수가 많으니께 그려."

한산도와 미륵도 남쪽 바다는 조선 수군이 장악하고 있으므로 안전했다. 탐후선은 판옥선보다 작은 협선으로 속도가 빨랐다. 마침 돛에 북풍을 받은 배는 격군들이 노를 젓지 않고도 미끄러지듯 미륵도 남쪽 바다로 달렸다. 한산도 진에서 당포까지는 한나절 거리밖에 되지 않는 가까운 바닷길이었다. 이순신 일행은 남진했다가 미륵도 옆구리에 붙어 있는 당포로 들어가 배를 멈추었다. 이순신이 당포에 들른 이유는 한산도 진에서 받은 공문을 확인하기 위해서였다. 당포 군관들이 체찰사에게 문안드리러 갔다가 초저녁에 돌아올 것이라는 공문을 보냈던 것이다.

이순신 일행은 초저녁까지 당포에서 머물렀다. 다행히 한산도에서 받은 공문의 내용은 틀림없었다. 정사준이 당포 군관들을 만난 뒤 돌아와서 이순신에게 보고했다.

"체찰사 대감께서 14일에 진주를 떠나 두치로 가신다고 허그만요."

"그렇다믄 오늘밤 당포에서 자드라두 여유가 있구먼."

"여그서 두치까정 하루 거린께 충분허지라우."

"바루 갈 것 읎네. 본영을 들렀다가 두치루 가두 될 겨."

"그러더라도 지덜이 몬자 두치에 도착해서 체찰사 대감님을 지잘리겄그만이라우."

"여유가 생겼으니께 곰천에 들렀다가 가세."

"곰천에 겨시는 자당님을 뵈야지라우."

이순신 일행은 저녁밥을 먹기 위해 당포에서 내렸다. 출렁이는 파도가 선창을 때리고 있었다. 흰 포말이 바다의 이빨처럼 튀어 오르곤 했다. 낮에는 햇볕이 따갑지만 저녁이 되면 곧바로 찬바람이 불었다. 이순신은 뜨거운 국물부터 마셨다. 그러자 차가운 바닷바람에 굳어진 몸이 풀어졌다. 바다는 열하루 달이 떠 훤했다. 상현달이 점점 보름달로 차오르고 있었다. 이순신은 격군들에게 당포에서 휴식을 취하도록 지시했다.

다음 날, 격군들은 하룻밤을 쉰 덕분에 힘차게 노를 저었다. 교대로 노를 저으면서 굵은 땀을 훔쳤다. 임시 격군장이 된 박자방 뿐만 아니라 정사준, 이봉수, 최대성도 격군들 틈에 끼어 노를 저었다. 탐후선은 정오가 훨씬 지난 뒤에야 남해 상주포에 닿았다. 이순신 일행은 배에서 내려 늦은 점심을 하고 서둘러 승선했다. 격군들이 모두 지친 기색을 보이자 이번에는 이순신이 노를 잡았다. 그러자 이봉수가 만류했다.

"노질은 모다 호흡이 맞어부러야 심이 덜 듭니다요."

"생각보담 쉽지 않구먼."

"긍께 노질은 격군덜에게 맽겨야지라우."

"아녀, 내 심도 보태니께 군사덜이 기운을 더 내지 않는감."

이순신의 말은 사실이었다. 이순신이 노를 잡자마자 사기가 오른 격군들이 함성을 질렀다. 어떤 격군은 신바람이 나 염불하듯 노래를 불렀다. 힘들어 끙끙대던 격군들이 노를 처음 잡은 것처럼 힘을 냈다. 손바닥에 물집이 잡혔다며 슬그머니 빠졌던 군관들이 다시 격군 뒤에서 대기했다. 배는 당포를 출발했던 때보다 더 빨리 달렸다. 때마침 샛바람이 뒤에서 불고 있었다.

"초저녁에는 도착해야 헌디 걱정이그만요."

"훤헐 때 들어가기는 심들 겨."

"소포 물목으로 지나가지 않고 안전허게 돌산도로 돌아서 갈께라우."

"그럴 거는 읎네."

이봉수의 물음에 이순신이 소포 뱃길로 가라고 지시했다. 이봉수는 임란 전 이순신의 명을 받아 소포 물목에 동생 이방직을 데리고 철쇄를 설치한 군관이었기 때문에 바닷물이 조금 빠지는 두 물때이기는 하지만 소포 뱃길이 조심스러웠던 것이다. 그러나 이순신은 마음이 급해 위험하기는 하지만 지름길인 소포 물목을 통과해 곰천에 도착하려고 했다. 이순신 일행이 소포 물목을 지날 때는 달이 두둥실 떠올라 바다를 환하게 비추고 있었다. 본영은 소등한 채 마치 빈 성처럼 조용했다. 탐후선은 본영 앞바다 굴강을 그대로 지나쳤다.

배가 곰천에 도착했을 때는 어느새 이경이었다. 초저녁잠이 많은 노인들은 벌써 잠들었을 시각이었다. 이순신은 함께 온 군관들을 박자방 집으로 보내고 어머니가 계시는 송현 마을로 올라갔다. 불이 꺼진 마을은 사람들 모두가 피난 간 것처럼 고요했다. 산자락에 바짝 엎드려 있는 초가들만 달빛을 받고 있었다. 이순신이 고샅길로 들어서자 갑자기 컹컹 개 짖는 소리가 났다. 이순신은 개 짖는 소리 때문에 큰 소리로 불렀다.

"어머님!"

"……."

"어머님, 지 왔구먼유."

잠시 후에야 불빛이 방문에 번졌다. 밝지 못한 청어 기름불이었다.

"어머님!"

"누군 겨?"

"애비구먼유."

방문이 빼꼼 천천히 열렸다. 방 안에서 백발의 머리만 내민 노파는 이순신의 어머니 초계 변씨였다. 청어 기름불이 바람에 일렁였다. 곧 꺼질 듯 흔들리면서도 방문에 그림자를 만들었다. 이순신은 방 안에 들어서서 놀란 어머니의 손을 잡았다. 어머니는 삼 년 전보다 더 백발이 무성했고 얼굴은 마른 대추처럼 쭈글쭈글했다. 이순신은 어머니의 손을 놓은 뒤 큰절을 올렸다.

"아프신 디는 읎지유?"

"……."

이순신은 고개만 끄덕이는 어머니를 붙들고 눈물을 머금었다.

"진지는 잘 드시지유?"

"그려. 내 걱정은 허지 말어."

"저녁은 드셨지유?"

"여기 마실 정씨덜이 끄니때마다 잘 챙겨주구 있어."

"알구 있구먼유."

"회하구 울은 안 오구?"

"한산도에 있지유. 조카덜두."

"저녁은 워쨌댜?"

"배에서 먹구 왔지유."

이순신은 일어서려는 어머니를 만류했다.

"배에서두 끄니때 잘 먹어유."

"군사덜이 많은디 애비 혼자 배불리 먹을 수는 읎을 겨."

"지보다야 심든 수졸덜이 더 배고프지유."

"감자라두 먹을 겨?"

초계 변씨 노파는 이순신을 삼도수군통제사로 보지 않았다. 어렵게 살던 아산 시절의 아들로 보아 아직도 배고플 것이라고 생각했다. 저녁을 먹었다는 이순신에게 또 밤참을 먹이고자 했다. 결국 이순신은 부엌으로 나가 살강 안의 바구니에 든 찐 감자를 가지고 들어왔다.

"회는 워디 있는 겨?"

"봉이허구 회는 시방 한산도에 있지유. 아무 탈 읎지유."

"아산 식구덜은 워쩌?"

"모다 잘 있지유. 메칠 전에 아산 종 향시가 한산도에 왔구먼유."

"향시가 한산도루 왔단 말여?"

"에미 편지를 갖구 왔어유."

"에미는 아무 일 읎댜?"

"예, 울이나 면은 초시 준비허구 있다는디 모르겠구먼유."

"무과는 에러운 겨?"

"두 번 낙방허구는 아산으루 갔지유."

"애비가 심을 쬐끔 쓰지그려."

"심을 쓰기는유. 더 엄격허게 봐야 군관덜이 공정허다구 허지유."

둘째 아들 울과 셋째 아들 면, 조카들은 아산에서 향시를 준비하고 있지만 장남 회와 조카 봉은 또 무과별시를 보려고 여수 본영에서 한산도로 들어와 있었다. 체찰사에게 요청하여 한산도 진중에서 수졸들을 상대로 또 무과별시를 치를 것인데, 이순신은 시관試官으로 광양 현감 이성림과 고성 현감 조응도가 한산도 진중에 들어온 것까지 확인하고는 그 자리를 피하듯 본영으로 오는 탐후선을 탔던 것이다.

이순신은 잠도 잊은 채 어머니를 위로하듯 길게 이야기했다. 아산의 피붙이들을 하나하나 불러냈다. 이순신은 말썽을 피운 하인들까지도 모두 어머니에게 말해주었다. 새벽이 되자 부엉이 울음소리가 가깝게 들려왔다. 먼 숲에 있다가 마을 뒷산까지 날아온 듯했다. 어머니는 누구한데 들었는지 부안 윤씨 소실의 피붙이까지 알고 있었다.

"부안에 손주는 멫인 겨?"

"둘이구먼유."

"모다 건강허구?"

"부안이 잘 키우구 있지유."

어머니가 하품을 하자 이순신은 일어나서 어머니의 팔다리를 주물렀다. 그러다가도 피골이 상접한 어머니의 팔다리를 가만가만 흔들어보았다. 손에 잡히는 뼈가 마치 마른 삭정이 같아 눈물이 났다.

"또 다른 여자는 읎는 겨?"

"읎지유."

이순신은 가끔 방에 불러들여 사담을 나누고 술 시중을 드는 종 덕이에 대해 말하지 않았다. 종답지 않게 입이 무거운 데다 언행이 바르다며 칭찬하고 싶었지만 참았다. 머리를 빗고 긁어주는 종 금이에 대해서도 차마 꺼내지 못했다. 어머니가 오해를 하여 마음 상할 수도 있어서였다. 그러나 이순신은 어머니의 난데없는 당부에 문득 놀랐다. 이마에 찬물이 끼얹어진 듯 졸음이 저만큼 달아나버렸다.

"선산 지키는 에미를 늘 잊지 말으야 써."

"예, 어머님."

"맘은 쓰구 있는 겨?"

"종 향시 편에 말린 청어나 미역을 보낼 거구먼유."

"고것 말구 애비 맘두 보내야 써."

"걱정 마셔유. 철 따라 맘 쓰구 있으니께유."

"그래두 부부가 젤루여. 더 늙기 전에 위해주구 살펴줘야 혀."

"예, 어머님. 명심헐께유."

새벽빛이 방문으로 들어왔다. 동창이 통째로 푸르게 변했다. 그제야 밤새 이야기를 나누던 어머니가 갓난아기처럼 쌕쌕 코를 골았다. 이순신은 어머니에게 홑이불을 씌워드리고 방문을 열고 나왔다. 바깥에서 사람들의 말소리가 두런두런 들려왔다. 밤이슬이 내린 마당은 이슬비가 내린 듯 촉촉했다. 사립문 밖에서 서성거리고 있는 사람들은 본영 관노들이었다. 종들이 이순신을 보자마자 땅바닥에 엎드려 절을 했다.

"무신 일루 왔느냐?"

"곰천에 쪼깐헌 포작선을 대났습니다요."

"니는?"

관노 중에서 계집종을 가리키며 묻자 말했다.

"쉰네는 아척 진지를 올려드릴라고 왔습니다요."

"고맙기는 헌디 너무 이르지 않느냐?"

"아닙니다요. 지덜은 밤중에 와서 지달린 것이 아니라 방금 도착했습니다요."

"알았다."

이순신이 빗자루를 잡자 사내종이 달려와 머리를 조아렸다. 이순신이 불쏘시개를 부엌으로 옮기려고 하는데 이번에는 계집종이 가로막으며 울상을 지었다. 마당가에 서 있던 계집종은 세숫물을 떠왔다. 모두가 한산도 진에 왔다 간 종들이었다. 결국 이순신은 초가 앞마당을 한 바퀴 돌고 난 뒤 방으로 들어와 버렸다.

"누가 온 겨?"

"본영 종덜이 왔구먼유."

"시방 가는 겨?"

"아침은 먹구 가야지유."

"기여. 내가 차릴 겨."

"가만히 기셔유. 아침상이 들어올 거니께."

이순신 말대로 잠시 후에 아침상이 들어왔다. 개다리소반 밥상에는 본영에서 가져온 반찬들이 한가득 올라 있었다. 흰 쌀밥에 감자 된장국, 그리고 미나리가 섞인 서대 무침이 사발에 푸짐했다. 이순신은 숟가락으로 모락모락 김이 나는 밥을 떠 서대 무침을 얹은 뒤 어머니에게 드렸다. 처음에는 손사래를 치던 어머니가 나중에는 오물오물 씹으면서 흐뭇해하는 빛이 역력했다. 밥을 다 먹은 뒤에도 이순신은 차마 자리에서 일어나지 못했다. 그러나 이순신은 다음 행선지가 정해져 있으므로 관노들과 함께 본영으로 돌아가야 했다.

그리운 본영

포작선은 여수 본영 굴강으로 들어와 닻을 내렸다. 선창에는 본영을 지키는 군관과 수졸들이 나와 이순신을 기다리고 있었다. 굴강 안의 '명주 바다'가 가을 햇살에 반짝거렸다. 수졸들은 명주처럼 곱고 보드라운 바다를 '맹지 바닥(명주 바다)'이라고 불렀다. 수장 너머의 바다도 하늘과 같이 쪽빛이었으며 갈매기들은 굴강을 둘러친 수장을 느릿느릿 넘나들고 있었다.

범종 모양의 본영 뒷산도 군데군데 단풍이 들어 붉고 노랬다. 노랗게 물든 나무는 팽나무나 서어나무, 붉은 것은 붉나무나 옻나무, 갈색 단풍은 졸참나무일 터였다. 삼 년 만에 들른 본영은 한산도와 달리 정겹고 포근했다. 어머니가 지근거리에 있는 본영은 이순신에게 고향이나 다름없었다. 한양에서 태어났지만 너무 어린 시절이라 잘 기억나지 않았고, 궁핍하게 살았던 젊은 시절의 아산은 세월이 흐를수록 돌아가고 싶지 않다는 생각이 불현듯 들 만큼 애증이 교차했던 것이다. 특히 함경도 권관으로 있을 때 아산으로 달려갔지만 아버지 임종을 보지 못한 일은 두고두고 후회가 됐다.

군관과 수졸들은 선창에서 부동자세로 사열을 받았고 관노 가마꾼들은 가마를 들고 나와 기다렸다. 예전에는 군마를 끌고 와 대기했는데 삼도수군통제사가 된 이후부터는 정승 대신처럼 가마를 대령했다. 유진장 나대용이 말했다.

"통제사 나리, 타시지라우."

"나는 군마가 편헌디."

"인자 나리께서는 가마를 타셔야 헙니다요."

"말이 읎어서 그런 겨?"

"아닙니다요. 지금 바로 준비헐 수 있지라우."

"아녀. 차라리 걸어서 남문으루 올라가겄네."

이순신은 자꾸 가마를 타라는 나대용을 나무라지 않았다. 나대용은 속으로 안도했다. 말을 준비하겠다고 했지만 실제로는 공문을 전하기 위해 순천이나 보성 등을 오가는 통인의 늙은 말이 한 필 있을 뿐이었던 것이다. 튼실한 군마들은 이미 전장터로 내보내고 없었다. 이순신은 굴강의 비린내 나는 공기를 깊이 들이마셨다. 그러고 나서야 남문까지 천천히 걸었다. 삼 년 만에 찾아온 고향 같은 본영 땅을 밟았다.

"본영은 워뗘?"

"병들구 늙은 군사딜 몇 십 명이 잘 지키고 있그만요."

"집으루 돌아가길 원허는 장졸덜은 가끔 휴가를 보내두 될 겨."

"밤에 성문을 지키는 군사가 부족헙니다요."

나대용은 본영을 수비하는 경계병이 모자라므로 마을에서 늙은 포작까지 불러와 성문을 방비케 했다. 그러니 유방군으로 남은 군사를 휴가 보낸다는 것은 상상할 수도 없었다.

"그래두 성문 방비는 잘 혀야 써."

"모다 심을 합쳐 잘 허고 있그만이라우."

"늙은이덜은 경험이 많으니께 실수가 읎을 겨."

"경험이 많은께 요령도 잘 피워붑니다요."

"박만덕은 워디 있다?"

"작년에 병사혔그만요."

"죽었단 말여?"

이순신은 본영에서 모든 수졸들의 형님 노릇을 했던 포작 출신 박만덕이 병사했다는 말에 잠시 할 말을 잃었다. 임란 전 수사로 부임해 왔을 때부터 비록 계급은 군관 밑의 진무였지만 포작 출신 수졸들의 마음을 하나로 모아준 그였던 것이다. 이순신은 남문에 이르러서 또 입을 열었다.

"석보창은 워뗘?"

"거그도 사람덜이 부족헌 건 마찬가집니다요. 특히 무기 맹그는 쟁이덜이 모자라그만요."

"쟁이덜이 모다 한산도에 가 있으니께 그럴 겨."

"시방은 군량을 모으는 창고로만 쓰고 있그만요."

"군량도 무기만큼 중요허니께 잘 관리혀."

"예, 통제사 나리."

이순신은 객사로 올라가 궐패 앞에 엎드려 네 번 절을 했다. 한양에 있는 임금에게 본영에 왔다고 신고하는 절이었다. 절을 하고 나오자 동헌 구실아치가 달려와 말했다.

"나리, 점심을 준비해 놓았습니다요."

"늦을 거니께 물러가 있거라."

이순신이 객사 다음으로 찾아간 곳은 의원청이었다. 의승청 옆에 있는 의원청에는 중병에 걸린 장졸 십여 명이 치료를 받고 있었다. 방에 들어서자 역한 냄새가 코를 찔렀다. 의원은 모두 한산도로 차출되어 본영에는 한 사람만 남아 있었다. 의녀도 한 사람뿐이었다. 다모 승설이 의녀로서 청매의 뒤를 이어 의원을 보좌하고 있었다. 의원은 본래부터 다리에 장애가 있는지 절룩거렸다. 이순신이 물었다.

"환자덜은 멫 명인 겨?"

"모다 열둘입니다요."

"상태는 워뗘?"

"두 멩은 다 나아가고 있고, 아홉은 더 치료를 받어야 허고, 군관 한 사람은 밤낮으로 애를 쓰고 있습니다만."

"약은 워디서 구허는 겨?"

"부근 산야에서 구허는디 지는 주로 침을 놓아 치료헙니다요."

이순신은 환자들의 손을 하나하나 잡으면서 위로했다. 환자는 대부분 임진년 출진 때 왜적의 총알이나 칼을 맞은 수졸들이었다. 훈도, 군관, 사부, 격군, 무상 등의 임무를 맡고 싸우다가 다친 중환자들이었다. 왜적을 쫓아가서 목을 베려다가 도리어 적의 칼날에 죽을 뻔했던 자상 환자도 있었다. 이순신은 의원청의 끝자리에 누워 있는 환자에게 다가갔다. 광양 출신의 군관 유기종이었다. 임란 전에 본영으로 찾아와 이순신의 부하가 된 유기종은 무과 급제한 군관이었다. 유기종이 이순신을 보더니 일어나려고 애를 썼다.

"그대루 있게."

"몸땡이도 맴대로 못 허는 빙신이 돼부렀그만요."

유기종은 척추를 다쳐 거동을 못 했다. 유기종이 의원청에서 치료받고 있다는 사실을 보고받아 알고 있었지만 그의 상태는 생각보다 심각했다. 올해 장맛비에 허물어진 남문 쪽 성벽을 쌓다가 구르는 바윗덩이에 압사할 뻔했던 것이다. 이순신이 유기종의 손을 잡자 그가 눈물을 흘렸다.

"부끄럽그만요."

"헐 일을 허다가 그런 겨."

"지가 썬찮은께 빙신이 됐지라우."

"성을 방비허는 유진장으루 헐 일을 다헌 겨."

"왜놈과 싸우다가 요로코롬 됐으믄 원이 읎지라우. 챙피헙니다요."

"아녀. 유 군관멩키루 사변 전부텀 나를 도운 사람두 드물 겨. 우덜 군사가 연전연승헌 것은 사변 전 일 년 동안 우덜이 피땀을 흘렸기 때문이여. 고된 훈련이 읎었다믄 불가능했을 겨. 본영에서 철저헌 대비가 읎었다믄 어찌 연전연승을 헀겄어."

"그래도 지는 싸우다가 다친 것이 아니라서 후회가 됩니다요."

"고런 생각 말구 치료 잘 받구 얼릉 일어나야 혀."

이순신은 의원청을 나와 따로 의원을 불렀다. 이순신이 절뚝거리며 다가오는 의원에게 물었다.

"유 군관 상태는 워떤 겨?"

"척추에 찬 고름을 대침으로 찔러 빼내는디 인자는 에렵습니다요."

"차도가 읎다는 말여?"

"나리, 지로서는 더 이상 손을 쓸 방도가 읎습니다요."

"심각허다는 말이구먼."

"앞으로 한 달을 넘기지 못헐 것 같습니다요."

"그래두 최선을 다혀. 내아 종덜을 의녀루 붙여줄 티니께."

"예, 통제사 나리."

군기고로 가는 데는 나대용이 앞장섰다. 이순신은 유기종의 모습이 어른거려 걸음을 빨리 떼지 못했다. 전쟁이 길어지는 동안 자신보다 먼저 눈을 감는 부하들이 하나둘 늘어가고 있는 것이 현실이었으므로 생각할수록 비통했다. 녹도 만호 정운, 광양 현감 어영담, 흥양 통장 최천보, 순천 의병장 성응지 뿐만 아니라 수졸들까지 합하면 사망자가 오십여 명에 이르렀던 것이다.

군기고의 무기는 점고할 필요조차 없었다. 무기들은 몹시 빈약했다. 그마저도 부러진 활과 창, 고장 난 총통이 몇 대 있을 뿐이었다. 한산도로 다 가지고 갔으니 군기고는 그럴 수밖에 없었다. 그러나 성을 방비하려면 최소한의 무기는 갖추고 있어야 했다. 이순신은 한때 석보창 대장으로 있다가 본영 유진장이 된 나대용에게 지시했다.

"석보창에 있는 무기덜 중에서 쓸 만헌 것을 골라 본영으루 옮기게."

"거그 대장에게 즉시 나리 말씸을 전해불겠습니다요."

"나두 변존서에게 지시허겄네. 석보창 점고를 가서 말여."

이순신은 나대용의 보고를 받으면서 군관청, 진무청, 사부청, 의승청까지 마저 점고했다. 마지막에는 미육고와 진휼청의 문도 열어 보았다. 미육고에는 육포 한 점 없었지만 진휼청에는 보리와 콩이 든 가마니가 가득 쌓여 있었다. 흉년이 들면 본영 안팎의 양민들을 구휼할 양식이었다. 진휼청이 비지 않은 것은 작년에 풍년이 들어 돌산과 도양의 둔전에서 군량을 실어 왔기 때문이었다.

관노청 앞에서는 무재와 금이를 비롯한 노비들이 모두 나와 엎드려 이순신을 맞이했다. 이순신은 종들을 격려한 뒤, 기생청 대신 다시청으로 사용했던 처소로 갔다. 한산도로 진을 옮긴 뒤부터는 다시청도 실제로는 빈집이나 다름없었다. 의녀가 된 승설이 혼자서 거처하기에는 너무 큰 처소였다. 승설이 의승청에서 달려와 고개를 숙였다.

"그동안 보내준 차를 잘 마셨다."

"좋은 차를 구해 보내드리지 못해 죄송헙니다요."

"사변 중인디 좋은 차가 워디 있겄느냐."

"스님덜이 모다 싸움터로 나가 절 차독에 차가 읎습니다요."

"오랜만에 승설이 우린 차를 마셔보구 싶구나. 동헌으루 올라오거라."

동헌도 썰렁하기는 마찬가지였다. 그래도 내아 부엌데기들이 날마다 청소를 하는지 대청마루와 동헌방에 흐트러진 물건이 하나도 없었다. 방과 대청마루는 물론 호상의 팔걸이까지 수시로 닦았는지 반들반들했다. 이순신은 호상에 앉아 마당을 내려다보았다. 마당가에는 매실을 따기 위해 이식했던 매화나무들이 어느새 고목이 되어 잔가지가 거미줄처럼 뻗어 있었다. 위장병을 달고 사는 이순신에게는 매실주 한 사발이 쓰리고 더부룩한 속을 편안하게 해주었던 것이다.

이순신과 나대용은 점심을 동헌방에서 먹었다. 점심상에는 살짝 데친 피문어와 손바닥만 한 금풍쉥이 구이, 그리고 톡 쏘는 갓김치가 올라와 이순신의 입맛을 돋우었다. 오랜만에 맛본 본영 음식이었다. 잠시 후 대청마루로 나오자, 승설은 이미 내아 부엌데기가 끓인 찻물과 차를 들고 와 있었다.

"다모가 우린 차를 마셔보세."

"지는 차 맛을 모르그만요."

"나맹키루 속이 탈난 사람헌티는 차가 약인 겨."

"그라믄 지도 차를 마셔불랍니다요."

"나 군관두 속이 더부룩헌 겨?"

"토사곽란까정 갈 때가 있지라우."

"뜨뜻헌 발효차를 자주 마셔보게. 효험이 있을 티니께."

승설은 이순신과 나대용의 차 사발에 노란 빛깔의 발효차를 따랐다. 이순신은 차향을 맡고 난 뒤 마치 고기를 씹듯 음미하며 마셨다. 그러나 나대용은 된장 국물을 마시듯 후룩후룩 소리 나게 넘겼다.

"맛이 워떤 겨?"

"모르겄그만요."

"향은?"

"나리께서 약이라고 해서 쓰디쓴 줄 알았는디 별 거 아닌 맹물이그만요."

"하하하. 약이라고 혀서 모다 쓴 것은 아녀."

이순신이 소리 내어 웃자 승설도 손으로 입을 가렸다. 그러자 나대용이 잠시 무안해했다.

"차는 국물멩키루 마시는 게 아녀. 입안의 혀를 적시드끼 찬찬히 마셔야 맛을 지대루 알 수 있는 겨."

"성질 급헌 지헌티는 맞지 않그만요."

"아녀. 차를 마시다 보믄 승질두 누그러지는 겨."

두 사람이 차를 몇 잔 더 마신 뒤였다. 이순신이 정색하며 승설에게 물었다.

"고향이 워딘 겨?"

"나리, 쇤네는 고향이 읎습니다요."

"고향이 읎는 사람두 있다는 말이냐."

"선암사에서 나고 자랐을 뿐입니다요."

"그렇다믄 선암사가 고향인 겨."

나대용이 이순신에게 물었다.

"나리, 의녀 고향을 으째서 묻습니까요."

"여태까정 의원청에서 고상혔으니께 돌려보내려구."

"의녀가 빠져나가믄 구헐 디가 읎습니다요."

"얌전헌 부엌데기를 의녀루 맹글믄 될 겨."

이순신은 전라 좌수영 관내의 절들 사정을 의능에게 보고받아 소상하게 알고 있었다. 승려들이 모두 의승군에 편입되어 절들이 텅 비어 있다는 보고를 일찍이 받았던 것이다. 이순신이 그런 생각을 한 까닭은 퇴락한 선암사 같은 절을 대책 없이 방치하기보다는 승설이라도 보내서 병든 노승들을 돌보고 절을 관리하는 것이 좋지 않을까 싶어서였다. 승군으로 자원하여 전장터에서 고생하는 승려들을 조금이라도 위로하고자 생각해낸 방편이었다. 결국 절은 승려들이 돌아가 수행할 곳이었다.

"선암사루 돌아갈 겨?"

"……."

"으째서 말이 읎느냐? 얼릉 나리께 대답허그라."

성미 급한 나대용이 승설을 다그쳤다.

"쇤네가 돌아가고 싶은 이유는 따로 있습니다요."

"말해보그라."

"차를 따는 스님네덜이 읎응께 차밭이 칡넝쿨 묵정밭이 돼부렀다고 헙니다요."

"그래서 으쨌다는 것이냐?"

나대용이 마치 승설의 허물을 닦달하듯 캐묻자 승설이 속마음을 털어놓았다.

"차밭을 다시 맹글어 나리께 맑은 차를 올리고 싶습니다요."

"니 맴이 차맹키루 향기롭구나."

이순신이 나대용에게 지시했다.

"나 군관이 통인을 붙여 다모를 선암사루 보내게."

"예, 통제사 나리."

이순신은 낮 동안에는 아침에 점고하지 못했던 화약고, 이장청 등을 돌아본 뒤 유시酉時(오후 6시쯤)까지 휴식을 취했다. 그런 뒤 순천으로 갔던 정사준이 돌아오자 바로 본영 선소에서 수리해놓은 협선을 타고 소포 물목을 지났다. 하동 선창 위쪽의 요해처 두치는 새벽녘까지 충분히 도착이 가능한 거리였다. 그래도 이순신은 임시 격군장인 정사준에게 노를 재촉하도록 지시했다. 체찰사 일행이 14일에 진주를 출발하여 두치로 온다고 하므로 미리 도착하여 예를 갖추고자 그랬다.

협선에는 군관 정사준과 격군들, 무상, 요수만 탔다. 한산도에서 데리고 온 군관들은 고향으로 가 있다가 이순신이 그 지역에 도착할 때 만나기로 했던 것이다. 이봉수는 보성으로, 박자방은 여천 등으로 먼저 가 이순신을 기다리고 있으면 되었다. 협선은 불빛 한 점 없는 광양 배알도를 지나 섬진강 어귀로 들어섰다. 이순신이 임시 격군장인 정사준에게 물었다.

"워째서 이짝으루 붙어 가는 겨?"

"나리, 저짝 광양의 전탄은 물살이 쎈 곳인께 위험합니다요."

"정 군관이 섬진강 지세에 밝구먼."

"나리를 뵙기 전에는 전탄에서 의병덜을 델꼬 복병장을 지냈그만요. 그래도 돌아가신 어 현감님보다는 물길에 밝지 못허지라우."

광양 선소에서 나온 배가 횃불을 켜 달고서 협선을 안내했다. 미리 전령 편에 공문을 보냈기 때문에 나타나 앞장서고 있었다. 섬진강 어귀에는 작은 섬들이 몇 개 있는 데다 특히 광양 쪽은 활처럼 구부러진 곳에 여울이나 가파른 바위 기슭이 많아 뱃길로서는 위험했다. 협선은 수심이 깊고 배가 지나기에 안전한 곳으로 올라갔다. 광양 선소에서 나온 배는 여전히 하동 쪽으로 붙어서 협선을 유도했다. 하동 선창을 지나자 동이 텄다. 정사준이 말했다.

"나리, 다 왔그만요. 저그가 두치여라우."

"알았네."

광양의 두치와 전탄은 섬진강 입구를 양쪽에서 방비하는 요해처였다. 이순신이 강조하는 전술 중 하나도 적이 육지로 올라오지 못하도록 강 입구에서 막는 강구대변江口待變이었다. 이윽고 이순신이 먼저 협선에서 내렸다. 두치 선창은 천연의 너럭바위로 된 독특한 곳이었다. 새벽빛이 시나브로 산지사방으로 번져 두치 군막이 또렷하게 보였다. 군막에서 뛰어나온 복병 하나가 소리쳤다.

"누꼬!"

"통제사 나리시다. 오늘 체찰사 대감을 뵐 것이다."

정사준이 위엄을 갖춘 목소리로 소리쳤다. 그러자 복병이 말했다.

"체찰사 대감께서는 어제께 순천으로 떠났십니더."

"그럴 리가 없다. 체찰사 대감을 오늘 두치에서 뵙기로 했느니라."

그러나 복병은 자신이 본 대로 말하고 있었다. 체찰사 일행이 진주에서 출발하기로 한 날짜는 원래 14일이었으나 일정을 하루 앞당겼던 것이다. 체찰사 일행은 이미 광양을 거쳐 순천으로 가고 있는 중이었다. 체찰사의 일정이 누설되어 하루 전에 움직였는지도 모를 일이었다. 이순신은 두치 복병장과 함께 광양 선소에서 보내준 달착지근한 전어회와 시원한 갱조개(재첩) 국으로 보리밥을 먹은 뒤, 바로 체찰사가 간 길을 쫓아 광양으로 출발했다. 이번에는 배로 가지 않고 정사준을 향도 군관으로 삼아 두치 복병장이 내준 말을 탔다.

광 양 참 상

이순신 일행이 섬진강을 건너 백운산 산자락 끄트머리의 밤
골재를 넘어가고 있을 무렵이었다. 광양 선소 쪽으로 난 산길에
서 말발굽 소리가 났다. 이순신 일행은 몸을 낮추어 밤골재 밑의
산길을 주시했다. 산길은 서리 맞은 구렁이처럼 느럭느럭 기어
오르고 있는 듯했다. 정사준은 활을 들어 겨냥했다. 말먹이꾼은
말 두 마리를 데리고 급히 동백나무 숲속으로 들어갔다. 산모퉁
이를 돌아오는 말에는 두 사람이 타고 있었다. 흙먼지가 연기처
럼 일었다가 사라졌다. 몸을 한껏 낮추고 있는 정사준에게 이순
신이 말했다.

"선소 군관은 아녀."

"전령인지 아닌지 헷갈리그만요."

수장의 군령軍令을 전하는 영기令旗는 청색 삼각기에 붉은 영
令자가 새겨져 있었다. 그런가 하면 적색 사각기에 검은 영자가

박혀 있기도 했다. 소매가 넓은 두루마기 전복 차림으로 보아 왜군은 아니었다. 그렇다고 광양에 거주하는 양민으로 보이지도 않았다. 전쟁 중에 양민이 귀한 말을 타고 다닐 리가 없었다.

"기여. 쩔렁기가 아녀."

"방울을 떼부렀을께라우?"

영기는 깃대에 방울을 달고 다니므로 쩔렁쩔렁 소리가 났다. 그래서 수군들은 영기를 '쩔렁기'라고도 불렀다.

"위장헌 왜놈 척후병이 아닐께라우?"

"조심혀."

"쓰잘떼기읎는 걱정을 했그만요."

정사준이 들었던 활을 내리고 고갯길로 내려갔다. 말고삐를 잡고 있는 사람은 역졸 구실아치 복장을 하고 있었으며 검은 턱수염이 긴 사람은 관복 두루마기 차림이었다. 달려오던 말이 정사준 앞에서 흙먼지를 일으키며 멈췄다. 정사준이 역졸에게 물었다.

"으디로 가는 누구냐?"

"소촌 역참 역졸입니더. 대감 나리를 안내하고 돌아가는 길입니더."

역졸은 역驛 자 먹 글자를 흰 저고리에 달고 있었다.

"어느 대감을 안내혔다는 것이냐?"

"체찰사 대감입니더."

역졸 뒤에 앉아 있던 사람이 말 등에서 내렸다. 기골이 장대하여 고목나무가 움직이는 듯했다. 뒤따라 역졸도 뛰어내리면서 말했다.

"소촌역 찰방 나리십니더."

"그렇다믄 우리 통제사 나리께 인사를 드려야겠그만."

정사준이 뒤를 돌아보며 손을 들었다. 검문이 끝났으니 안심해도 좋다는 수신호였다. 그제야 이순신이 허리를 펴고 일어나 전복 자락에 묻은 흙먼지를 털며 다가왔다. 소촌 찰방 이시경이 이순신을 보자마자 달려와 고개를 숙였다.

"통제사 나리, 무신 일이어유?"

"체찰사 대감께서 전라도 고을을 점고허신다기에 나왔네."

"지는 진주에서 광양 선소까정 향도 노릇을 허구 돌아가는 길이지유."

"그랬구먼."

"대감께서는 광양에서 하룻밤 주무셨으니께 지금쯤 순천으루 향하셨을 겁니다유."

"대감을 순천에서나 뵙겠구먼."

이시경은 진주성 동쪽 남강을 건너기 전에 있는 소촌역의 찰방이었다. 한산도 진에도 두어 번 다녀갔으므로 이순신은 그를 잘 알고 있었다. 이순신이 정사준에게 말했다.

"한산도 진에 몇 번 왔던 찰방이여."

"지는 통제사 나리 군관 훈련 주부 정사준이요."

"고상이 많쥬? 수군 장수만 보믄 존경스럽다니께유."

"왜적에 맞서 싸우는 처지는 모다 같지라."

이시경과 정사준은 한동안 손을 마주 잡고 흔들면서 서로를

160

위로했다. 나이가 엇비슷하여 마치 친구 같은 느낌이 들었고, 무엇보다 찰방과 훈련 주부는 벼슬의 품계가 종6품으로 같았다. 이순신이 말했다.

"얼릉 움직이세. 대감을 순천에서는 만나야 허지 않겠는감."

"나리, 여기에서 순천은 먼 거리가 아닙니다유. 그러니께 점심은 여기서 드시고 가두 될 겁니다유."

이시경이 바로 길을 나서려는 이순신을 만류했다. 이시경이 역졸에게 소리쳤다.

"뭣하구 있는 겨? 얼릉 점심 가져오지 않구!"

"예, 찰방 나리."

정사준도 이시경의 제의를 받아들이자고 거들었다.

"나리, 광양에는 미시未時쯤 도착헐 거 같은께 여그서 자시고 가지라우."

"그려. 때를 넘기믄 고것두 관아에 폐를 끼치는 일이여."

점심때가 지났다고 시찰 나간 통제사의 끼니 준비를 거부할 리는 없겠지만 관원들에게 부담을 주는 것만은 분명한 일이었다. 이순신은 고갯마루 그늘을 찾아 앉았다. 역졸이 말에 싣고 온 점심은 콩보리주먹밥이었다. 광양 선소 수졸이 싸준 점심과 감자 새참이었다. 이순신이 먼저 콩보리주먹밥 한 개를 들고 한 입 베어 물었다. 식은 콩보리주먹밥은 무처럼 단단하고 거칠었다. 입안에서 한동안 우물우물 씹어야만 넘길 수 있었다. 이순신은 들고 있던 콩보리주먹밥을 앞에 놓고 뒤를 돌아보았다. 역졸이 고함을 치고 있었다. 몰골이 험악한 거지 서너 명이 고갯마루를 향해 다가오고 있었다.

"워째서 그런 겨?"

"선소에서 봤던 유랑민 걸뱅이덜이 오고 있십니더."

"냅두어라. 유랑민두 우리 백성이 아닌감."

이시경이 무뚝뚝하게 말했다.

"나리, 어서 드시지유. 그지덜이 달라들믄 자리를 옮겨야 허니께유."

그러나 이순신은 뭍에서 유랑민을 만나기는 처음이었으므로 자리를 피할 생각이 조금도 없었다. 그들의 처지를 직접 살펴보고도 싶었다.

"저자덜두 우리 백성이니 억울함이 있는지 읎는지 들어봐야 헐 거 아닌감."

"만나보시믄 아시겄지만 고얀 놈덜두 있지유."

"뭣이 고약허다는 겨?"

"징집을 피하려구 부러 팔을 자르구 나서 구걸허구 댕기는 놈덜두 있지유."

역졸이 나뭇가지를 꺾어 파리 떼를 쫓듯 휘둘렀다. 그래도 상거지 꼴의 유랑민들이 비실거리며 다가왔다. 이순신이 정사준에게 말했다.

"유랑민덜을 이리 델꾸 오게."

"나리, 서두르셔야 오늘 순천에 들어가실 수 있을 거그만요."

"걱정 말게."

이순신은 반반한 바위에 차린 콩보리주먹밥과 산나물 장아

찌를 거들떠보지 않았다. 정사준도 콩보리주먹밥을 들었다가는 놓았다. 피골이 상접한 유랑민들을 앞에 놓고 차마 콩보리주먹밥을 먹을 수는 없었다. 유랑민들의 몰골은 비참했다. 이시경의 말처럼 징집을 피하기 위해 고의로 병신이 된 사람은 없었지만 황달에 걸려 얼굴이 퉁퉁 부어 있거나 몸에서 고름이 질질 흐르는 환자들이었다. 유랑민들의 몸에서는 살 썩는 냄새가 진동했다. 산발을 한 유랑민들이 이순신 앞에서 자루가 넘어지듯 넙죽 엎드렸다.

"위디서 온 겨?"

"오갈 디 읎는 떠돌입니다요."

"집이 읎단 말여?"

"왜놈덜이 불 질러서 진작에 타뻔졌습니다요."

"모다 그런 겨?"

"지덜은 여그저그 돌아댕김시로 얻어묵고 사는 거렁뱅입니다요."

"수군에 들어왔으믄 배고픔은 면혔을 것이 아니냐?"

"나리, 지덜은 빙신이라 수군에서도 받아주지 않습니다요."

"피난민덜멩키루 돌산이나 도양 둔전으루 갔으믄 굶지는 않을 겨."

"나리, 둔전으로 가기도 에렵습니다요. 둔전을 차지헌 피난민덜이 우리덜을 미친개 패드끼 헌께 살 수가 읎습니다요."

"쯧쯧. 그래서 유랑민으루 살 수밖에 읎구먼."

"메칠째 칡뿌렝이에다 찬물만 마셨드니 구역질이 나와뻔집니다요."

황달에 걸린 유랑민이 끄억끄억 구역질을 해댔다. 그의 입속에서 구린내가 심하게 풍겼다. 정사준과 역졸이 고개를 돌렸다. 이시경이 소리쳤다.

"통제사 나리시다. 하소연을 혔으니께 인자 돌아가거라."

"아녀. 여기 있는 주먹밥을 이자덜에게 주게나."

이시경이 어이없는 표정을 지었다.

"나리, 점심을 시방 드시지 못허믄 순천까정 가시는디 몹시 시장허실 건디유."

"찰방, 유랑민도 우덜 백성인디 메칠째 굶었다는 이자덜을 못 본 체허구 워치게 우덜 배를 채우겄는감."

이순신이 손짓으로 가리키자마자 엎드려 있던 유랑민들이 바위 위에 놓인 콩보리주먹밥과 나물 반찬을 마치 매가 병아리를 낚아채듯 다투어 가져갔다. 주먹밥이 순식간에 사라졌다. 이시경은 점심을 굶게 됐는데도 호탕하게 웃으며 자리에서 일어났다.

"나리, 오늘 점심 한번 잘 먹었시유."

"배고픈 백성덜에게는 밥이 하늘이여."

울상을 짓고 있는 사람은 역졸뿐이었다. 섬진강을 건너 두치로 가려면 저녁때까지는 쫄쫄 굶고 가야 할 터였다. 이순신은 이시경과 헤어진 뒤 곧장 광양 마로산성으로 향했다. 군장이재 너머에 있는 산촌의 집들도 불에 탄 채 검은 숯덩이가 돼 있었다. 타다 만 움막들이 몇 채 있었지만 폐가가 되어 으스스할 뿐이었다. 왜적의 분탕질에다 진주성 전투 이후 피난민들이 산적으로

164

변해 출몰하면서 마을들은 대부분 폐촌으로 변해 있었다. 화전민들의 그림자가 아예 사라져버린 산중의 폐촌들은 하나같이 참혹했다. 동구 밖에 미처 치우지 못한 시신들은 산짐승들에게 뜯기어 살점이 하나도 없었다. 허연 뼈다귀들만 앙상하게 뒹굴었다. 이순신이 뒤따라오고 있는 정사준에게 지시했다.

"선소루 내려가 조선장을 델꾸 오게."

"지시허실 일이 있는게라우?"

"광양 관아에서 지달리고 있을 것이니께 얼릉 댕겨오게."

전선 감조 군관을 조선장이라고 높여 부르기도 했다. 선소의 우두머리 군관인 조선장은 목수와 자귀장이 수졸들을 거느렸다. 통제사의 지시에 따라 소나무와 참나무를 벌목하여 매년 판옥선이나 협선을 건조하고 수리해 선소의 자체 전력으로 보유하거나 본영으로 보냈다.

정사준이 광양 관아가 보이는 마로산성에 도착한 것은 오후 유시(5시)가 막 지나서였다. 마로산성에서는 광양 관아가 훤히 내려다보였다. 통제사 이순신에게 호출을 받은 광양 선소의 조선장은 몹시 긴장했다. 더욱이 한산도 진에 보낼 판옥선 한 척을 아직도 건조하지 못하고 있었던 것이다. 선소 조선장이 정사준에게 물었다.

"나리께서 부르신 이유를 참말로 몰라부요?"

"특별헌 말씸이 읎었단 말이요."

"겁이 나분께 그라요."

"가서 뵈믄 알것지라."

"체찰사 대감께서 점고허시더니 또 통제사 나리께서 갑자기 부르셔분께 참말로 영거리가 나가분 거 같어부요."

광양 사람인 조선장은 정신없다는 뜻으로 영거리가 나갔다며 떨고 있었다.

"통제사 나리를 만나보믄 알 것이요잉."

정사준은 조선장에게 퉁명스럽게 대답했다. 선소를 떠난 뒤부터 몇 번이나 같은 질문을 해와 귀찮았던 것이다. 광양성 안은 산촌 마을과 달리 성한 민가들이 듬성듬성 있기는 했다. 임란 전의 활기는 사라졌지만 지게를 지고 오가며 일하는 늙은이들이 보였다. 그래도 큰길 뒤쪽의 저잣거리나 고샅길에는 무겁고 칙칙한 공기가 비구름처럼 감돌았다. 성 안팎에는 왜적의 분탕질과 민란의 생채기들이 여기저기 드리워져 있었다.

이순신은 체찰사 일행이 먼저 들어왔다가 떠났으므로 점고를 생략했다. 색리들이 다가와 술상을 봐오는 둥 부산을 떨었지만 모두 거절했다. 관아에 도착한 뒤 선소 조선장의 절을 받고는 바로 공무를 보았다.

"현감이 한산도에 나가 있으니께 조선장을 부른 겨."

"나리, 약속을 지키지 못했응께 벌을 받아불겠습니다요."

"무신 벌을 받고 싶으냐?"

"작년에도 곤장을 맞았는디 면목이 읎습니다요."

"살살 쳐달라는 말여?"

"예, 통제사 나리."

이순신이 크게 웃었다.

"하하하. 오늘은 조선장에게 곤장을 치지 않을 겨."

"그렇다믄 으째서 지를 부르셨습니까요?"

"눈 뜨구 볼 수 읎을 정도루 광양 마실덜이 참혹혀."

"광양은 겡상도 해안가맹키로 온통 쑥대밭이 돼부렀습니다요."

"그래서 조선장을 부른 겨. 당분간 전선 건조하고 정비허는 일을 면제해줄 테니께 군사와 백성덜을 집으루 돌려보내 식구를 돌보게 혀."

조선장은 물론이고 색리들이 모두 놀라서 입을 벌렸다. 광양선소 수졸들에게 휴가를 주라니 놀랄 수밖에 없었다.

"당분간 큰 싸움이 읎을 테니께 그려."

"나리, 고맙습니다요."

이순신은 관아 호상에서 물 한 모금도 마시지 않고 일어섰다. 웅방산 산자락 너머로 기우는 해가 대청마루에 비쳐들었다. 갈길을 서둘러야 했다. 그러나 색리들이 이순신의 발밑에 엎드려 말했다.

"해가 지고 있습니다요. 인자 순천은 늦어부렀습니다요."

"오늘 순천에 들어가신다 해도 한밤중이라 체찰사를 뵙지는 못헐 거그만요."

정사준도 색리들의 만류를 거들었다. 할 수 없이 이순신은 광양 관아를 떠나지 못하고 객사 방에 들었다. 정사준이 색리를 시켜 저녁상을 봐오게 했다. 저녁상에도 두치의 아침상처럼 망덕

산 앞 섬진강 입구에서 잡은 비늘이 반짝거리는 전어가 올라왔다. 구이와 미나리를 섞은 무침, 가래떡처럼 어슷어슷 썬 회 등 세 가지로 요리한 전어가 사발마다 한가득 담겨 왔다. 이순신은 정사준과 함께 막걸리를 반주로 마셨다. 정사준은 자신이 즐겨 먹는 순천 방식대로 전어를 씹어 먹었다.

"나리, 전어를 묵을 때는 맛있게 묵는 법이 있습니다요."

"워치게 먹는 겨?"

"몬자 회를 묵지라우. 회를 묵어야 전어란 놈의 참맛을 알지라우."

"쫄깃쫄깃헌 디다가 단맛이 난다는 거 아녀?"

"그라지라우. 다음에는 구수헌 구이를 묵는디 머리빡부텀 아삭아삭 잔뼈까정 씹어부러야 진미를 맛볼 수 있지라우."

"그려. 어두진미가 아닌감. 무침은 워째서 마지막에 먹는 겨?"

"구이가 좋기는 헌디 비린내가 쪼깐 나지라우. 그란게 무시와 미나리 섞은 무침으로 입가심을 해부러야 개운해져뻔집니다요."

고슬고슬한 보리밥은 전어 창자를 곰삭힌 돔배젓갈을 얹혀 비볐다. 보리밥 한 사발을 바닥까지 비우자 시장기는 금세 가셨다. 순천으로 들어가 체찰사를 만나지 못한 것이 아쉬웠지만 반주로 막걸리를 서너 잔 마신 뒤끝이라 얼굴은 불콰해졌다. 이순신은 저녁상을 물리고 나서 시조 한 수를 읊조렸다.

　　높으나 높은 나무에 날 권하여 올려두고
　　이보오 벗님네야 흔들지나 말았으면

떨어져 죽기는 섧지 않아도 님 못 볼까 하노라.

이순신의 자작시는 아니었다. 왜적과 싸우는 장수가 대신들 때문에 자신의 계책을 펴지 못하고 한탄하는 시조였다. 이순신의 마음을 위로하는 시조이기도 했다.

"정 군관, 누구 시조인 줄 아는 겨?"

"모르겠그만요."

"내 맴을 아는 노래여."

"임금님께서 나리를 알아주실 날이 있겠지라우."

"낮에 본 찰방 아부지 노랜디 갑자기 떠오른 게 신통허구먼."

소촌 찰방 이시경의 아버지인 이양원의 시조였다. 이시경은 이양원의 셋째 아들이었다. 이양원은 임진년에 유도대장이 되어 한양을 수비하다가 양주로 철수하여 해유령에서 부원수 신각과 함경도 병사 이혼의 군사와 합세하여 왜적을 물리쳤던 인물이었다. 육지 전투에서 왜군을 최초로 격퇴한 전공을 세워 영의정에 올랐지만 짧게 끝났던 불운한 인물이기도 했다. 의주에 와 있던 선조가 요동으로 건너가 내부內附(명나라의 신하가 됨)한다는 소식을 듣고는 팔 일간 단식하다가 피를 토하며 숨을 거두어 버렸기 때문이었다.

이순신은 잠을 자지 못했다. 정사준이 코를 크게 고는 데다 낮에 보았던 차마 눈뜨고 볼 수 없는 유랑민들과 불에 탄 집들이 자꾸 떠올라서였다. 재작년에 병사한 광양 현감 어영담이 그립기도 했다. 싸움 전에 늘 바닷길을 알려준, 자신의 수족 같은 장수였다. 요의를 느끼고 방을 나설 때마다, 객사 마당은 달빛이 흐드러지게 쏟아져 대낮같이 훤했다. 중천에는 놋쇠 꽹과리처럼 둥근 보름달이 두둥실 떠 있었다. 이순신은 밤새 뒤척이다가 새벽을 맞았다.

말먹이꾼 피리

밤새 무서리가 내린 들판은 무명을 펼쳐놓은 듯 희게 드러났다. 말먹이꾼이 고삐를 잡고 있는 말도 출발하기 전부터 냉기를 털어내듯 진저리를 쳤다. 이순신 일행은 이른 아침에 순천으로 향했다. 추수철이 되었지만 들판의 논밭은 군데군데 버려진 황무지 같았다. 장정들이 모두 징집당해 군에 가버렸으므로 일손이 모자란 탓이었다. 임란 전 같으면 들판 가득 황금물결이 일렁이고 있을 터였다.

마침 광양 서천은 물이 얕아져 있어 말을 탄 채 건널 수 있었다. 서천을 앞장서 건너는 말먹이꾼이 시리다고 엄살을 부렸다. 바짓가랑이를 다 적신 말먹이꾼을 위해 이순신 일행은 서산 당산나무 아래서 잠시 쉬었다. 말먹이꾼이 홑바지를 벗더니 물을 짜냈다. 해가 막 떠올라 당산나무를 비쳤다. 노랗게 물든 팽나무 이파리들 사이로 검은 팽나무 열매가 보였다. 정사준이 말했다.

"인자 순천 관아까정은 한나절이믄 가겄그만이라우."

"근디 생각해봐야 혀."

"무신 일이 또 있는게라우?"

"순천에 바루 들어가는 것이 부담스러워서 그려."

"점고허시는 체찰사 대감님이 겨신께 그라신게라우?"

"아녀. 이미 점고는 끝났을 겨."

"그라믄 무신 일로 그라신게라우?"

이순신은 입을 다문 채 팽나무 가지를 쳐다보았다. 새들이 팽나무 열매를 따 먹기 위해 다투고 있었다. 덩치 큰 어치가 작은 직박구리를 물리치자 이번에는 직박구리가 무리지어 날아와 어치를 공격했다. 어치는 순식간에 땅바닥으로 떨어져 죽었다. 어치를 들어보니 직박구리 무리가 어치의 눈을 공격했는지 눈꺼풀이 붉은 피로 물들어 있었다.

"치울 겨?"

"예, 나리."

이순신이 말먹이꾼에게 죽은 어치를 건네주고 난 뒤 정사준에게 말했다.

"내가 지금 관아로 들어가믄 시 가지 문제가 있네."

"시 가지나 있다고라우?"

"객사 방은 하나뿐인디 대감허구 한방을 쓸 수는 읎을 겨. 체찰부사두 있지 않은감."

"두 번째는요?"

"내가 관아에 왔다구 허믄 원근 각처에서 사람덜이 몰려올 겨."

"고것이 무신 상관인게라우?"

"예의에 벗어나는 일인 겨."

이순신에게만 사람들이 찾아오는 것도 체찰사에게 부담을 주는 일이었다. 이는 체찰사의 체통에 관한 문제였다. 이순신은 아직도 전라 좌수사를 겸하고 있으므로 관내 백성들의 진정이나 호소가 많을 수밖에 없었다. 이순신은 그 점을 우려했다. 공연한 오해를 받고 싶지 않았던 것이다.

"대감께서 이미 순천 관아 점고를 허셨으니께 나는 들어가지 않아두 되는 겨."

"그라믄 관아로 가시지 않고 으디서 주무실랑게라우?"

"아직 시간이 많으니께 찬찬히 생각허게."

광양 서산 남서쪽으로 뻗은 산길을 넘어가면 바로 왕의산이 보이는 순천 땅이었다. 날마다 높아지는 중추의 하늘은 방죽 물처럼 맑고 파랬다. 쏟아지는 햇볕을 받는 들풀들이 살랑살랑 고개를 쳐들었다. 말도 힘을 내어 경중경중 나아갔다. 햇살이 말의 궁둥이를 타고 부드럽게 흘러내렸고 말꼬리는 총채처럼 경쾌하게 나풀거렸다. 그러더니 동글동글한 똥을 쏟아냈다. 이순신은 개울이 나타나면 말먹이꾼에게 쉬어 가자고 말했다.

"말두 쉬게 혀. 꼴두 멕이구."

"예, 나리. 말이 풀 뜯어묵는 소리가 가뭄에 단비 소리맨치로 좋십니다."

"고것두 사람마다 다를 겨."

"쇤네는 말이 풀 뜯어묵는 소리만 들어도 배가 부릅니다."

"농사꾼은 자기 논에 물 들어가는 소리가 젤루일 겨."

정사준도 한마디 했다.

"나리, 선비덜 책 읽는 소리도 멋져붑니다요."

"기여."

말먹이꾼이 정사준에게도 물었다.

"나리께서는 무신 소리가 젤로 좋십니꺼?"

정사준이 이순신을 쳐다보면서 말했다.

"두말 허믄 잔소리여야. 왜놈덜허고 싸와서 이긴 뒤 장졸덜이 지르는 함성이 젤이제 또 무신 소리가 있겄냐."

두치에서 따라온 말먹이꾼은 비록 노비이기는 하지만 말재간과 이런저런 잔재주가 많았다. 허리춤에 피리를 꽂고 다니는데 멋으로만 지니지는 않았다. 정사준은 왕의산 낮은 고갯길에서 쉴 때는 말먹이꾼에게 피리 소리를 들으려고 했다. 이순신은 이번 순시길에 따라오지 않은 신홍수를 문득 떠올렸다. 순천 출신인 그 역시 잔재주꾼이었다. 주역 점도 잘 치고 휘파람과 피리를 잘 부는 군관이었다. 잠이 오지 않을 때는 신홍수의 피리 소리나 휘파람 소리를 들으면서 심란한 마음을 달래곤 했던 것이다.

"피리를 위쩨서 갖구 다니는 겨?"

"울고 싶을 때 피리라도 불라꼬 차고 댕깁니다요."

"맴이 심란헐 때는 위로가 될 겨."

"나리 말씸을 듣고 본께 몸땡이는 천하든 귀하든 마음은 비슷한 거 같십니더."

"기여. 사람 맴은 다 같을 겨."

"피리를 불믄 속이 가라앉십니더. 피리가 쉰네 대신 울어줍니더."

이순신은 말먹이꾼의 이야기를 다 들어주었다. 말먹이꾼은 뱃속에 든 응어리를 뱉어내듯 스스럼없이 말했다. 정사준은 왕의산 망루에 있는 군사를 만나려고 저만큼 앞서 달렸다. 오르막 산길이지만 완만했다. 산길은 남서쪽으로 길게 뻗어 있었다.

이윽고 이순신은 왕의산 개울가에서 말을 멈추게 했다. 이순신은 손을 담근 뒤 두 손으로 개울물을 훔쳐 얼굴에 뿌렸다. 개울물을 서너 번 흩뿌리자 뻑뻑해진 눈과 메마른 콧속이 시원했다. 말먹이꾼은 말을 숲속으로 데리고 가 오줌을 누이더니 바로 돌아왔다. 잠시 후 정사준도 나타나 이순신에게 보고했다.

"나리, 체찰사 대감은 아적 순천부 객사에 겨신다고 합니다요."

"가차우니께 객사를 댕겨올 겨?"

"예, 통제사 나리."

"우덜은 성 밖에서 볼 일이 있으니께 몬자 낙안으루 떠나시믄 워쩌겄냐구 보고드려봐."

"무신 일이 생겼습니까요?"

"다른 사람은 몰라두 성응지 의병장 식구는 만나봐야 혀."

이순신은 재작년에 병사한 순천 출신 성응지를 염두에 두고 있었다. 자신도 인사불성이 될 만큼 병으로 고생했는데, 아끼던 장수 세 사람이 그해에 차례차례 병사했으므로 동병상련의 기억이 뇌리에 깊이 박혀 있지 않을 수 없었다. 한산도 진에 머물던 그해 4월에는 최천보와 어영담이 전염병으로 죽더니 8월에는 성웅지마저 고향에서 눈을 감았으므로 가슴이 찢어질 듯 비통했던 것이다.

정사준이 순천부로 간 뒤 이순신은 말먹이꾼을 불러 옆에 앉게 했다.

"피리가 니를 대신혀 울어준다니께 나두 맴이 그려."

"나리, 고통시러븐 사람이 마이 있십니더."

말먹이꾼은 자신이 본 대로 말하고 있었다. 이순신은 백성들 모두가 임란의 재앙 속에서 신음 중이라고 생각했다. 체찰사 이원익이 한양에서 내려오는데 다섯 집 가운데 한 집씩 곡소리가 나더라고 이순신에게 알려주었던 것이다. 나라가 온통 생지옥인 셈이었다.

"니는 무신 화를 입은 겨?"

"쇤네는 진주성 군관청 말먹이꾼이었십니더. 성이 무너지면서 판관 나리께서 맺어준 안식구를 잃어버렸십니더."

"그때 헤어졌구먼."

"아닙니더. 임신 중인 안식구를 시체들 밑에서 찾아냈십니더."

말먹이꾼의 아내는 남장을 하고 있었다. 성안의 아녀자들 모두 남장한 채 싸움에 동원됐던 것이다. 남장한 탓에 더 잔인하게 살해당한 듯했다. 관노인 말먹이꾼의 아내는 두 팔이 잘린 채 죽어 있었다.

"쇤네가 눈은 감겨줬십니더."

"쯧쯧."

이순신은 말먹이꾼이 측은하여 혀를 차면서 도리질했다.

"거기를 멫 번 가봤지만 팔은 끝내 찾지 못했십니더."

"안식구가 이해헐 겨."

"나뭇가지로 팔하고 손을 맹글어 같이 묻어주고 나니까네 마음이 쪼매 편해졌십니더."

"도리를 다혔구먼."

"그래도 배 속에 알라만 생각허믄 억수로 눈물이 나옵니더."

이순신은 말먹이꾼에게 피리를 불게 했다. 피리를 불면 위로가 된다고 하므로 그거라도 시켰다. 말먹이꾼은 허리춤에서 피리를 뽑은 뒤 말했다.

"알라가 젖을 빨고 목구녁으로 넹기는 소린디 쇤네가 맹근 노랩니더."

"듣구 싶었던 소리구먼."

말먹이꾼이 피리를 불었다. 과연 말먹이꾼의 피리 소리는 배고픈 아기가 엄마를 찾듯 우는 울음소리부터 시작했다. 그런 뒤 엄마 젖을 맛있게 쪽쪽 빠는 경쾌한 소리를 냈다. 한동안 같은 소리를 반복하더니 엄마의 흐느낌 같은 구슬픈 소리가 끊어질 듯 이어질 듯했다. 말먹이꾼의 피리 소리에 산촌 사람들이 모여들었다. 두 사람은 봉수대와 망루에서 내려온 봉군과 경계병이었다. 해진 누더기를 입은 여자는 구슬픈 피리 소리에 눈물을 흘렸다. 산촌 사람들은 정사준이 왔을 때에야 기겁하고 엎드렸다.

"이놈덜아! 통제사 나리시다!"

"우리덜은 암꿋도 모르고 왔습니다요."

"피리 소리를 듣고 왔습니다요."

산촌 사람들 모두가 고개를 땅에 처박고 부들부들 떨었다. 정사준이 봉군과 경계병의 엉덩이를 걷어찼다.

"당달봉사 같은 놈덜아, 내가 니덜에게 아까침에 통제사 나리께서 오셔부렀다고 말허지 않았느냐?"

"아이고, 지가 큰 죄를 저부렀그만요."

이순신이 크게 웃으며 말했다.

"하하하. 나무랄 거 뭐 있느냐! 니덜이 몰랐으니께 그런 것이다."

그제야 산촌 사람들이 고개를 쳐들고 게처럼 옆걸음질로 달아나듯 사라졌다. 봉군과 경계병은 그 자리에서 사시나무처럼 떨기만 하다가 정사준이 눈치를 주자 뒷걸음질 쳤다. 정사준이 말했다.

"나리, 순찰사 나리를 관아에서 뵀습니다요."

"순찰사두 대감을 뵈러 온 모냥이구먼."

"그러겄지라우. 근디 순찰사가 나리를 뵈러 온다고 하시그만요."

"나를 만난다구?"

"지 집으로 오시라고 했그만이라우."

이순신은 정사준 집으로 향했다. 어차피 그곳에서 하룻밤 묵고 순천 관아로 들어가도 될 터였다. 더욱이 전라 순찰사 박홍로가 정사준 집으로 오기로 했다니 별 수 없었다. 이순신은 정사준을 앞세우고 왕의산 산길을 내려갔다.

"체찰사 대감 일행이 모레 낙안으로 출발할 틴께 천천히 오라고 그러시그만요."

이원익이 서둘지 말고 순천 관아로 들어오라는 것은 배려였다. 또한 이순신을 부를 특별한 공무도 없었다. 이순신 입장에서는 순천 관아에서 곧장 이원익을 만나지 않는 것도 상관에 대한 예의였다. 이를테면 지체 높은 직속상관이 어느 고을 객사에 머물고 있다면 부하는 성 밖에서 기다리다가 부름을 받고 가야 했다. 이순신은 그러한 위계질서를 잘 알고 있었다.

정사준의 집은 왕의산 개울에서 두 식경 정도 떨어진 거리에 있었다. 낮은 산을 등진 집은 갈대가 웃자란 동천과 넓은 들을 마주하고 있었다. 대갓집인데 아녀자들과 어린아이들만 보였다. 정사준의 형인 정사익만 빼고 모두 전쟁터에 나갔기 때문이었다. 이순신은 사랑방으로 안내되어 들어갔다. 정사준이 형인 정사익을 소개했다.

"나리, 성입니다요."

"지는 몸에 병이 많아 나리께 나아가지 못했습니다요."

"아들이 충의를 다허구 있다는 말을 들은 기억이 나는구먼."

정사익의 둘째 아들은 정빈이었다. 정빈은 숙부 정사횡과 함께 의연곡 천 석을 모아 의주 행재소까지 가지고 올라가 이항복을 감동시킨 일이 있었다. 이순신은 그와 같은 이야기를 정사준에게 소상히 듣고 장계를 올렸던 것이다. 사랑방에는 검대에 칼이 한 자루 놓여 있었다. 이순신이 칼을 주시하고 있자 정사익이 말했다.

"돌아가신 선친 칼이그만요."

"어모장군이 쓰시던 명검이구먼."

정사준의 아버지 정승복은 중종 39년(1544) 무과별시를 거쳐 명종 1년(1546)에 정식으로 무과에 장원급제한 무인으로 이순신의 대선배인 셈이었다. 특히 어란진 만호로 있을 때 추자도에서 왜선 한 척을 포획하고 왜구를 궤멸시킨 전공은 컸다. 명종은 정승복에게 상을 내렸다. 당시 예조판서이던 박충원이 호남, 호서로 안무하러 왔다가 정승복의 전공을 임금에게 알려 그는 웅천 현감에 제수되었고, 이후 함흥 판관으로 갔다가 어모장군에 오른 뒤 끝으로 경상 수군우후를 지냈던 것이다.

"박충원 대감님께서 선친을 잘 봐주신 덕분이지라우."

"을묘왜변 영웅은 손죽도 이대원 장수구, 기미왜변 영웅은 추자도 정승복 장수여."

"아이고, 나리께서 지덜 선친을 추켜세워주신께 몸 둘 바를 모르겠습니다요."

이순신은 저녁에 푸짐한 밥상을 받았다. 권준이 순천 부사로 있을 때 순천 음식에 반하여 전선에까지 싸들고 다녔는데 그럴 만도 했다. 순천 음식은 싱싱한 해산물 위주의 여수와 달리 생선구이는 물론이고 오징어젓, 갈치속젓 등 젓갈 종류가 많았다. 특히 순천과 낙안 일대서 먹는 벌떡게장은 밥도둑이라고 부를 만큼 짭조름하고 감칠맛이 있었다.

다음 날 이순신은 의승장을 만나느라고 순천 관아로 들어가지 않았다. 체찰사가 이순신에게 하루 정도 쉬고 순천 관아로 와서 낙안으로 가자고 하니 여유가 있었다. 이순신은 아침부터 순천 향교로 정사익의 막내아들을 보내 성응지의 아내를 수소문하도록 했다. 그러나 순천 향교는 임란 이후 텅 비어 있었으므로 정사익의 막내아들은 빈손으로 돌아오고 말았다.

오후에는 순천의 작은 암자에 있던 의승장 삼혜가 찾아와 절을 했다. 곧 이어 구례 화엄사 신해가 와서 미투리를 바쳤다. 의능이 한산도 진에서 이순신을 보좌한다면 삼혜와 신해는 절 부근의 요해처를 파수하는 의승장들이었다. 광양의 송천사 성휘만 오지 않았는데 성휘는 승군을 데리고 광양 선소로 나가 휴가 간 장졸을 대신해서 방비하고 있는 중이었다.

"승려덜이 고상 많구먼."

"모다 나리를 따른께 지덜도 일 시키기가 편헙니다요."

"아녀. 큰 싸움이 읎어지면서 중덜을 절루 다시 돌려보냈지만 그래두 내게는 큰 심이여."

이제 한산도 진에 의승군은 별로 없었다. 군량이 부족하므로 절로 돌려보내 그곳의 요해처를 파수하도록 했던 것이다. 전투가 잦았던 임진년과 계사년(1593)에는 수백 명의 승려를 모아 격군으로 대체하기도 했지만 큰 싸움이 사라진 을미년(1595)부터는 굳이 의승군을 붙잡아둘 필요가 없었기 때문이었다.

이순신은 의승장들과 초저녁부터 삼경까지 차를 마셨다. 특히 삼혜와 많은 이야기를 나누었다. 이순신은 삼혜가 송광사 주지를 지냈다는 것은 이미 파악하고 있었지만 순천 출신이라는 사실을 처음 알고는 몇 마디를 더 물었다.

"순천이 고향이구먼."

"예, 통제사 나리. 여그서 나고 자라부렀그만요."

"부모 성제는 몇이여?"

"손으로 셀 수 읎이 많그만이라우."

"무신 말이여?"

"출가허믄 시상 사람덜이 다 부모 성제가 됩니다요."

"허허허."

이순신은 승려들이 절로 돌려보내려고 해도 왜 마다하는지 그 이유도 알았다. 절에 있으면 배고프지만 수군 진중에서는 끼니가 해결되는 까닭이었다.

"워째서 가지 않으려구 허는지 인저 알겄구먼."

"절도 궁핍해서 굶는 날이 많습니다요."

신해의 대답에 삼혜가 덧붙여 말했다.

"절에서도 농사짓는디 봄에 뿌리는 종자씨조차 읎는 해도 있었습니다요. 백성덜이 모다 고통받고 있는디 탁발허고 댕기는 것도 심들고라우."

"재앙의 원인은 왜적이여. 왜적이 사라지믄 나라 안의 재앙두 차츰 사라질 겨."

"소승 생각도 그렇습니다요."

이순신은 자정이 지난 축시에야 의승장들과 헤어졌다. 의승장들이 가고 나자 첫닭 우는 소리가 들려왔다. 이순신은 모처럼 깊은 토막 잠에 빠져들었다. 요의를 느끼고 일어났을 때는 정사준의 집종들이 마당에 뒹구는 낙엽을 쓸고 있었다. 마당 가운데로 모아진 낙엽들은 헛간으로 들어갔다. 그러고 보니 낙엽은 밖으로 버려지는 것이 아니라 헛간에서 모아져 거름이 되는 모양이었다. 이순신의 눈에는 집종들의 비질이 예사롭게 보이지 않았다. 집종들은 낙엽 한 잎도 허투루 버리지 않고 아꼈다.

둔전 농사의 기쁨

　체찰사 이원익 일행과 이순신은 순천 관아에서 점심을 먹고는 낙안으로 갔다. 순천에서 낙안까지는 한나절 거리였다. 가을 날은 며칠째 청명했다. 고을을 시찰하기에 더없이 좋은 날씨였다. 선선한 가을바람이 얼굴을 스치곤 했다. 가을바람이 줄을 서 있다가 순서대로 다가오는 듯했다.

　이순신은 낙안에 도착해서 이호문과 이지남을 만났다. 이호문은 작년 3월에 충청 수사직에서 파직된 이순신李純信의 사돈이었다. 그때 이호문도 함께 붙잡혀 가서 조도어사의 신문을 당했지만 곧 풀려났던 것이다. 지금 이순신은 평안도 우후로 가 있었다. 이호문은 통제사 이순신에게 당시의 억울함을 호소하듯 장황하게 말했다.

　"입부가 충청 수사로 있을 때 군량 이백 섬을 빼냈다고 파직당했는디 고것은 사실허고 무자게 다르그만요."

입부立夫란 전라 좌수영의 방답 첨사로 활약하다가 충청 수사로 승진해 갔던 이순신의 자字였다. 통제사 이순신은 입부의 장단점을 잘 알고 있었기 때문에 이호문의 이야기를 자르지 않고 다 들어주었다. 사실, 시찰의 첫 번째 목적이 점고라면 두 번째는 양민들의 건의나 청원을 들어주는 것이었다.

"지는 입부가 군량을 뒤로 훔쳐 묵을 만치 욕심이 과헌 사람은 절대로 아니라고 생각허그만요."

"고건 나두 그려. 부하를 인정사정읎이 거칠게 다루는 것이 허물이라믄 허물이지 욕심 많은 장수는 아녀."

"긍께요. 조도어사 강첨이 군량을 훔친 도둑으로 몰아 파면했다니께요. 지도 도둑질에 가담했다고 신문을 당했지라우. 머시 모자라서 지가 가담했겄습니까요."

"뭐라구 말헐 수 읎지만 입부가 많이 답답허겄구먼."

"우리 안에 갇힌 짐승멩키로 화병이 나 있그만요."

"평안도 우후 자리에 있다가 다시 벼슬자리를 찾으믄 될 겨."

이순신은 어사들을 신뢰하지 않았다. 지방 수령들을 다잡기 위해 임금이 어사를 내려보내곤 했고, 어사는 임금을 등에 없고 호가호위하기 일쑤였다. 지방 수령이 고분고분하지 않고 불손하면 어사는 온갖 수단을 다 동원하여 죄를 만들어냈다. 광양 현감 어영담을 파직했을 때와 같이 충청 수사 이순신도 괘씸죄에 걸렸는지도 모를 일이었다. 특히 조도어사는 군량을 모으는 것이 주요 임무였으므로 고을의 창고를 뒤지다가 치부 장부에 없는 곡식이 발견되면 지방 수령을 도둑으로 몰곤 했다.

"입부는 참말로 욕심 읎는 장수그만요."

"장수루는 최고여."

"나리께서 불러 수하에 두믄 으쩔께라우?"

"조정에서 잘 채용헐 겨."

"전공이 있는디도 평안도로 밀려나 있응께 아숩그만요."

"전공을 세웠으니께 곧 좋은 자리루 가지 않겠는감."

"모함을 받으믄 소용읎지라우."

평안도 우후로 가 있는 동안에도 이순신에 대한 사간원의 평가는 야박하기만 했다. 사간원 간원들이 선조에게 평안도 우후자리마저 박탈해야 된다고 건의했던 것이다.

'평안도 우후 이순신은 본래 잔인하고 포악해서 부임해 가는 데마다 함부로 형장을 사용한 탓에 목숨을 빼앗긴 백성들이 많사옵니다.

이전에 충청 수사로 있다가 파면되어 돌아올 때는 쌀이나 베와 같은 물건을 두 척의 배에다 가득 싣고 오다가 통진通津 현장에서 잡혔사옵니다. 비록 신소伸訴에 의하여 법조문대로 처벌받는 것은 모면했지만, 백성들은 그를 두렵게 여기고 있사옵니다. 어찌 채용하는 일을 서두름으로써 탐욕스럽고 포악한 무리들로 하여금 더욱더 꺼리는 데가 없게 만들 수 있겠사옵니까. 파면하고 채용하지 않기 바라옵니다.'

사간원의 건의라 하여 탄핵의 내용이 다 사실인 것은 아니었다. 모함하는 세력이 있고, 선전관이나 어사의 조사가 부실할 수도 있기 때문이었다. 사간원에서는 이순신이 본래 잔인하고 포악하다고 단정하지만 그 반대로 장수로서 배짱이 좋고 두려움이 없다는 평가를 내릴 수 있는 것이었다. 두 척의 배에 실은 쌀과 베도 임지에서 함께 산 식솔들의 것일 수도 있었다. 그러니 관원의 조사 결과라 해서 다 옳은 것이 아니라 의심스러운 구석도 많았다. 이호문과 함께 찾아온 이지남은 주로 수군 징집으로 인한 폐단들을 이야기했다.

"수졸로 나갔다가 도망친 놈 땜시 망헌 집덜이 많그만요."

"도망친 수졸을 대신혀 친족과 이웃에서 누군가가 수졸이 돼야 전력이 유지되는 겨."

물론 도망병의 자리를 채우려고 친족과 이웃을 징집한다는 것은 가혹한 일이었다. 그러한 고통을 덜어주기 위해 도망병이 있더라도 일족 중에서 징발하지 말라는 임금의 명이 내려오기도 했지만 이순신은 명을 취소해달라는 장계를 올리기도 했던 것이다.

"늙은이덜까정 수졸이 되분께 집안에서 농사를 지을 사람이 읎그만이라우. 고것은 계책 중에서도 하책이어라우."

"그러니께 병역이 심들더라두 도망치지 말으야지."

이순신은 이지남의 말에 속으로는 부담스러웠다. 그러나 수군 관할의 고을에서 육군을 자주 차출해 갔고, 한 가족당 수군 네 명씩 징집하는 것으로 되어 있으나 그 원칙이 지켜지는 경우는 백에 한두 가족밖에 안 되었다. 그것도 도망치는 장정이 생겨 늘 결원 상태일 뿐이었다.

또한 수군은 육군보다 병역 기간이 두 배나 되어 모두가 꺼렸다. 평시에 육군이 일 년 중 삼 개월인데 비해 수군은 육 개월을

복무해야 했던 것이다. 더구나 양민들 사이에서는 장정들이 수군에 징집당해 온갖 고생을 다 한다는 소문이 파다했다. 마음대로 배에서 내릴 수 없어 샘물을 마시지 못하고 언제나 짠물을 삼키며, 밥도 하루에 잡곡 한 되의 양도 먹지 못하다 보니 배고파하지 않은 사람이 없다는 것이었다. 더욱이 나쁜 안개의 독기를 받아 병에 걸리기 쉬운데도 의원이 없어 죽어 나가는 사람이 잇따르고 있다는 소문이 양민들 사이에 널리 퍼져 있었는데, 두말할 것도 없이 그것은 헛소문이었다.

"악소문을 퍼트리는 자를 잡아 엄벌루 다스릴 겨. 그래두 수군에 오믄 푸짐헌 낮밥두 먹을 수 있는디 말여."

"예전에는 젊은 장정덜이 유사에게 금품을 뒤로 찔르고 빠져뻔졌는디 요새는 고런 일이 읎그만요. 마실에 젊은 장정덜이 씨가 몰라부렀응께라우."

황량한 들판을 보면 이지남의 말이 실감났다. 들판에는 아낙네들과 움직이기도 불편한 상노인뿐이었다. 이순신은 초저녁에 이호문과 이지남을 돌려보낸 뒤 모처럼 일찍 잠자리에 들었다. 달빛이 방문에 비쳐들어 방안은 기름불을 껐는데도 환했다. 멀리서 개 짖는 소리가 들려왔다. 달이 중천에서 가장 오랫동안 떠 있다가 지는 열이렛날이었다. 이순신은 뒤척거리다가 깊은 잠에 빠져들었다.

아침 일찍 이순신은 체찰사 일행과 함께 양강역으로 떠났다. 양강역은 흥양과 장흥, 순천, 낙안을 이어주는 교통 요충지였다.

일행은 양강역으로 가는 도중에 과역 길가에서 잠시 휴식을 취했다. 과역이란 지명이 흥미로웠다. 행인을 불러 알아보니 양강역을 지나온 고을이라 해서 과역過驛으로 불린다고 말했다. 과역부터는 관원과 행인들이 눈에 띄게 많았다. 피난민이나 유랑민은 아니었다. 두치에서 과역까지 오는 도중에 무리 지은 행인을 보기는 처음이었다.

체찰사 일행과 이순신은 양강역으로 들어가 점심으로 4인 교자상을 받았다. 초면인 양강역 찰방이 직접 구실아치들을 다그치며 차린 점심상이었다. 이원익과 체찰부사 한효순이 앉고 이순신과 찰방이 마주 앉았다. 한효순이 상에 올라온 먹을거리를 보더니 입을 다물지 못했다. 순천, 낙안과는 또 달랐다. 탕 종류가 여러 가지 나왔는데, 그중에서도 담백한 장어탕이 강행군하는 일행에게 원기를 회복시켜줄 것만 같았다. 찰방이 녹도 만호 이대원 장수가 장어탕을 즐겨 먹었다고 자랑했다. 입안에서 녹는 것 같은 생굴과 두툼한 굴전도 다른 고을에서는 먹어보지 못했던 찬이었다.

점심을 마친 이순신은 체찰사 일행을 대곡리 산성(현 고흥 남양면)으로 안내했다. 산성 망대에 오르자 흥양현의 바다와 포구가 한눈에 들어왔다. 이순신은 이원익에게 각 진과 섬들을 가리키며 말했다.

"저기 고을이 흥양성이구유, 녹도 앞에 있는 섬이 소록도, 절이도지유. 흥양은 1관 4포의 고을이지유. 순천이 가차운 왼짝부텀 말씀드리자믄 여도, 사도, 발포, 녹도지유. 사도 앞에 있는 섬이 와도, 그러니께 사도의 뱀이 아가리를 쫙 벌리구 있는디 앞에는 와도의 개구리 섬이 있는 셈이지유.”

“전라 좌수영이 5관 5포인데 흥양에 1관 4포가 있다니 놀랍소. 좌수영 전력의 반이 흥양에 있다는 말이 아니겠소?”

“그렇지유. 임진년 옥포 해전에서 전 봉사 주몽룡이 왜선 한 척을 분멸했구유, 적진포해전에서는 사도와 녹도 수군이 왜선 세 척을, 군관 송희립과 송한련두 왜선 두 척을 격파했지유.”

“흥양이야말로 대단한 충절의 고을이오.”

“좌수영 수군 전력의 반이 흥양 수군인 디다가 흥양 사람덜이 용맹해서 싸울 때마다 앞장을 서서 전사자두 많았지유.”

“앞에서 목숨을 아끼지 않고 싸웠으니 사상자가 많았을 수밖에 없겠소.”

이순신은 각 고을의 전사자와 부상자 수를 정확하게 파악하고 있었다. 특히 이순신은 전라 좌수영 사상자 중에 반이 넘는 흥양 출신의 사상자 수를 정확하게 기억했다.

“4차나 출진해 싸왔던 임진년에 사상자가 많았지유. 흥양은 전사자가 스물두 명, 부상자가 백아홉 명이나 됐지유.”

“녹도 만호 정운 장수가 부산포해전에서 순절했다고 들었소.”

“이대원 장수 혼령이 있는 사당에 함께 배향허구 있구면유.”

“잘했소. 두 장수의 충의가 널리 알려지게 되면 수군들의 사기도 충천할 것이오.”

“장계를 올려 전하의 허락을 받았지유.”

이순신은 정운이 전사하자 예를 갖추어 시신을 수습하라고 군관들에게 지시한 뒤 제문을 지어 보냈던 일이 생생하게 떠올랐다. 그러고 나서 정운의 위패를 이대원 장수의 사당에 함께 봉안하여 제사 지내게 해달라는 청원 장계를 써서 올렸던 것이다.

"순절한 장수들의 혼령을 기린다는 것은 무엇보다 중요한 일이오."

"두 장수의 충절은 오래도록 흥양 사람덜의 정신이 될 거구먼유."

일행은 대곡리 산성에서 내려와 흥양성으로 갔다. 그러나 날이 저물어 흥양 관아의 점고는 다음 날로 미루었다. 체찰사 일행은 하룻밤을 묵기 위해 흥양 객사로, 이순신은 향소의 청으로 갔다. 향소란 고을 수장을 지원하는 자문기관이었다. 향소는 텅 비어 있었고, 마당가에는 억새 같은 잡초가 무성했다. 그러나 방은 누군가가 가끔 들르는 듯 깨끗했다.

석양이 기울 무렵에는 도양 둔전 농감관 이기남이 찾아왔다. 이기남은 엎드려 큰절을 했다. 이순신은 이기남의 손을 잡아끌면서 반가움을 표시했다.

"고상이 많을 겨."

"아닙니다요. 나리 덕분에 잘 있지라우."

"금년은 워뗘?"

"풍작이그만요. 벼와 콩을 작년보다 더 많이 거둘 것 같습니다요. 보리는 지난봄에 수확했고요."

순천 출신 이기남은 이순신에게 큰 은혜를 입었다며 늘 자랑하고 다니는 군관이었다. 무과를 급제하고서도 벼슬을 받지 못해 빈둥거리고 있다가 이순신 휘하로 찾아와 자신의 무재를 보란 듯이 발휘했던 것이다. 모든 군관들이 이기남을 부러워할 만도 했다. 본영 선소에서 비밀리에 건조한 거북선의 돌격장이 되어 사천해전과 당포 해전에서 왜선과 싸웠는데 전공을 크게 세웠던 것이다.

이순신은 재작년 1월부터 싸움이 뜸해지자, 종자 볍씨를 마련한 뒤 이기남을 도양 둔전 농감관으로 임명했는데, 작년에는 추수의 성과가 놀라울 정도로 컸다. 도양 둔전에서만 벼 삼백 석, 콩 삼백 석 이상을 수확했던 것이다.

"도양 둔전과 흥양 4포에서 거둔 군량은 좌수영 관내 모든 고을에서 합친 것과 비슷하그만이라우."

"흥양이 수군 숫자두 좌수영 관내에서 반이 넘구, 군량도 그러허니 워찌 중요허다 허지 않을 수 있겠는가."

"그렇습니다요. 도양 둔전은 우리 좌수영 수군덜의 큰 밥그릇이지라우."

"하하하. 젤루 큰 밥그릇일 겨."

이순신이 소리 내어 웃었다. 그러자 이기남도 따라 웃은 뒤 말했다.

"인자 도양 목장에 딸린 전답에서도 추수를 허기 시작했그만요."

"피난민덜을 잘 정착시켜야 써."

"재작년에는 우후 나리께서 추수를 감독허셨지라우. 그때는 피난민덜이 농사짓는 요령이 부족혀서 수확이 작았그만요. 벼

192

스무 섬 열세 말 닷 되, 또 다른 곳에서 벼 열세 섬 열네 말 여덟 되와 콩 한 섬 일곱 말밖에 거두지 못혔응께요."

"농감관은 워치게 추수 현황을 달달 외우구 있댜?"

"나리께서 오신다는 공문을 받고는 어젯밤에 치부 장부를 침을 묻혀감서 들쳐 봤지라우."

"농감관은 그래두 급제 출신이 아닌감."

"향시 때까정 글을 쪼깐 읽었지라우."

"훌륭헌 장수가 될라믄 문무를 겸비해야 써. 병서라두 볼 줄 알으야 헌께 말여."

이순신이 급제 이기남을 농감관으로 임명한 것은 남다른 배려에서였다. 이기남은 병서를 권하는 이순신의 뜻을 알아채고는 대답했다.

"군관으로 나가 있을 때보담 여유가 있응께 앞으로는 병서를 보겠습니다요."

"그려."

어느새 땅거미가 지고 있었다. 스러지는 날빛이 아쉬운 듯 잠자리 떼가 허공을 날았다. 어둠은 살금살금 족제비처럼 다가왔다. 향소 뒤 숲이 먼저 어둑어둑해지고 있었다. 향소를 드나드는 듯한 이지화가 종종걸음으로 달려와 인사를 했다.

"얼릉 돌아가게. 여기서 자두 좋지만 고건 근무지 이탈이여."

이순신은 이기남을 보내고 난 뒤에야 이지화를 방으로 불러들였다. 이지화는 향소 관리에 대한 질책을 받을까 봐 안절부절못했다. 그러나 이순신은 지적하고 싶지 않았다. 평시라면 관리

부실로 지적을 받아야 마땅하겠지만 지금은 전시였다.

"나리, 향청을 자꼬 비우다 본께 요로코롬 돼부렀그만요."

"잡초를 보니께 소홀헌 것두 사실이지만 시방은 전시가 아닌
감."

"용서해주셔분께 몸 둘 바를 모르겄그만이라우."

이지화를 따라온 종이 부랴부랴 마당에 자란 잡초를 뽑았다.
이순신은 마당이 거의 정리될 쯤에야 이지화를 내보냈다. 이지
화는 흥양 향교 교생인지 예의와 문식이 있어 보였다. 이경쯤이
되자 피리 소리가 들려왔다. 누군가가 달빛 아래서 피리를 불고
있었다. 이순신은 피리 소리를 듣다가 눈을 감았다.

도양 둔전은 녹도진 가는 길에 있었다. 이기남은 둔전 입구에
서 기다리고 있다가 체찰사 일행과 이순신을 맞이했다. 둔전을
바라보는 체찰사 이원익과 체찰부사 한효순의 얼굴에 미소가 어
렸다. 두 사람은 신천지에 들어선 듯 기쁨을 주체하지 못했다.

"이 공, 정녕 이곳이 우리나라 땅이란 말이오?"

"전라 좌수영 관내 도양 둔전이구먼유."

"어찌 여기만 이렇게 풍년이 들 수 있단 말이오."

이원익의 눈에 눈물이 맺혔다. 한효순도 감탄했다.

"배고픈 백성을 생각하니 나도 눈물이 나오려고 하오."

"대감 나리, 전라 좌수영의 군량 중에 여그서 반 이상이 나옵
니다요."

"한 공, 농감관 말은 사실이오."

"아, 시찰 나온 보람을 여기에서야 찾는구려."

이원익의 말에 이기남이 어제 이순신에게 보고한 내용을 그 대로 반복해서 말했다.

"둔전에서는 매년 벼 삼백 석 이상을 추수허고, 도양 목장을 논밭으로 맹근 결과 벼와 콩 팔백사십 석을 거뒀습니다요."

"이보게, 도양 둔전이 우리 조선 수군을 살릴 수 있겠네. 임금 님께 바로 장계를 올려 그대에게 반드시 상이 내리도록 하겠네."

"나도 조정에 알리겠네. 그러니 한 치도 소홀함이 없이 둔전 을 관리하게."

"예, 대감 나리."

이와 같은 둔전 관리는 임란 초기부터 이순신이 구상하고 조 정에 장계를 올린 내용이었다. 이순신으로서도 자신의 구상이 삼사 년 만에 결과를 내는 것 같아 적잖이 흐뭇하고 뿌듯했다. 돌격장 이기남을 수군에 붙들어두지 않고 둔전 농감관으로 임 명해 보낸 것도 새삼 옳았던 판단이라고 여겨졌다. 이원익과 한 효순이 몹시 기뻐하자, 이순신도 한 가닥 근심 걱정이 봄눈 녹듯 사라지는 것 같았다.

명궁수 오언룡

　체찰사 일행과 이순신은 협선을 타고 녹도진을 떠났다. 협선에는 체찰사 깃발이 녹도진 기와 함께 펄럭였다. 득량만은 세상에서 가장 넓은 호수 같았다. 작은 파도가 고래 떼처럼 몰려왔다. 가을이 깊어지면서 파고도 점점 높아지고 있었다. 득량도를 지나자 바로 거기서부터는 보성만이었다. 멀리 수군 만호진이었던 군영구미가 아스라이 보였다. 장흥 장재도와 천관산 봉우리도 흐릿하게 보였다. 이순신이 체찰사 이원익에게 말했다.

　"대감, 저기 보이는 진이 군영구미지유."

　"오목하게 쑥 들어간 곳에 수군 기지가 있다는 말이오?"

　"그류."

　보성 읍성에서 오십 리 떨어진 거리에 있는 군영구미는 세종 3년(1457)에 조선 남방 해역의 4대 수군 기지 중 하나였을 만큼 중요했으므로 만호가 다스렸던 진이었다. 장흥 읍성에서는 육십

리 길에 위치한 군영구미였다. 전라 좌수영과 우수영의 중간에 위치한 진으로 원래는 휘리포라고 불렸다. 장흥 선자도의 보堡는 군영구미 방비를 위해 설치한 경계초소 같은 전진기지였다.

"구미영성이라고두 허지유."

"지금도 군사가 주둔하고 있소?"

"시방은 수비허는 군사 몇 명뿐이지유."

가을볕을 한가로이 쬐고 있던 체찰부사 한효순이 다가와 말했다.

"보성 선소가 가까운 곳에 있으니 역할이 줄어들 수밖에요."

"그렇지유. 그래두 군량과 말이 있는 병참기지는 군영구미에서 보성 읍성 쪽으로 십 리 떨어진 백사정白沙汀에 아직두 있구먼유."

"군영구미에서 십 리나 떨어진 곳에 백사정이 아직도 있다는 것은 반드시 그 까닭이 있겠지요."

"백사정은 병참기지로서 좋은 곳이지유. 첫째는 말먹이 풀이 풍부허구유, 둘째는 군영구미 뒷산의 봉수를 살피기에 좋은 장소구유, 셋째는 지형적으로 왜적의 눈에 잘 띄지 않는 이점이 있지유."

그때 보성 선소 쪽에서 협선 한 척이 다가오고 있었다. 체찰사 일행이 탄 협선을 향도할 목적으로 오는 배인지는 분명하지 않았다. 누군가가 협선 선수에서 좌우로 깃발을 흔들고 있었다. 아군이라는 신호였다. 이순신은 요수에게 돛을 내리도록 지시했다. 어느새 두 협선이 옆구리를 부딪치듯 가까이 붙었다. 깃발을 흔들었던 수군은 활을 맨 애꾸눈이었다. 애꾸눈이 이순신이 탄 협선으로 건너오더니 그대로 엎드려 소리쳤다.

"나리, 보성 1호선을 탔던 사부 오언룡吳彦龍입니다요."

"임진년에 겡상도 바다에서 부상을 당헌 사부 오언룡이란 말여?"

"그때 왜놈의 화살을 맞고 눈이 한 개 읎어져부렀그만요."

"허허."

"그래도 지는 운이 좋았습니다요. 그때 옆에서 활을 들고 있던 기이는 왜놈의 총알을 맞고 죽어부렀응께요."

이순신은 오언룡의 애꾸눈을 보는 순간 콧잔등이 시큰했다. 부상당한 부하를 그의 고향 바다에서 우연히 보다니 반갑기도 했다. 이순신은 그의 손을 잡아 일으키면서 말했다.

"무신 일로 왔는 겨?"

"백사정으로 군량을 가지러 가고 있습니다요."

"그려?"

"선소창에는 시방 군량이 바닥이 나부렀그만이라우."

"백사정 군창에 군량이 많은 겨?"

"한번에 오불오불 많이 주믄 되는디 꿩이 똥멩키로 찔끔찔끔 준께 자주 가야 합니다요."

"전시라서 그럴 겨."

"그라겄지라우."

"선소에는 장졸 멫 명이 있는 겨?"

"지멩키로 싸우다가 병신이 된 군졸덜허고 늙다리 십여 명뿐

198

이그만요."

"배는?"

"판옥선 한 척이 있는디 한산도로 나가 있그만요. 시방은 협선 한 척에다 괴기 잡는 포작선 몇 척이 전부입니다요."

보성 선소 역시 광양 선소처럼 왜군과의 싸움이 길어지면서 전력이 많이 약화된 상태일 수밖에 없었다. 임란 전 명종 때는 왜구의 침입을 대비해서 항상 이백사십삼 명의 수군과 대맹선 한 척, 중맹선 한 척, 맹선 두 척이 굴강에 떠 있었으며 선소창은 군량 삼백삼십삼 석을, 군기고에는 총통과 투구, 창과 화살, 갈고리 등을 보유하고 있었던 것이다. 선조 때에 이르러 맹선을 개선한 것이 판옥선이나 협선이었다. 이원익이 오언룡에게 물었다.

"나라에서 내린 상을 받았는가?"

"나리께서 지를 진무로 승진시켜주셨습니다요. 또 왜놈덜헌테 뺏은 쌀과 베를 노놔 주셨습니다요."

"전리품은 공평허게 나눠줬지유."

"오 진무를 보니 말단 수졸까지 배려하는 이 공의 마음을 이제야 알겠소. 이러니 장졸들이 이 공을 어찌 따르지 않겠소."

"장졸덜이 목심을 바쳐 싸우겠다는 맴뿐이니께 우덜 수군은 싸움에서 이길 수배끼 읎었지유."

"아니오. 부하들이 목숨 바쳐 싸우겠다는데도 그 충의를 받아줄 장수가 없었던 것이 사변 초기의 불행이었다고 생각하오."

군영구미는 낮은 구릉에 있었다. 구릉 좌우로는 어른 한 걸음 크기의 돌들이 좌우 인접 산자락까지 허리띠처럼 길게 쌓여 있었고, 군사가 기거하는 군막 앞에는 백여 년쯤 된 느티나무 한 그루가 자라고 있었다. 느티나무 낙엽들이 바닷바람에 해안 모래밭까지 날아와 뒹굴었다. 체찰사 일행과 이순신은 폐가가 되다시피 한 군막으로 가지 않고 곧장 백사정으로 향했다. 진무 오언룡이 길잡이가 돼 앞장섰다. 이순신이 백사정으로 바로 간 것은 백사정의 말을 빌려 타고 장흥부로 가기 위해서였다. 백사정에는 장수들이 늘 탈 수 있는 군마를 기르고 있었던 것이다.

"대감, 아무래두 점심은 백사정으루 가서 드셔야 헐 것 같구먼유."

"궁핍한 것 같은 군영구미에서 폐를 끼칠 수는 없지요."

"여기서 백사정까지는 십여 리 되지유."

"두어 식경 거리이니 천천히 갑시다. 내 걱정하지 말고요."

한효순도 백사정으로 가서 점심을 하자는 이순신의 제의를 따랐다. 물론 늦은 점심이 되겠지만 병참기지인 백사정에서 먹는 것이 마음에 부담이 덜할 터였다. 오언룡이 또 말했다.

"나리, 원이 하나 있습니다요."

"뭔 겨?"

"들어주신다믄 말씀드리겠습니다요."

"사람 맴 속을 워찌 알겠는감."

"에러운 것은 절대로 아닙니다요."

"그렇다믄 말혀."

"지는 눈이 하나 읎는 뻥신이라고 싸움터에 나갈 수 읎습니다요. 차출허지도 않고라우. 나리께서 보시믄 아시겄지만 지는 활을 쏘는 디 아무렇지 않습니다요.”

“참말루 한산도에 가구 싶다는 겨?”

“예, 나리. 비록 애꾸눈이 되야부렀지만 활은 더 잘 쏩니다요.”

“사실인 겨?”

“백사정 활터에서 보여드릴 수 있습니다요.”

“자신 있다는 말이구먼.”

“어찌케 나리를 속이겠습니까요.”

오언룡이 애원하듯 말하자 이원익이 그의 소원을 들어주었다.

“좋다. 너의 활 솜씨를 한번 보고 싶구나.”

“대감 나리, 고맙습니다요.”

“고마울 게 뭐 있느냐.”

“아닙니다요. 지는 이때를 지달리고 있었습니다요.”

“오히려 내가 더 고맙구나. 너와 같은 군사가 있으니 나라가 지켜지고 있는 것이 아니겠느냐.”

“통제사 나리께서 지덜을 잘 돌봐주신께 장졸덜 모다 한맴이 되야 싸와부렀습니다요.”

“네 활 솜씨를 보고 난 뒤 나도 상을 내릴 것이니라.”

시찰 일행은 백사정에 도착했다. 백사정은 한가한 군영구미와 달리 군사들이 무리 지어 바쁘게 일하고 있었다. 군마를 다루는 군사, 창고에서 군량을 정리하는 군사, 백사정 구릉에 올라 경계를 서는 군사 등이 삼삼오오 오갔다. 규모가 큰 건물은 군마를 관리하는 축사와 군량을 비축해놓은 군창이었다. 군사들은 길쭉한 초가 군막 서너 채에서 숙식하고 있었다.

시찰 일행은 군사들이 점심을 준비하는 동안 사장으로 갔다. 사장은 구릉 너머 바닷바람의 영향을 받지 않는 곳에 승마장처럼 잘 만들어져 있었다. 이원익과 한효순은 활을 잡지 않고 조그만 정자인 사정射亭에 올라가 구경했다. 백사정 군관이 이순신에게 활을 건넸다. 이순신은 활을 잡자마자 1순을 쉬지 않고 쏘았다. 다섯 발이 모두 명중했다. 사정 마루에 앉은 이원익이 한효순에게 말했다.

"이보시오. 이 공의 활 솜씨는 명궁수와 다를 바 없소."

"이 공은 문과 공부를 하다가 무과로 전환한 장수여서 처음에는 활을 잘 쏘지 못했다고 합니다. 피나는 노력의 결과이지요. 휘하 장수들도 이 공과 함께 수시로 활을 쏘아 장수 대부분이 명궁수라고 합니다."

"그것이 바로 전라 좌수영 장졸들이 강군이 된 비결인 것 같소."

"저도 그렇게 생각합니다. 피땀 흘리지 않고 어찌 강군이 될 수 있겠습니까?"

"맞소. 이 공의 연전연승은 무패의 신화가 아니라 오직 실전처럼 피나게 훈련했다는 방증이지요."

이원익과 한효순은 이순신의 활 솜씨가 부럽기도 했다. 두 사람은 활을 쏠 줄은 알지만 이순신 앞에 나서지 못했다. 이순신은 활을 오언룡에게 건네주고는 자신은 뒤로 물러섰다. 그러자 오언룡이 활을 잡고는 과녁을 겨냥해 시위를 당겼다. 화살이 핑 소리를 내며 날았다. 과녁 뒤에 있던 군졸이 나와 깃발을 흔들며 소리쳤다.

"명중이요!"

두 번째, 세 번째, 네 번째 화살도 마찬가지였다. 한 가운데 붉은 원 안에 모두 꽂혔다. 그러나 다섯 번째 화살은 엉뚱하게 빗나갔다. 화살이 과녁 옆에 흙먼지를 일으키며 떨어졌다. 한 사람이 모두 쏘았다고 믿기지 않는 이상한 일이었다. 이순신은 순간적으로 오언룡이 일부러 명중시키지 않았다는 직감이 들었다. 이순신이 오언룡에게 다가가 말했다.

"맞힐 수 있는디 워째서 그런 겨?"

"대감 나리덜께서 보시고 있습니다요."

"이것은 시합이 아녀."

"지는 감히 나리를 앞서불고 잡지 않습니다요."

이순신은 자신의 활 솜씨를 숨길 줄 아는 오언룡이 대견했다. 활만 잘 쏘는 것이 아니라 궁도 정신까지 충만해 있는 것 같기 때문이었다.

"대감들은 내가 이겼다고 생각허겄지만 오 진무는 나를 이긴 겨."

"아닙니다요. 어찌케 지가 나리를 이길 수 있겠습니까요."

어느새 군졸 두어 명이 사정으로 점심상을 가져왔다. 그러나 숟가락은 세 개뿐이었다. 오언룡의 국밥은 없었다. 오언룡은 대감들과 함께 겸상할 수 있는 계급이 아니었다. 이원익이 말했다.

"나는 좀 전에 너에게 약속한 것이 있느니라. 활을 쏘는 것을 보아 상을 주겠다고 약속했지 않느냐?"

"예, 대감 나리."

"이리 올라와 나와 함께 밥을 먹는 것이 너에게 먼저 내리는 상이다."

이원익의 말이 떨어지자마자 점심상을 날랐던 군졸이 오언룡의 밥을 가지러 군막으로 뛰어갔다.

"대감께서 또 줄 상이 있습니까?"

한효순이 물었다. 그러자 이원익이 말했다.

"내가 다 줘버리면 통제사는 할 일이 없어지게 되오. 나머지 상은 통제사가 주도록 하겠소. 하하하."

이원익이 크게 웃는 바람에 진무 오언룡이 끼어들어 잠시 어색했던 점심상 자리가 자연스러워졌다. 이순신이 이원익에게 말했다.

"저는 아무것두 줄 상이 읎지유."

"이자는 진무만 하기에 아까운 군사라는 생각이 드오."

"인사란 공평무사해야 허는디 방법이 읎다니께유."

오언룡이 납죽 엎드리면서 말했다.

"대감 나리, 지는 선소 진무 자리에 만족하고 있습니다요. 다만 소원이 하나 있을 뿐입니다요."

"그것이 무엇이냐?"

"한산도 진으로 보내달라는 것입니다요."

"또 싸우겠다는 것이냐?"

"그렇사옵니다요."

"성한 눈을 마저 잃으면 어찌하려고 그러느냐?"

"통제사 나리를 위해 두 눈이 읎어진다믄 그것도 영광입니다요."

"정말로 한산도 진으로 나가는 것을 원하느냐?"

"그보담 더 원허는 것도 있습니다요."

"그것은 또 무엇이냐?"

"목심을 바쳐 싸우다 죽는 것입니다요."

"허허허."

이원익이 할 말을 잃은 듯 입을 다물었다. 비록 진무라는 낮은 계급이지만 그의 충의는 어떤 장수보다도 차고 넘쳤다. 그때 백사정 군량을 감독하는 군창 군관이 달려와 말했다.

"대감 나리, 보성 관아에서 의병덜 창의가 있어 잠시 백사정을 비어부렀그만요. 필요헌 것이 있으시믄 말씸하셔불지라우. 지가 성심껏 받들어불겠습니다요."

"우리는 장흥부로 갈 것이니라. 말을 준비하라."

이순신도 말했다.

"선소 진무에게 군량을 넉넉히 내어줘야 혀. 정해진 대루 말여."

"예, 통제사 나리."

백사정 군관이 되돌아간 뒤 이순신이 오언룡에게 말했다.

"군량은 내가 주는 상이 아녀. 원칙대루 가져가는 것이니께."

늦은 점심이었다. 시찰 일행은 사발까지도 먹을 듯이 깨끗하게 비웠다. 특히 보성만에서 건져 올린 주꾸미를 넣어 만든 벌건 국물은 매콤하면서도 시원했다. 한입 가득 씹히는 주꾸미는 은근하게 쫄깃쫄깃했다. 비록 보리가 많이 든 쌀밥이었지만 달착지근한 감자조림과 혀를 자극하는 보성 파김치는 입맛을 돋우었다.

점심을 마치자마자 이원익이 말했다.

"이 공 말대로 진무에게 군량을 주는 것은 이미 정해진 것이니 상이 될 수 없소."

"대감, 싸우다 마저 실명함이 소원이구, 그보다 더한 원은 싸우다 죽는 것이라는 진무가 제 부하라는 사실이 자랑스럽구먼유. 다만 대감의 도움이 필요한 것이 있지유."

"그것이 무엇이오? 내 힘껏 도와드리겠소."

"대감께서 한산도 진에 별시를 개설해주시믄 오 진무가 응시하도록 배려허겠슈."

"그거야 어렵지 않소. 오 진무가 급제는 하겠소?"

"점심 전에 보았듯이 오 진무는 명궁수지유. 그것두 백발백중의 명궁수지유."

"방금은 다섯 발 중에 네 발만 맞혔는데 어찌 백발백중이라는 것이오?"

이순신이 사발에 담긴 막걸리를 단숨에 들이마시고 나서는 말했다.

"한 발은 일부러 맞히지 않았지유."

"내 앞에서 서로 짜고 쏘았다는 말이오?"

"궁도를 아는 궁수들에게 그런 일은 결코 읎지유."

"그런데 왜 오 진무가 한 발을 흘렸다는 말이오?"

잠시 침묵이 흘렀다. 오언룡이 마치 가시방석에 앉은 듯 안절부절못하고 허둥댔다. 이원익은 기필코 듣고 싶다는 듯 이순신의 입을 주시했다. 이순신이 수염에 묻은 막걸리를 손으로 닦으면서 말했다.

　"저에게 예를 갖추어준 거지유."

　"스스로 자신의 활 솜씨를 낮추었다는 말이오?"

　"만약 오 진무가 몬자 쏘았다믄 다 명중시켰을 거구먼유."

　"우리가 지켜보고 있어서 그랬다는 것이냐?"

　한효순이 오언룡에게 물었다.

　"대감과 나리 앞에서 고로코롬 쏘는 것이 지 맴이 편헐 거 같았습니다요."

　"예를 갖추기 위해 그랬다는 말이구나."

　"아닙니다요, 지는 예를 모릅니다요."

　"아니다. 너야말로 누구보다도 예를 아는 사람이다. 활 솜씨도 으뜸이고, 충의도 으뜸이고, 예도 으뜸이니 내 결코 너를 잊지 않을 것이니라."

　이원익이 한효순에게 지시했다.

　"한 공, 시찰을 마치고 돌아간 뒤 바로 한산도 진에 별시를 개설토록 하시오."

　이순신에게도 지시했다.

　"이 사람을 떨어트려서 이익이 되는 일은 아무것도 없을 것 같소. 그러니 이 공이 알아서 처리하시오."

　"대감 말씀을 유념하겠시유."

시찰 일행은 점심을 마치고 나서는 바로 백사정의 말을 타고 장흥부로 향했다. 녹도진의 협선은 이미 돌아가고 보이지 않았다. 보성 선소의 협선은 군량을 싣기 위해 군영구미 앞바다에 그대로 정박해 있었다. 군영구미에서 장흥부까지는 반일이 걸리는 길이었다.

선연과 악연

　이순신은 장흥 읍성에 밤늦게 도착하여 동헌에서 잤다. 백사정에서 내어준 말을 타고 쉬지 않고 왔으므로 피곤했다. 말안장이 딱딱하여 엉덩이가 아프기까지 했다. 엉덩이가 마른 과일처럼 쭈글쭈글해졌다는 증거였다. 몸이 팽팽했던 젊은 시절과는 달랐다. 말이 자드락길을 달릴 때는 충격이 위로 올라와 허리를 망가뜨릴 것만 같았다. 그러나 면담을 요청한 사내를 보내고 나서는 아주 깊이 잠든 덕분에 다음 날 아침에는 피로가 말끔히 가셨다. 아침은 관아 동헌에서 체찰사 일행과 함께했다.

　아침상은 잡곡밥에 참기름이 동동 뜬 표고버섯 국이 올라와 있었다. 반찬도 서너 가지뿐으로 깔끔했다. 특히 바삭바삭한 김에 묵은 장을 찍어 먹으니 입안이 개운했다. 구운 키조개는 말랑말랑한 살코기처럼 쫄깃쫄깃하고 고소했다. 장흥 바다의 생선도 올라와 있었지만 비린내 때문인지 농어회 등에는 젓가락이 잘

가지지 않았다. 상을 물리친 뒤 시찰 일행은 점고 겸 경내를 산책했다. 이순신은 경내를 돌면서 끄윽끄윽 트림을 했다. 아침을 잘 먹었다고 생각했는데 배 속에서의 반응은 반대였다. 쓰리지는 않았지만 배 속이 더부룩했다.

그제야 만나기로 했던 정경달이 나타났다. 정경달은 이순신이 작년에 장계를 올려서 허락받은 종사관이었다. 정경달이 하루 늦게 나타난 것은 그럴 만한 이유가 있었다.

"나리, 늦었지라."

"정 부사, 위째서 늦었슈?"

이순신은 선산 부사를 지내다 신병을 이유로 사직했던 정경달에게 가끔 '정 부사'라고 불렀다. 이는 자신보다 세 살 많은 정경달에 대한 예우이기도 했다. 그럴 때마다 부하 군관들은 늙은 정경달을 달리 보곤 했다.

"보림사를 댕겨오느라 하루 늦어부렀지라."

"무신 일루 갔슈?"

"청태전이라는 떡차가 있는디 속병에 그만이지라."

"나를 위해 갔구먼유."

"사실은 지도 속이 썬찮그만요."

"나두 속이 그러니께 얼릉 마셔보는 게 좋겠슈."

이순신은 일행을 안내하던 장흥 부사 배흥립의 군관에게 동헌 마루에 찻자리를 펴라고 지시했다. 배흥립은 현재 한산도 진에 머물고 있었다. 배흥립 역시 조도어사의 감사를 받은 뒤 군량을 속였다는 죄로 파면의 위기에 몰렸다가 겨우 살아나 직위를 유지하고 있었다. 이순신은 유독 자신의 부하들만 어사들에게 시달리는 것을 이해할 수 없었다. 누군가가 음모를 꾸미고 있다는 의심이 들기도 했다. 자신의 충직한 부하들에게만 어사들의 감사가 집중되고 있기 때문이었다. 유명을 달리한 어영담, 전 방답 첨사 이순신, 배흥립 등은 모두 자신의 수족 같은 부하들이었던 것이다.

그렇다고 이순신은 그들을 적극 변호할 권력이나 인맥도 없었다. 겨우 장계를 올려 하소연하는 것이 전부였다. 더 억울한 일은 전공을 세워도 승진하지 못하고 관직에서 물러난 경우도 많았다. 좌수영 관내의 낙안 군수 신호, 사도 첨사 김완 등이 그랬다. 그때마다 이순신은 장계를 올려 자신의 조방장이라도 임명해달라고 청원해 그들을 자신의 곁에 두곤 했다. 임진년부터 왜적과 해전을 벌이면서 쌓은 믿음과 전우애 때문이었다.

동전처럼 생긴 청태전靑苔錢은 발효차였다. 사발에 청태전 한 개를 넣고 뜨거운 찻물을 붓자, 찻물이 금세 황금색으로 변했다. 이원익과 한효순이 마술을 보는 듯 신기해했다. 정경달이 말했다.

"대감 나리, 이 차는 고려시대부터 보림사 승려덜이 마신 차입니다요."

"보림사 승려들만 마시는 차란 말이오?"

"고건 아닙니다요. 절 부근에 사는 농사꾼덜도 몸살이 났을 때 마시는디 고뿔차라고도 합니다요."

이순신도 한마디 했다.

"속이 쓰린 디두 효험이 있지유. 신경이 곤두섰을 때두 차를 마시믄 차분해지지유."

"그렇다믄 한 사발 더 마시겠소이다."

정경달이 또 말했다.

"밤에는 잠을 쫓아불기도 합니다요. 졸다가도 한 사발 쭉 들이키믄 잠이 달아나붑니다요."

"허허허."

찻자리는 점심 전에 파했다. 오후에는 이순신과 정경달만 남아 차담을 더 이어갔다.

"나리, 점고입니까요, 시찰인게라우?"

"체찰사 대감께서 점고를 하시니 나까정 나서서 관아를 신경 쓰게 헐 필요는 읎구 고달픈 양민덜 하소연을 들어주구 댕기는 셈이유."

"나리, 여그는 전라 우수영이지라."

"이억기 수사 관할이지유."

"처음이지라?"

"그려유."

장흥부터는 전라 우수영 관내였다. 전라 좌수영처럼 샅샅이 알지 못한 전라 우수영 지역이었다. 물론 장흥 관아는 좌수사로 임명받아 가면서 한 번 들른 적은 있었다. 그러나 그때는 전라 우수영의 지리를 익히고자 간 것은 아니었다.

"이짝 바다에서도 왜적허고 싸운다믄 으디가 좋을지 잘 살펴셔야 헐 것입니다요."

"정 부사, 생각혀둔 곳이 있슈?"

"지도 이짝 지리는 잘 모르지라."

"알겄슈. 장흥부텀 바닷길루다가 댕겨보겄슈."

"나리, 그러시다보믄 반다시 맴속에 쏙 드는 요해처가 보일 것입니다요."

"마치 건곤일척의 싸움을 내다보구 허는 얘기 같구면유."

"나리께서 말씸허시지 않았는게라우. 우리덜은 늘 칼날 우에 서 있는 거맹키로 정신 바짝 차리고 있어야 헌다고 말입니다요."

"맞구면유."

"지 말이 아니라 나리 말씸입니다요."

"인자 우수영 관내 진과 바다를 댕기믄서 머릿속으루 작전도 를 그려보겄슈."

이순신은 정경달의 조언을 받아들였다. 전라 좌수영 관내는 훤히 꿰뚫고 있었으므로 다소 느슨하게 시찰을 다녔지만 초행길 인 전라 우수영의 바다와 진은 싸움 전에 정찰하는 자세로 다녀야겠다는 생각이 들었다.

"낼 나는 강진 병영으로 갈 틴디 정 부사두 가겄슈?"

"아니지라. 지는 휴가를 마쳤으니께 한산도로 돌아가야지라."

정경달에게는 타고 갈 말이 없었다. 장흥으로 오는데도 말을 타고 온 것이 아니라 보성에서 장흥 회령진까지 배로 왔다가 장흥 읍성까지는 걸어왔던 것이다. 돌아갈 때도 말이 없기 때문에 배를 이용해야만 했다. 다행히 각 진을 오가는 협선이나 포작선 들을 탈 수 있었다.

오후 늦게 정경달이 물러갔다. 이순신은 배흥립의 군관을 불러 장흥 사람들에 대해서 이야기를 들었다. 일종의 민정 시찰인 셈이었다. 어린 군관은 마하수, 문위세 등을 이야기하면서 그들 가족과 친척 대부분이 의병에 가담하고 있으니 격려를 해주어야 한다고 말했다. 이순신이 말했다.

"시방 한산도에 있는 임영립을 아는 겨?"

"장흥 출신 아닙니까요."

"그려. 나는 임영립을 사변 전 좌수영 부임길에 만난 겨."

"그때부텀 나리 부하가 돼부렀그만이라우."

"아녀. 내가 부른 겨."

"으째서 부르셨는게라우?"

"내 부하 중에 바닷길에 훤헌 두 장수가 있는디 한 사람은 어영담 현감이구 또 한 사람은 임영립이여."

"임영립 성님이 고로코롬 대단헌 장순지 몰라부렀습니다요."

"나보다 이십여 년 아래지만 말여, 싸움에서 내 곁을 떠난 적이 읎으니께 나는 지기知己라구 생각허구 있는 겨."

군관이 방을 나가면서 호주머니 속에서 조그만 뭉치를 내밀었다.

"고뿔차를 마심시롱 요것을 묵으믄 더 효험이 있습니다요."

"뭔디 그려."

"천관산 밭에서 캐온 생강이어라우."

"고맙구먼."

이순신은 어젯밤 깊이 잠이 들어선지 닭 우는 소리가 들릴 때까지 뒤치락거렸다. 정신은 어둔 밤하늘의 별처럼 또록또록하기만 했다. 전라 좌수사로 부임해 가는 길에 장흥 관아에서 임영립을 우연히 만났을 때의 기억이 또렷하게 떠올랐다. 임영립이 남해안 바닷길의 사정을 소상하게 알려주었던 것이다. 헤어질 때 이순신이 먼저 손을 내밀면서 '남아가 서루 알게 됨은 몬자두 낸중두 이르구 늦음두 읎는 겨. 앞으로두 나는 니를 생각헐 겨' 하고 말했던 순간이 눈앞을 스쳤다.

이순신의 늦잠은 참으로 오랜만의 일이었다. 수사가 된 이후 처음이므로 사건이라고 표현해도 지나친 말이 아니었다. 이순신이 동헌방에서 눈을 떴을 때는 이미 사시가 지나 있었다. 체찰사 일행은 이미 떠나고 없었다. 이순신은 결례한 것 같아 허둥지둥 밖으로 나섰다. 가을의 차가운 공기를 쐬자 정신이 번쩍 났다. 동헌 밖에서는 말먹이꾼이 말고삐를 잡은 채 울상을 짓고 있었다.

도강현(현 강진) 병영으로 가려면 서문으로 나서야 했다. 체찰사 일행은 벌써 서문을 나섰는지 보이지 않았다. 이순신은 황급히 그들을 뒤쫓았다. 체찰사 일행을 안내해야 하는데 거꾸로 그들이 이순신의 향도 노릇을 하고 있는 셈이었다. 이순신은 서둘러 서문을 빠져나가 탐진강 나루터에서야 체찰사 일행을 따라잡았다. 한효순이 말했다.

"이 공, 나는 병영으로 가는 것이 별로 내키지 않소."

"무신 말씸인지유."

"원 병사 비리를 너무 많이 들어 알고 있소."

현재 전라 병마절도사는 원균이었다. 지난달에 선조가 전라 병사에 임명했으므로 지금쯤은 부임해 있을 터였다. 전라 병사는 호남과 탐라의 53주 6진을 다스리는 우두머리 육군 장수였다. 병영성은 원래 태종 17년(1417) 때 광산현에다가 설치했지만 바로 그해에 도강현으로 이설했는데, 이는 남해안으로 침입하는 왜구를 민첩하게 격퇴하기 위해서였다.

한효순은 원균이 얼마나 집요한 사람인지를 잘 알고 있었다. 사헌부에서 충청 병사 원균이 탐욕스럽고 포악하다며 연달아 4일간이나 탄핵했지만 원균은 눈 하나 꿈쩍 안 했다. 선조가 '원균은 괜찮은 사람이다'라고 옹호해주곤 했기 때문이었다. 원균을 탄핵하려다가 당한 사람은 오히려 사헌부 수장인 대사헌 홍진이었다. 홍진은 자신의 뜻이 관철되지 않자 대사헌 자리에서 스스로 물러나버렸다. 그런데 홍진의 후임이 바로 한효순이었다. 성격이 온화한 한효순을 대사헌으로 보내 수습하려 했던 것이 선조의 속셈이었다. 그러나 한효순 역시 사헌부 간원들에게 원균의 비리를 낱낱이 보고받고는 자신도 사임할까 말까 망설였던 것이다.

원균은 선조가 자신을 신임하고 있다는 것을 알고 있었기 때문에 무례한 짓을 서슴지 않았다. 작년 4월에는 육전 중에 탈 말이 없다며 내사복시의 말 두 마리를 보내달라고 장계를 올린 일도 있었다. 일개 장수가 임금에게 궁궐에서 기르는 말을 하사해달라고 요구하는 것은 불충한 일이었지만 선조는 아랑곳하지 않고 말 두 마리를 보내면서 한 마리는 원균에게 주고 또 한 마리는 본영에 두라고 지시했다. 원균에 대한 선조의 태도는 유성룡 등 조정의 대신들을 의아하게 했다. 싸울 때마다 전공을 세워온 이순신을 대하는 것과는 정반대였다.

원균은 더욱 기고만장해져 허세를 부렸다. 충청 병사로 임명받은 원균이 전 가평 군수 최덕순을 종사관으로 데리고 갈 것이라며 조정에 보고한 일도 있었다. 그러자 사헌부에서는 원균의 월권이라며 반발했다. 병사는 종사관을 둘 수 없었다. 이때도 선조는 '병사의 과오를 추궁하지 말고 덕순에게 종사관이란 칭호를 떼어버리는 문제는 건의한 대로 하라'고 지시했다. 사헌부 관원들은 과거 비리가 큰 최덕순을 주시하고 있던 참이었다.

음관蔭官 출신인 최덕순은 성정이 거칠고 비루했다. 그는 임진년에 가평 군수로 있으면서 피난 가는 백성을 잡아 죽여 머리를 밀어버리고 이마에 글자를 새겨 왜적이라고 행재소에 보고해 포상 받으려 했다. 그때 그의 거짓 보고를 바로 적발하기는 했지만 형벌 없이 지나간 탓에 이제는 원균에게 빌붙어 돌아다니면서 수시로 역참의 말과 술대접을 요구하므로 폐해가 컸다.

장흥 읍성에서 도강현은 의외로 가까웠다. 탐진강을 경계로 하여 장흥과 도강현 땅이었다. 탐진강을 건너자마자 이순신이 말했다.

"그래두 병영성의 위상으루 보아 하룻밤은 묵구 가야지유."

"호남 최고의 육군 장수가 있는 성이니 그냥 지나칠 수야 없겠지요. 허지만 나는 강 건너 불구경하듯 지내겠소이다."

"하하하."

이순신이 웃자 이원익이 말했다.

"원 병사도 이제 변했을지 모르니 일단 병영으로 가봅시다."

"사실 저두 원 공은 별별 정이 다 든 장수지유."

"이 공, 저기를 보시오. 누가 우리를 기다리고 있는 것 같소."

이원익의 말대로 체찰사의 시찰 공문을 미리 받았는지 군사 몇 명이 기다리고 있었다. 잠시 후에는 전복 차림의 원균이 나타나 군사들과 함께 체찰사 일행을 맞이했다. 이제는 원균의 수염도 허옇게 변해 있었다. 원균이 팔을 치켜들며 인사했다.

"이 대감, 한 대감, 어서 오시오. 반갑소이다. 이 공도 오랜만이구려."

"이렇게 나와서 기다릴 줄 몰랐소이다."

"병영에 온 지 한 달밖에 되지 않았는데 체찰사 대감께서 오시다니 영광이외다. 하하하. 병영에 오셨으니 여독을 풀고 가시오."

원균이 체찰사 일행을 큰 목소리로 환영했다. 원균이 타고 있는 말은 체찰사 일행이 탄 말보다 크고 건장했다. 백사정에서 내어준 늙은 말들과는 달랐다. 원균은 마치 자신의 지위를 과시하듯 말고삐를 자꾸 낚아채곤 했다. 그때마다 말이 긴 갈기를 흔들며 겅중거렸다. 원균이 참지 못하고 이순신에게 자랑했다.

"이 공, 전하께서 나라를 위해 힘껏 일하고 충성과 용맹을 발휘했다고 격려하시며 이 말을 하사하셨소."

"원 공, 축하해유."

"전하께서는 나를 좋게 보셨는지 보답할 만한 것이 없다고까지 말씀하셨소."

"그러니께 요직인 전라 병사로 임명하신 거지유."

선조가 원균을 편애함은 불가사의하기까지 했다. 원균에게 말을 하사한 일은 벌써 두 번째였다. 그리고 원균이 비리를 저질러도 선조가 눈감아주곤 했으므로 유야무야 넘어갔다. 병영성 동문을 들어서자 바로 오른쪽에 영청이 보이고 객사는 성 한가운데 있었다. 병영성의 말먹이꾼 노비들이 달려 나와 체찰사 일행이 탄 말들을 끌었다. 원균의 참좌 군관이 체찰사 일행을 객사로 안내했다. 병영성은 굴강에 배들이 정박한 것처럼 성 안팎으로 가옥들이 즐비했다. 원균이 잠시 영청으로 간 사이에 누군가가 혀를 찼다. 한효순이 도리질하며 말했다.

"쯧쯧쯧. 원 병사의 말이 어찌나 경박한지 나는 듣기가 민망하오이다."

"경상도 바다에서 싸움을 함께했던 장수를 만나니 반갑구 들떠서 그려유."

"이 공, 인내심이 대단하오이다."

객사 마당에는 이미 멍석이 펼쳐져 있었다. 관노들이 술상을 날랐다. 원균이 참좌 군관을 대동하고 다시 나타났다.

"대감, 점고는 내일 하시고 오늘은 여독을 푸시지요."

"원 공, 순서가 바뀐 것 같소. 나는 시찰을 온 것이지 술을 마시러 온 것이 아니라오."

"지당한 말씀이지만 곧 날이 저물 것 같으니 드리는 건의외다. 내일 편하게 점고하시는 것이 어떻겠습니까?"

그때 기생들이 나타나 이원익과 한효순, 이순신 옆에 앉았다. 석양이 객사 마당을 비추고 있었지만 소슬한 바닷바람이 불어와 어깨를 움츠러들게 했다. 원균이 기생들을 나무랐다.

"병영에서 기생 노릇 평생 해도 뵙기 힘든 지체 높은 대감 나리께서 여기 오셨느니라. 어서 술을 따르지 않고 뭣들 하느냐!"

"예, 병사 나리."

원균의 말이 떨어지자마자 기생들이 체찰사 일행의 술잔에 술을 따랐다. 원균은 자신의 센 주량을 과시하듯 넙죽넙죽 마셨다. 그런 뒤 술 냄새를 풍기며 한효순에게 물었다.

"한 대감, 나를 파직시키려고 했던 홍 대감은 지금 어느 자리에 있소이까?"

"잘 아시지 않소. 이조판서로 자리를 옮긴 줄 아오."

"홍 대감께서 대사헌에 오르더니 무슨 감정이 있었는지 나를 탄핵하려고 들었지 뭡니까."

"원 공, 하마터면 나와도 악연이 될 뻔했소. 홍 대감 자리로 내가 갔으니 말이오."

한효순이 뼈 있는 말로 응수했다. 홍진이 대사헌에서 물러나자 다음 날 바로 한효순이 선조에게 임명을 받고 그 자리로 갔던 것은 사실이었다. 원균이 홍진을 험담했다.

"대사헌 감투를 쓰고 나서는 갑자기 나를 못살게 굴었어요. 좌우승지 때는 얌전했던 사람이 말이오."

"전하께서 늘 곁에 두고 싶어 하는 신하지요."

"벼슬이 올라가더니 이상해졌단 말이오. 배고픈 사람에게 소금을 나눠주는 일이나, 헐벗은 사람에게 옷을 나눠주는 일을 할 때까지만 해도 괜찮은 사람이었는데 말이오."

원균의 말은 홍진을 찬탄하는 것이 아니라 그런 일에나 적합한 사람이라는 비난이었다. 홍진이 한성 판윤 때 염철사鹽鐵使를 겸임하면서 굶주린 사람들에게 소금을 보내주고, 또 진휼사가 되어서는 왜적에게 노획한 면포를 헐벗은 사람에게 나누어 주자고 임금에게 진언한 일을 두고 한 말이었다.

원균의 말을 듣고 있기가 거북한지 이원익이 먼저 자리를 떴다. 이원익이 끝내 돌아오지 않자 한효순도 일어섰다. 이순신도 술잔을 소리 나게 내려놓아버렸다. 어느새 석양은 산봉우리 너머로 넘어가버리고 보이지 않았다. 산 그림자가 객사 마당까지 내려와 차갑게 접혔다. 이순신은 객사 방으로 들어와 큰대자로 드러누웠다. 문득, 원균과의 인연이 질기다는 생각에 배 속으로 들어간 죄 없는 술이 부담스러웠다. 원균이 충청 병사로 올라갔을 때만 해도 이제는 다시 만날 일이 없을 것이라며 머릿속에서 지워버렸는데 그와의 인연이 또 새끼줄처럼 꼬여 이어지고 있음이었다.

암군의 편견

이순신과 체찰부사 한효순은 병영성을 나섰다. 바닷바람이 어제보다 한결 차가웠다. 두 사람은 탐진강이 바다와 만나는 구강포 선착장에서 가리포로 내려가는 배를 탔고, 이원익은 육지 길로 말을 타고 진도를 향해 올라갔다. 배멀미를 심하게 하는 이원익은 파도가 점점 거칠어지고 있었으므로 이순신과 한효순에게 가리포 시찰을 맡겼던 것이다.

마침 이순신과 한효순은 제주 건입포로 가는 옹기 장삿배를 탈 수 있었다. 장삿배는 강진 구강포나 남포에서 가리포, 달목도(소안도), 추자도를 거쳐 제주를 오갔다. 파도가 칠 때는 갑판에 주저앉는 것이 상책이었다. 파도가 뱃머리에 부딪칠 때마다 짚으로 감싼 옹기들이 달그락거리며 쳇소리를 냈다. 이순신과 한효순은 갑판에 앉아 돛대를 붙잡았다. 장삿배가 구강포를 지나 망망한 바다로 나왔을 때였다. 초립을 쓴 장삿배 선장이 이순신에게 다가와 마른 오징어를 내밀었다.

"대감 나리, 말린 오징업니다요. 요걸 잘근잘근 씹어뻔지믄 멀미가 달아납니다요."

"고맙구먼."

"쇤네도 먼바다에 나가믄 멀미헐 때가 있습니다요."

"장사헌 지는 을매나 된 겨?"

"멫 십 년 돼야부렀습니다요."

이번에는 한효순이 오징어를 씹으면서 물었다.

"무엇을 파는가?"

"칠량에서는 옹기를, 가리포에서는 소금과 쌀을 배에 싣고 떠납니다요. 모다 제주에는 읎는 귀헌 것덜입니다요."

"제주에서는 무엇을 싣고 와 파는가?"

"대나무로 맹근 갓의 양태나, 말 꼬리로 맹근 말총은 읎어서 못 폽니다요. 제주 전복도 뭍에서는 인기가 좋아불고라우."

한효순이 오징어를 씹었지만 별 효과가 없는지 눈을 감은 채 도리질했다. 장삿배는 파도를 헤치며 또다시 나타난 섬들 사이를 빠져나가고 있었다. 바람을 받는 돛폭은 여전히 찢어질 듯 팽팽했다. 이순신이 물었다.

"한 대감, 멀미 나유?"

"아니오. 지난 초여름의 일이 생각나서 이러고 있소이다."

"무신 일인디 그래유?"

한효순은 지난 6월에 체찰사 이원익의 장계를 가지고 입궐했다가 어전에서 들은 이야기를 이순신에게 할까 말까 망설이고 있었다. 이윽고 한효순은 작심한 듯 입을 열었다. 이순신을 위한다면 전해주는 것이 좋을 것 같았다. 이순신이 한효순을 채근했다.

"한 대감, 말허지 못할 이야기가 아니라믄 해보시유."

"이 공, 오해는 마시오. 들었던 대로 하겠소. 침소봉대는 하지 않겠소이다."

한효순은 어전에서 들었던 바를 꺼냈다. 붓을 든 입직 승지가 기록하던 내용이기도 했다. 선조가 좌의정 김응남에게 이순신과 원균의 인품에 대해서 묻고 답한 이야기였다. 김응남은 선조의 속마음을 헤아려서 자신의 의사를 잘 개진하는 신하였다. 선조의 비위를 맞추지만 그렇다고 아부만 하는 신하는 아니었다. 김응남이 요령 있게 처신하는 데는 그 나름의 아픈 경험이 있었다. 일찍이 사가독서 했을 만큼 문재가 뛰어난 관원이었지만 이이를 탄핵하는 데 동조했다는 누명을 받아 제주 목사로 좌천당했던 적이 있었던 것이다. 이이를 흠모했던 김응남이 탄핵에 공모할 이유가 없는데도 뒤집어씌우니 별 수 없었다. 이후 김응남은 언행을 극도로 삼갔고 그의 태도는 임금의 의중에 따라 달라졌다. 임금의 속마음을 간파하게 되면 재빨리 거기에 맞춰 대응했다. 선조는 이야기하기 편한 김응남을 신임하여 몇 년 사이에 좌의정까지 벼슬을 올렸다.

"외부 여론은 이순신과 원균을 어떤 사람이라고 하오?"

"이순신은 쓸 만한 장수이옵니다. 또한 원균은 비록 결점은 있으나 대체로 청백하게 처신하며 용감하게 잘 싸우는 장수이옵니다."

　김응남은 선조의 마음이 어디에 있는지를 알고 이순신보다는 원균에게 은근히 점수를 더 주었다. 그렇다고 이순신을 대놓고 깎아내리지는 못했다. 실제로 비변사에서는 이순신이 원균보다 뛰어난 장수라고 평가해왔기 때문이었다. 이처럼 원균을 비호하는 듯한 김응남의 발언은 지난달에 이어 벌써 두 번째였다. 지난 5월에 사간원 헌납 윤형이 원균의 잘못을 지적할 때도 그랬다.

　"신이 충청도 남포 땅에 있을 때이옵니다. 부역이 많아서 백성이 편히 살지 못하였습니다. (중략) 병사 원균은 상당산성을 쌓으면서 사정도 살피지 않고 어려운 고을이든 넉넉한 고을이든 무조건 이삼백 명씩 부역에 참여하도록 조치하였습니다. 그런 탓에 생활 근거지가 분명하지 않은 자들은 부역을 피해 떠돌이가 되고, 남아 있는 자들도 앞날을 알 수 없게 되었습니다. 백성이 원망하고 배반한다면 성을 아무리 굳게 쌓은들 누가 지킬 것입니까. 게다가 한창 농사철에 백성을 징발하니 원망이 더욱 극심합니다. 농한기를 기다렸다가 성을 쌓고 백성을 동원하는 것이 마땅하옵니다."

　윤형의 진언에 김응남이 반박했다.

　"윤형은 원균의 잘못된 점을 아뢰었지만 원균 같은 사람은 쉽게 얻을 수 있는 인물이 아니옵니다. 원균은 수군 장수의 재주를 지녔으나 이순신과 서로 의견이 맞지 않으므로 경상도로 보내기보다는 경기 수사를 제수하면 그의 재주를 펼 수 있을 것이옵니다."

김응남이 원균을 후하게 평가함은 두말할 것도 없이 선조의 의중을 대변하기 위해서였다. 김응남 자신은 바다를 잘 모르는 문신이었다. 그러나 진즉부터 이순신과 원균의 갈등을 알고 있었으므로 경기 수사로 임명하라고 건의했던 것이다.

선조는 김응남이 자신의 의중을 알아주는 것 같았으므로 드러내놓고 이야기했다.

"순신이 초기에는 힘껏 싸웠으나 그 뒤에는 하찮은 적까지도 부지런히 잡지 않았소. 명 장수가 원치 않더라도 요령껏 군사를 끌고 나가 적을 무찌르지 않는 것에 대해 과인은 늘 의문을 가지고 있소. 또 세자가 남쪽으로 내려갔을 때 여러 번 사람을 보내어 불렀으나 응하지 않았소."

선조는 이순신이 자신이나 세자에게 불충하고 있다고 보았으므로 괘씸하게 여겼다. 김응남이 선조의 마음을 헤아려 아뢨다.

"원균이 사변 초에 사람을 보내어 순신을 불렀으나 순신이 오지 않았으므로 원균이 통곡을 했다고 하옵니다. 원균이 이순신에게서 구원병을 청해서 싸웠는데 승리의 공로는 도리어 이순신이 윗자리를 차지해버린 탓에 그 일로 두 장수의 사이가 서로 점점 소원해졌다고 하옵니다."

김응남은 사실관계를 잘 모른 채 당시에 올라온 잘못된 보고만 기억하고 있을 뿐이었다. 그 무렵 선전관의 보고는 흰 것을 검다고 했을 만큼 악의적이었다. 이순신이 원균의 구원병 요청을 받고도 지체했던 것은 합당한 이유가 있었다. 타도 구역으로 함대가 이동할 때는 반드시 임금의 허락이 떨어져야만 했다. 이순신의 장계가 올라가고 선전관이 한양에서 임금의 명을 들고 전라 좌수영까지 오려면 적어도 이십여 일은 걸렸다. 그리고 출진이 늦어진 또 다른 이유는 일방적으로 지시하기보다는 장졸들의 자발적인 참전 의지를 고취시키기 위해 일부러 지연시킨 측면도 있었던 것이다.

한편, 원균은 전공을 들먹이고 불평할 처지가 아니었다. 휘하에 장졸들이 없는 무군지장으로서 이순신 함대가 왜적과 싸울 때 후방에서 지켜보기만 했기 때문이었다. 그러나 의주까지 몽진했다가 돌아온 선조는 임금으로서 체통을 잃었다는 열패감 탓인지 왜적과 싸워 연전연승한 이순신을 까닭 없이 경계했다.

"순신의 인품으로 보아 끝내 성공할 수 있는 장수인지 어떤지 모르겠소."

"알 수 없사옵니다. 장수와 군사들은 이순신이 일을 조용히 적절하게 처리한다고 하옵니다만, 그래도 거제의 진에는 지금이라도 원균을 보내야 할 것이옵니다. 만약 거제를 지키기로 결정한다면 원균이 아니고 누구에게 명하겠사옵니까?"

거제로 원균을 보내야 한다는 김응남의 건의도 선조의 마음이 그러지 않을까 하고 꺼낸 진언이었다. 선조는 오래전부터 원균이 거제로 나간다면 왜적을 용감하게 소탕할 것이라고 믿었던 것이다. 원균을 하루빨리 거제의 진으로 내려보내야 한다는 것이 선조의 편견이자 아집이었다. 그러나 이순신과 원균의 갈등을 잘 알고 있는 비변사 대신들이 선조의 의중을 선선히 따르지는 않았다. 김응남도 그런 기류를 읽고는 지난달에 일종의 절충

안으로서 원균을 경기 수사로 임명하자고 건의했던 것이다. 선조는 이러지도 저러지도 못했다.

"우리 군사가 거제에서 철병한 뒤에 과인이 물어보았소. 비변사의 대답도 그곳을 지키려고 하지 않는 것은 아니라고 하오. 그런데 이후 한산도는 어떻게 하는 것이 좋겠소?"

"한산도는 지킬 필요가 없사옵니다."

윤근수가 이순신의 역할을 무시하듯 단호하게 대답했다. 이순신이 들었다면 아연실색할 터였다. 전술을 모르는 윤근수의 무책임한 대답이었다. 왜적이 전라도로 진출하지 못한 것은 조선수군이 한산도 진에서 철저하게 방비하고 있기 때문이었다. 그런 연유로 왜적은 현재 거제와 부산 쪽에 갇혀 있는 형국이나 다름없었다. 윤근수의 판단은 가끔 선조보다 어두웠다.

"한산도 진을 비울 수는 없소. 그런데 만일 한산도와 거제를 모두 지키기로 한다면 군사가 적은 데다 세력이 둘로 갈라질 것이니 그것도 문제가 아니겠소. 그리고 군량은 또 어떻게 해결하겠소?"

조정의 대신들은 대부분 전술을 잘 알지 못하는 문외한이었다. 그러니 임금과 서로 동문서답하기 일쑤였다. 김응남이 체찰사 윤근수가 거제를 상륙해 공격하려다 실패했던 전술을 또다시 들고 나왔다.

"만일 거제로 들어가 지키면서 수군으로 왜적의 식량 보급로를 끊게 되면 적이 지나다닐 수 없을 것이옵니다."

선조도 전술에 대한 식견이 없기는 마찬가지였다. 전투 현실에 맞지 않는 질문을 느닷없이 할 때가 많았다. 왜선은 본래 조선 수군의 판옥선과 달리 화포를 거치하기에 부적합한 배인데도 갑자기 왜선의 대포를 들먹이기도 했다.

"강대한 왜적이 사오 년 동안 군사를 훈련하면서도 꿈짝도 하지 않는 것은 아마 대포를 준비하고 있기 때문이 아니겠소? 만일 대포를 사용한다면 우리나라뿐만 아니라 중국에서도 맞서지 못할 것이오."

이에 윤근수가 대답했다.

"왜적의 배는 밑바닥이 얇기 때문에 대포를 함부로 사용할 수 없사옵니다. 진천뢰는 우리나라 사람한테서 배웠을 것이옵니다."

"우리나라의 해전 전술은 물론 활 쏘는 기술도 왜적이 배우지 않았소?"

"적이 우리의 활쏘기를 배우려고 하지만 힘줄이 찢어지고 갖풀이 풀어져서 활을 쏠 수가 없다고 하옵니다. 우리나라 사람들이 적에게 많이 넘어간 것은 사실이옵니다. 그들 중에는 활을 잘 쏘는 사람도 있고, 대포를 잘 다루는 사람도 있으니 적이 다시 군사를 동원해 쳐들어온다면 형편상 우리 수군이 지탱해내기 곤란할 것 같사옵니다."

윤근수 역시 왜선의 형태를 자세히 몰랐다. 왜선의 화포가 명중률이 낮은 것은 배 밑바닥이 엷어서가 아니라 뾰족해서였다. 그래서 왜선을 첨저선이라고 불렀던 것이다. 진천뢰를 우리나라 사람에게 배웠다는 것도 근거가 희박한 말이었다. 무기에 대한 선조의 인식도 윤근수와 대동소이했다. 선조는 진천뢰뿐만 아니라 활 쏘는 기술까지 왜적이 배워간 것으로 알고 있었다.

한효순의 이야기를 다 듣고 난 이순신은 마음이 무거웠다. 선조가 자신을 신임하지 않고 불신하는 것까지는 참고 견딜 수 있으나 왜적과 싸움 한번 해보지 않은 신하가 이러쿵저러쿵 논하는 것에 심한 괴리감이 들었다. 수군이 거제만 점령하면 왜군의 보급로가 끊어질 것이라는 둥, 명과 왜가 강화 협상을 벌이느라고 큰 싸움이 없는데도 왜군이 대포를 만들고 있는 중이라서 싸움이 소강상태라고 하는 둥 조정의 임금과 신하들의 판단과 인식에 한숨이 절로 나왔다.

"이 공, 전하의 마음을 어떻게 하면 돌릴 수 있는지 궁리해야만 하오. 나라의 운명이 걸려 있으니 부탁하는 것이오."

"한 대감, 무신 방법으루다가 전하의 마음을 돌리겠슈. 어제오늘의 일이 아니라서 에러운 일이지유."

"이 공을 믿는 영상이 있지 않습니까?"

"유 대감께 이런 일루 부담 주구 싶지 않구먼유."

"그래도 이 공의 뒤를 봐주는 분은 영상이 아닙니까? 이 공 개인의 안위보다는 나라의 운명이 걸린 일이라 말씀드리는 것입니다."

"이럴 때는 승장 의능의 말이 맞지유."

"무엇이라 했소이까?"

"인연을 따르라 했지유. 거스르믄 괴로울 뿐이라구 했지유."

이순신은 선조의 마음이 자신에게 돌아오기를 기다릴 뿐, 굳이 대신들에게 부탁하는 등의 청원을 하고 싶지는 않았다. 그럴 여유도 없었다. 삼도수군통제사로서 왜적을 방비하는 데에만 혼신의 힘을 다 쏟고 있을 뿐이었다. 이순신은 가리포 진이 보일 무렵에야 한마디 했다.

"지가 비애를 느끼는 것은 딱 한 가지구먼유."

"무엇이오?"

"대신덜이 해전을 참말루 모른다는 것이 가심을 아프게 허는 구먼유."

"전하께서도 장수를 불러 직접 보고를 들어야 하는데 그러지 않으시니 저도 답답하오."

"장수를 가찹게 두지 않는 것두 불행헌 일이지유."

장삿배가 가리포 선창에 닿았다. 공문을 받고 달려온 듯 전라우수영 우후 이정충이 먼저 와 기다리고 있었다. 이정충은 이억기 수사의 충직한 부하로서 한산도에 진을 두기 이전부터 이순신의 지시를 받았던 장수였다.

"가리포 첨사가 한산도에 가 있으니께 지가 왔구먼유."

"첨사가 읎으니께 점고는 됐구, 섬의 형세를 먼저 알구 싶구면."

"그라믄 남망으로 먼저 올라가야지유."

"섬 주위를 다 볼 수 있는 겨?"

"남으루는 멀리 추자, 제주까정 볼 수 있지유."

이순신은 이정충의 안내를 받아 산길을 타고 올라갔다. 산길

주변은 온통 진초록의 상록수 숲이었다. 이정충은 남망봉을 남망이라고 줄여 말했다. 그렇다면 동망, 서망도 있을 법했다.

"동망, 서망도 있는 겨?"

"있지유. 망대에 올라가믄 동서남북의 적을 다 정찰할 수 있구먼유."

남망봉은 가리포 관아에서 가장 가까운 곳에 있는 망대였다. 조그만 봉수대도 있었다. 제주에서 올라오는 봉수 신호를 받아 해남으로 전달할 터였다. 이순신과 한효순은 남망봉에 올라 이정충의 설명을 들었다.

"저 우쪽에 포구 이진이 있구유, 저짝은 고금도, 이짝은 노화도, 달목도가 있구먼유."

"해남은 워딘 겨?"

"이진 우에 있는 산이 달마산이구유, 그 우에 있는 산이 두륜산인디 해남은 두륜산과 우수영 사이에 있구먼유."

한효순이 말했다.

"가리포야말로 참으로 중요한 요해지 같소. 적이 어느 방향에서 쳐들어오든 다 경계할 수 있으니 말이오."

"체찰부사님 말씀이 지당해유. 허지만 군사가 한산도루 대부분 차출돼 가버리구 읎으니께 에럽구먼유."

이정충은 가리포에 군사가 부족하다는 사실을 하소연했다. 실제로 봉수대에도 봉군이 없었다. 축대가 무너진 봉수대에는 가시덩굴만 무성했다. 이순신이 한효순에게 말했다.

"가리포가 여러 섬덜을 하나하나 정찰할 수 있는 요해지이기는 허지만 반대루 적의 공격을 사방에서 받기두 쉬운 진이겠구 먼유. 을묘왜변 때 왜구덜이 가리포를 먼저 크게 침입한 것이 그 한 예가 되겠지유."

"이 공의 계책은 무엇이오?"

"가리포의 형세가 외롭기 때문에 이진과 합칠 수밖에 읎겠구 먼유."

그러자 이정충이 희색을 띠며 말했다.

"나리, 지 생각두 그래유. 서로 군사가 적으니께 우선은 합쳐야 해유. 낸중에 다시 나누더라두유."

"우후 생각대루 혀."

이순신 일행은 남망봉을 내려와 가리포 관아로 들어갔다. 객사를 먼저 들러 궐패 앞에 엎드려 사배를 올렸다. 자신의 충의를 받아주지 않는 선조가 가끔 원망스럽기도 했지만, 그러나 섭섭한 감정은 오래가지 않았다. 선조가 자신을 어떻게 평가하든 간에 이순신은 자신의 운명으로 받아들였다.

이순신과 한효순은 객사를 나와 곧 동헌으로 들어가 이정충이 가져온 술로 목을 축였다. 진도 사람들이 관아에 바치는 붉은 술이었다. 술은 목을 태울 듯이 독했다. 불이 난 것처럼 배 속을 화끈거리게 했다. 그러나 술맛의 뒤끝은 깔끔했다. 이순신과 한효순은 이정충이 따르는 대로 붉은 술을 마시다가 부엉이 울음소리가 들려오는 이경쯤에 대취했다.

해남 길

　아침 일찍 이순신 일행은 가리포를 떠나 해남 이진으로 향했다. 이순신이 직권으로 가리포 군사를 이진에 합치도록 조치한 뒤였다. 이진은 손바닥처럼 생긴 달도 북쪽 깊숙한 곳에 은폐된 진이었으므로 가리포보다는 방비가 용이했다. 적은 군사로 달도 좌우 쪽의 바다만 틀어막으면 왜적을 방어할 수 있는 군사기지였다. 이진 포구의 바다는 가리포와 달리 잔잔했다. 이순신과 한효순은 포작선 이물 쪽에 서서 산세를 조망했다. 포작선의 격군이 앞쪽으로 멀리 보이는 산이 남쪽의 금강산이라고 불리는 달마산이라고 말했다. 바위들이 비쭉비쭉 솟아 있는 모습이 금강산의 기암괴석 같기는 했다. 가리포 진에서 내어준 포작선은 거룻배보다는 조금 큰 돛단배였다. 격군들이 노를 저을 때마다 포작선 이물이 머리를 끄덕끄덕하는 노새처럼 움직였다. 포작선은 돛을 올리지 않고도 이진을 향해 거침없이 나아갔다. 이진 선창

너머 관아에서는 정오를 알리는 연기가 피어오르고 있었다.

닻을 다루는 수졸 요수가 이진 선창에 포작선을 댔다. 선창에는 이진 권관이 미리 나와 이순신 일행을 맞이했다. 권관은 이순신보다 나이가 훨씬 더 들어 보였다. 머리카락은 물론 눈썹까지 백발이었다. 그의 얼굴은 햇볕에 타 숯제 숯덩이 같았고 그가 입은 전복은 너무 많이 기워 누더기에 가까웠다.

"나리, 영광이그만요."

"우덜을 지달린 겨?"

"그람요. 나리께서 시찰 나오신다는 소문이 해남 땅에 짝 깔려뻔졌습니다요."

"허허허."

늙은 권관은 이순신 일행이 저만큼 움직이고 있을 때에야 고개를 들고 뒤따라 달려왔다.

"나리, 이짝 질로 가야 헙니다요."

"알았네."

한효순이 물었다.

"이진에 군사는 몇인가?"

"한산도로 모다 가불고 멫 멩 읎그만이라우. 고것도 썬찮은 놈덜만 남았그만요."

"가리포와 처지가 마찬가지군."

"가리포는 원래 큰 진인디 이삼 년 전부텀 이진맹키로 쪼그라들어부렀지라우."

"통제사께서 가리포와 이진을 합치기로 했으니 그리 알게."

권관이 맞장구쳤다.

"진작에 그래부렀어야지라우. 우수영 우후 나리께서도 자꼬 말씀하셨습니다요."

가리포와 이진에 있는 군사를 합쳐야 방비하는 데 효과적일 터였다. 현지 사정에 밝고 경험이 많은 권관도 이미 그렇게 판단하고 있었다. 이진의 관아는 시찰 일행의 생각보다 더 허술했다. 성이라기보다는 돌담을 두른 민가 같았다. 관아를 지키는 수졸은 이순신 일행이 누구인지 모르고 희희덕대고 있었다. 권관이 소리쳤다.

"지체 높은 나리시다! 통제사, 체찰부사 나리시란 말이여."

"아이고메, 몰라부렀그만요."

그제야 수졸들이 땅바닥에 엎드리더니 고개를 슬쩍 쳐들었다. 마치 오리가 물에 머리를 처박고 있듯 수졸들의 궁둥이가 하늘을 향했다. 권관이 한 수졸의 궁둥이를 걷어차며 말했다.

"니덜은 오늘 죽어뻔졌다!"

"벌줄라구 온 것이 아녀. 그러니께 안 본 걸루 혀."

"통제사 나리, 알겠습니다요."

"우리가 왔으니 수졸덜에게 낮밥을 먹이시오."

낮밥이란 배불리 먹는 특식의 점심을 뜻했다. 한효순이 수졸들에게 벌을 주는 대신에 낮밥을 먹이라고 지시했다.

"이넘들아, 운수 좋은 날인 줄 알어!"

권관이 수졸을 향해 뱉어내듯 한마디 하고는 넉살좋게 말했다.

"나리, 어란진에서 부삭떼기를 불러와 점심상을 준비했그만
요."

"그럴 거까지야 있겠는가."

"멀리서 오셨웅께 속이 든든허게 잘 드셔야지라우."

동헌 마루에는 이미 점심상이 준비되어 있었다. 그리고 마당
한쪽의 멍석에는 수졸들이 모여 기다리고 있었다. 이순신 일행
이 동헌에 들어서자 모두가 일어나 복창했다.

"나리, 강녕허십니까요!"

"음식을 먹을 때는 서 있지 않는 법이네. 모두들 편하게 먹게
나."

한효순이 부드럽게 말하자 수졸들이 다시 착석했다. 동헌 마
루에는 솔향기가 은은하게 풍겼다. 이순신은 솔향기가 점심상에
서 나는 것을 알고는 미소를 머금었다. 한효순도 코를 내밀고 킁
킁거렸다. 한효순이 참지 못하고 권관에게 물었다.

"이보시게. 술 내음 같기도 하고 솔향기 같기도 한데 이게 무
엇인가?"

"송화주라는 것인디 이짝 지방에서 기가 맥히게 존 술입니다
요."

"어디 한번 마셔보세."

한효순은 점심상 앞에 앉자마자 송화주를 마시고 싶어 했다.
점심상에는 시찰 중에 한 번도 보지 못한 꿩고기김치가 올라 있
었다. 더 희귀한 것은 대접에 아기 주먹만 한 낙지만두가 대여섯
개씩 담겨 있는 것이었다. 이순신은 권관이 술을 따를 때까지 겨

우 참았다. 그런데 권관이 음식을 준비한 부엌데기를 불렀다.

"어란아! 나리덜께 술을 올리지 않고 멋을 허느냐!"

"저 처자가 송화주를 담갔다는 것인가?"

"예, 나리."

스무 살 안팎으로 보이는 어란이 마루로 올라왔다. 여느 부엌데기와 달리 단아한 맵시가 있었다. 해진 무명 저고리와 치마를 입고 있었지만 정갈했다. 어란이 술을 따르지 않고 주저주저하자 권관이 또 소리쳤다.

"음석을 앞에 놓고 시방 제사 지내냐! 얼릉 따라부러라잉."

어란이 송화주가 든 청자 주병을 기울이자 돌돌돌 술이 나왔다. 솔향기에 모두 고개를 젖혔다. 이순신이 한효순에게 사발을 권했다. 사발에는 달걀 노른자위를 풀어놓은 것 같은 송화주가 담겨 있었다.

"먼저 드시지유."

"아니오. 이 공께서 먼저 드시오."

"부사 대감, 귀헌 향기는 이미 나누어 마셨으니께 괴안찮아유."

"하하하. 술 향기를 나누어 마신다는 얘기는 처음 들었소. 이 공은 장수이면서도 시인이라니까."

한효순이 크게 웃었다. 이순신이 어란에게 물었다.

"요런 술은 첨 마셔보았느니라. 워치게 맹글었는 겨?"

"송화를 따서 볕에 몰립니다요. 그리고 찹쌀 다섯 말을 깨깟이 씨쳐 가루를 맹급니다요. 그리고 또 물 서 말에 송화 다섯 되

238

를 섞어 죽을 쒀야 헙니다요."

"거기에다 누룩을 넣는다는 말인 겨?"

"그렇습니다요. 죽이 식을 때까정 누룩 가루 일곱 되를 섞어 둡니다요. 그라고 닷새 후에 맵쌀 열 말을 깨깟이 씨친 뒤 익어 불 때까정 쪄불지라우. 그라고 또 거그에다 물 다섯 말을 보타지 게 달인 뒤 송화 한 말을 섞어두었다가 식으믄 누룩 서 되를 넣 고 이칠일을 지다리믄 술이 됩니다요."

송화주는 이칠일, 즉 십사 일이 지나야 만들어지는 술이었다. 전시 중에 찹쌀로 담근 송화주는 아무 데서나 마실 수 있는 술은 아니었다. 관아의 벼슬아치들이 숨겨놓고 한 모금씩 먹는 특주 였다.

"니 말을 들어보니께 니 손으루 담갔다는 것이 사실이구나."

이순신은 낙지만두도 안주 삼아 한 입 베어 물었다. 낙지만두 역시 어란이 만든 음식이라고 하는데 거짓이 아닌 듯했다. 어란 이 낙지만두 만드는 과정을 술술 이야기했기 때문이었다.

"벼가 익을 때 물살이 쎈 울돌목 가상으로 나가 뜰채로 세발 낙지를 잡지라우. 물살이 을매나 쎄분지 갯바우가 우우우 허고 웁니다요. 보리 이삭이 필 때는 뜰채로 숭애를 잡는디 그때 만두 는 숭애만두라고 헙니다요."

어란이 낙지만두를 빚는 순서는 다음과 같았다. 뜰채로 잡아 올린 낙지를 얇게 저미 살짝 칼집을 낸다. 만두소로는 기름지고 연한 고기를 익혀 잘게 두드려 두부, 생강을 섞어 기름간장에 어 지간히 볶고 저민 낙지에 싸 단단히 말아 허리가 구부정하게 만두 모양으로 만든다. 만두에 된장 가루를 두루 묻히고 새우젓국을 싱겁게 타서 푹 끓인 뒤 대접에 대여섯 개씩 올린다.

어란은 꿩고기김치 만드는 법도 한효순이 묻자 막힘없이 말했다.

"간이 든 외지의 껍데기를 벗겨 외 속을 읊애분 뒤, 한 치 질이로 도톰도톰허게 썰어붑니다요. 외지를 물에 담가 간을 우려내불고라우, 삶아분 꽁괴기를 외지멩키로 썰어서 뜨신 물에 소금을 타 간간허게 맹글어놓고 나박짐치멩키로 담가 삭히믄 됩니다요."

"가을인데 오이를 어디서 구한단 말이냐?"

"한여름에 소금으로 간을 들인 외입니다요."

"니 말만 들어두 침이 나오는구나."

"어란진 관아에서 부삭떼기로 삼시롱 어깨너메로 배운 거뿐입니다요."

"니가 원허는 것이 뭣인 겨?"

"굶어 죽은 사람이 많은 시상인디 요로코롬 부삭떼기 더부살이로 사는 것만도 지헌티는 복입니다요."

"원래부터 관아 내아에 산 겨?"

"아닙니다요. 쇤네는 천애 고아로 자라다 어란진 관아에 맽겨졌습니다요."

"니 부모가 읎다는 말이냐?"

"쇤네가 한 살 때 왜구덜이 마실에 들어와 분탕질허고 아부지와 엄니를 잡아갔다는 말을 들었습니다요."

"네 아비 이름도 모르겠구나."

"모릅니다요. 다만, 성은 김해 김씨일 거라고 어란진에 온 어떤 나리께서 알려주었습니다요."

"성이 있다면 관노가 아니란 말이구나. 내가 너를 관아에서 놓아주겠느니라."

한효순이 말했다. 그러자 어란이 고개를 저었다.

"나리, 쉰네는 어란진을 떠나지 못헙니다요."

"왜 그러느냐?"

"아부지나 엄니가 올 때까정 지달려야 헙니다요."

"네가 어란진 관아를 떠나지 않는 이유를 알겠다. 네 원대로 하거라."

이순신 일행은 이진에서 점심을 한 뒤 말을 타고 남창, 현산, 화산을 지나쳤다. 해남은 흥양 둔전처럼 논밭에 오곡이 누렇게 무르익어 황금물결이 일렁이듯 했다. 지난해에 이어 올해도 왜적의 침입이 사라지자 산중으로 피신했던 농사꾼들이 돌아왔다. 금싸라기 같은 알곡만 바라보아도 이순신은 배가 불렀다. 이순신은 말을 탄 채 콧노래 부르듯 시조를 읊조렸다. 어느새 오른쪽 멀리 두륜산 정상이 보였다. 후덕하게 생긴 두륜산을 바라보고 있을 때였다. 누군가가 말을 타고 이순신 일행 쪽으로 오고 있었다. 그가 탄 말은 늙고 병들어서 민첩하지 못했다. 말 눈에는 눈곱이 눈을 덮을 만큼 끼어 있었다.

"통제사 나리, 김경록이그만요."

한산도 진에서 지난 4월에 보았던 해남 출신 의병장이었다.

"김 첨지를 워찌 모르겄남."

"지는 첨지가 아니라 주부그만요."

"인품이 첨지란 말여."

의병을 수군에 보내와 6품 관직인 주부를 제수 받은 김경록이었다. 지난 4월 23일에는 한산도 진에 들어왔다가 30일까지 칠 일간 머물면서 함께 밥을 먹고 술을 마신 적이 있었으므로 이순신은 몹시 반가웠다.

"나리께서 이짝으로 시찰 오신다는 소문을 듣고 쩌그서 지달리고 있었습니다요."

"나헌티 특별허게 볼 일이 있는 겨?"

"아닙니다요. 나리께서 밥과 술을 지헌티 대접해주셨응께 인자 지가 쪼깐이라도 갚아야지라우."

김경록은 허리에 제법 큰 주병을 하나 차고 있었다. 들판에서 일하던 농사꾼들이 하나둘 모여들었다. 그런데 농사꾼들이 일하는 들녘 길이기 때문에 이순신은 아무리 좋아하는 술이라도 그 자리에서 마실 수 없었다. 농사꾼들은 하나같이 늙은 노인들뿐이었다. 해남도 역시 젊은 장정들은 수군이나 육군으로 차출돼 나가버리고 없는 듯했다.

"이 부근에는 역이 읎남?"

"쩌그 산모탱이만 돌믄 바로 녹산역입니다요. 쪼깐헌 역이그만요."

오른쪽은 덕음산 산자락과 골짜기가 있었고 왼쪽은 들판이었다. 들판 끝의 낮은 산을 넘어가면 바로 우수영 바다였다.

"거기까정 가서 쉬어야겠구먼."

"한두 식경이믄 갈 수 있는 거리인께 먼 질은 아닙니다요."

녹산역은 남쪽에서 해남 읍성으로 들어가는 사람들을 검문하는 통제소였다. 김경록이 길잡이가 되어 앞섰다. 바닷바람이 불어와 기분이 상쾌해지자 피로도 가셨다. 바닷바람 속에는 파도 소리가 실려 있는 듯했다. 이순신 일행은 녹산역에 도착하자마자 도랑물로 얼굴과 손을 씻었다. 말먹이꾼들이 나타나 말고삐를 잡고 지친 말들에게 꼴을 먹였다. 김경록이 오가는 역졸들에게 말했다.

"통제사, 체찰부사 나리신께 잘 모셔부러라잉."

"알겠습니다요."

녹산역의 역졸들은 남쪽 진의 수졸들과 달리 동작이 기민했다. 김경록이 가져온 술은 이순신이 평소에 자주 즐겨 마시는 막걸리였다. 독하지 않으면서도 속에 부담을 주지 않고 공복감을 없애주는 밥과 같은 막걸리였다. 실제로 막걸리를 마시면 어느 정도 요기가 되었다. 한효순은 막걸리를 별로 좋아하지 않는지 마시는 시늉만 했다. 날이 저물 때까지 이순신은 김경록과 녹산역에 있는 술까지 가져와 주거니 받거니 대작했다.

"김 첨지, 나는 막걸리가 좋아."

"어째서 그랍니까요?"

"소피만 보구 나믄 첨 마시는 기분이란 말여."

"그래서 말술을 들고는 못 가도, 배에 담고 간다는 말이 있었지라우."

"참말루 명언 중에 명언이구먼."

"하하하."

"곡포 만호 김선지가 이쪽 출신이라구?"

"이쪽 산이에서 나고 자란 젊은 장수지라우."

김선지는 선조 26년(1593)에 무과 급제한 뒤 선전관으로 있다가 남해에 있는 곡포 만호로 특진된 스물일곱 살의 젊은 장수였다. 김해 김씨 입향조인 그의 고조 김하金河는 사화를 피해 유모를 따라 해남 산이로 내려와서 목숨을 부지한 인물로 무오사화 때 능지처참당한 김일손의 조카였다. 그러니까 김종직의 제자인 김일손이 김하의 숙부였던 것이다. 해남의 김해 김씨들은 모두 김하의 자손들이라고 해도 과언이 아니었다. 그들은 남녀 가릴 것 없이 강직한 조상에 대한 자부심이 강했다. 낮에 보았던 부엌데기 어란도 김하의 후손이었다.

어느새 날이 저물었다. 만추 때는 해가 떨어지자마자 밤이 성큼 다가왔다. 이순신 일행은 녹산역에서 잘 생각은 없었다. 녹산역은 잠을 잘 수 있는 방이 하나밖에 없는 작은 역이었다. 캄캄했지만 읍성으로 가는 길을 나섰다. 역졸들이 횃불을 만들어 길을 밝혔다. 이순신 일행은 녹산역에서 해남 읍성 하마비까지만 말을 탔다. 하마비부터는 횃불을 들고 걸었다. 횃불이 바람에 붉은 천 조각처럼 소리를 내며 펄럭거렸다. 횃불은 빈약한 달빛보다 밝았다.

이순신 일행은 이경쯤 해남 읍성 남문에 도착했다. 읍성 안팎은 고요했다. 먼 데서 개 짖는 소리만 들릴 뿐이었다. 김경록이 미리 해남 읍성 남문 군관에게 연락해두어 성문은 쉽게 통과했다. 이순신과 한효순은 군관의 안내를 받아 바로 객사로 갔다.

"일찍 취침하지유. 낼 아침에 바루 우수영으로 가야 허니께 말유."

"아, 체찰사 대감을 우수영에서 만나기로 했지요. 진도로 들어간 대감께서 아무 일 없었는지 궁금하오."

이순신과 한효순은 객사 큰 방에 눕자마자 잠에 떨어졌다. 밖은 컴컴했다. 그믐으로 치닫는 달은 병색이 짙은 환자처럼 흐릿했다. 달빛 역시도 사위어가는 불티처럼 있으나마나 했다. 바람이 불 때마다 객사 마당가의 느티나무가 싸락눈 떨어지는 소리를 냈다. 잠들지 못한 느티나무 낙엽들이 이리저리 뒹굴었다.

우수영 태평정

　해남 객사에서 하룻밤을 보낸 이순신 일행은 전라 우수영으로 떠났다. 초행길이었으므로 객사에서 황산 남리역까지는 해남 관아 군관이 안내했다. 날씨는 양털 같은 구름이 몇 점 떠 있을 뿐 청명했다. 하늘은 더없이 높아 마치 일망무제의 바다 같았다. 황산 남리역에서 이순신은 샘물로 목을 축였다. 이른 아침을 급히 먹은 탓에 배 속이 더부룩해서였다. 역졸이 참샘에서 떠온 우물물은 이뿌리가 시릴 만큼 차가웠다.

　해남 관아와 우수영 중간에 있는 남리역부터는 역졸이 길잡이로 나섰다. 패랭이를 쓴 역졸은 해남 관아의 군관과 달리 말수가 많았다. 이순신과 한효순이 한 마디를 물으면 다섯 마디 이상으로 대답할 만큼 수다스러웠다. 이순신이 물었다.

　"역졸이 된 지 을매나 된 겨?"

　"지는 우수영에서 태어나 열다섯 살에 우수영 수군이 되었는디 훈련 중에 팔을 다쳐부러 집으로 돌아와부렀습니다요. 팔 한 짝이 불편허기는 허지만 무과에 붙어볼라고 시험 보는 곳을 쫓아댕겼는디 판판이 미역국만 묵었부렀습니다요."

"그래서 역졸이 됐다는 말이냐?"

"무과에 붙어볼라고 시험장을 개설헌 디는 다 찾아댕긴 바람에 늦게 됐지라우."

한효순의 물음에 역졸이 동문서답했다. 이순신도 역졸에게 말을 시켰다.

"그려? 도대체 몇 번이나 떨어진 겨?"

"스무 번도 넘십니다요."

"떨어진 디는 이유가 있을 겨. 워째서 낙방했다구 생각허는 감."

"한번은 지가 탄 말이 달리다가 쓰러져서 떨어졌그만이라우. 근디 알고 봉께 병든 말이었습니다요. 또 한번은 활을 쏘는 디 지 점수허고 앞 사람 것허고 바꿔치기당헌 적도 있고라우."

한효순이 말했다.

"시관들이 눈을 부릅뜨고 있었을 텐데 부정으로 떨어졌다니 믿기지가 않구먼."

"나리, 지가 어찌케 그짓말을 허겄습니까요. 눈 뜨고 코 비어간가는 말이 있는디 딱 맞드랑께요. 고것만도 아닙니다요."

"다른 부정도 있었다는 말인가?"

"으떤 놈이 대신 들어가는 대리 시험도 있었고라우, 시관들에게 귀헌 것을 바친 뒤 합격허는 놈도 있었습니다요."

"네가 특출했다면 합격했을 것이니라. 그러니 너무 원망하지 마라."

"인생은 새옹지마라고 들었습니다요. 고 말이 맞는 것도 같그만요. 찬찬히 생각해보믄 군관이 되불지는 못했지만 역졸로 사는 것이 다행입니다요. 이 역 저 역으로 댕긴 지 십 년쨉니다요."

"다행이라고 생각하니 됐다."

한참 만에 이순신이 또 물었다.

"워째서 다행인 겨?"

"안식구가 해주는 밥 묵고 있으니 더 바랄 것이 읎고요, 또 자석을 기대험시롱 산께 그라지라우. 은젠가는 지 자석놈이 무과에 급제허지 않겠습니까요."

"자석을 무과에 급제시키는 것이 꿈이구먼."

"고로코롬 된다믄 지는 역졸을 그만두고 울돌목 갯바우에 앉아서 봄에는 숭애잽이, 가실에는 시발낙지나 잡음시롱 살아뻔지겠습니다요."

역졸은 묻지 않았는데도 울돌목에서 숭어나 낙지를 손쉽게 잡는 요령을 말했다. 밀물이나 썰물 때가 되면 바닷물의 흐름이 빨라지는데 그때를 이용하여 뜰채로 물살에 떠밀리는 숭어와 낙지를 건진다는 것이었다.

어느새 이순신 일행은 우수영으로 가는 고개를 넘고 있었다. 고갯마루에 올라서자 갯냄새가 실린 바닷바람이 불어왔다. 역졸이 패랭이를 벗고 이마의 땀을 닦았다. 이순신이 그의 머리를 보고는 웃었다. 역졸은 머리카락이 한 올도 남아 있지 않은 대머리였다. 역졸이 이순신을 게눈으로 보면서 말했다.

"죄송허그만요. 나이도 에린놈이 할딱바구가 되야가지고 챙피헙니다요."

"하하하. 자네가 낙지를 얼마나 많이 잡았으면 낙지 머리가 되었겠는가!"

한효순이 우스갯소리를 했다. 그러나 이순신은 머릿속에 전광석화처럼 스치는 것을 붙들었다. 낙지 머리란 말을 듣고는 불현듯 왜군을 떠올렸던 것이다. 낙지 잡듯 왜군을 울돌목으로 유인해 공격한다면 그것도 이순신에게는 하나의 비책이 될 것 같았다. 더구나 왜군은 울돌목 위에 있는 전라 우수영을 점령하고자 기회를 엿보다가 사활을 걸고 공격할 것이란 예감이 들었다.

이순신이 신분을 가리지 않고 현지 사람들의 이야기를 가능한 한 많이 듣고자 힘쓰는 것은 그들에게서 뜻밖의 영감을 얻곤 했기 때문이었다. 이진에서 만난 늙은 군관이나 남리역의 역졸도 마찬가지였다. 전술이란 장수의 머릿속에서만 나오는 것이 아니었다. 지세에 밝은 현지 사람들에게서도 뜻밖의 비책을 들을 수 있었다.

"우수영에서 메칠 묵어야겄구먼유."

"수영에 점고할 것이 많습니까?"

"머무는 동안에 울돌목 조류를 자세히 살펴봐야 허겄구먼유."

"이 공께서 알아서 결정할 일이오. 나는 원래 체찰사 일원으로 나왔으니까요."

오후가 돼서야 이순신 일행은 우수영에 도착했다. 석성과 토성으로 둘러싸인 우수영은 활처럼 휘어진 바닷가에 있었다. 망대는 객사 북쪽의 망해산 산봉우리에 있고, 본영 바깥의 선창에는 2층 누각인 태평정이 솟아 있었다. 그리고 본영 앞바다에는 진도, 양도, 녹도, 혈도가 첨병처럼 우수영을 지키고 있는 형국이었다. 양도는 울돌목의 빠른 조류를 막아내는 수장水墻 역할을 하고 있는 것이 분명했다.

가리포에서 바닷길로 먼저 온 우후 이정충이 이순신 일행을 맞이했다. 이정충은 걱정스러운지 긴장한 얼굴로 보고했다.

"진도에 가신 체찰사 대감께서 아직두 오시지 않았구먼유."

"나는 진즉 오시어 우수영에 계신 줄 알았네."

"진도 남쪽 끄터리에 있는 금갑도, 남도포까징 가신 모냥입니다유."

"멀리 가셨구먼."

"체찰사 대감께서 안 겨시니께 객사에서 주무셔야지유."

그러나 이순신이 반대했다.

"아녀. 밤중에라두 오실지 모르니께 나는 저기 누각에서 잘 겨."

"바닷바람이 차지 않겠소?"

"부사께서는 객사루 가시지유. 체찰사 대감이 오신다구 혀두 상관읎으니께유."

한효순은 시찰 내내 이원익과 한방을 써왔던 것이다. 그러나 이순신은 상관과 함께 잔다는 것이 부담스러웠다. 이순신이 하룻밤 자겠다는 누각은 태평정이었다. 2층 누각의 태평정에는 마루 가운데 정방형의 방이 하나 있었다. 이순신은 우수영으로 들어가 저녁을 먹은 뒤 바로 태평정으로 돌아왔다. 이정충이 초저녁에 술과 안주를 든 수졸을 데리고 찾아왔다. 수졸은 술자리를 만들어놓고는 곧 물러갔다.

"부사를 모시지그려. 아니믄 이리루 모셔오든지 말여."

"쉬시구 싶다구 허시는구먼유."

"물어봤으믄 됐구."

"울돌목이 말여, 꼭 좌수영 앞에 있는 소포 같어."

"물목이란 점에서는 같은디 많이 다르지유."

"지세두 쌍둥이 같구. 돌산도가 좌수영 앞에 있구, 돌산도와 좌수영 사이에 소포가 있지 않은감. 여기두 비슷혀. 우수영 앞에 진도가 있구 울돌목이 있는 겨."

"잘 보셨는디 그래두 다르지유."

"뭣이 다른 겨?"

이정충은 대답하지 않고 이순신 앞에 놓인 사발에 술부터 따랐다. 술은 막걸리를 빚고 난 뒤에 생기는 맑은 청주였다. 단내가 나면서도 시큼한 술 향기가 이순신의 코를 자극했다. 이순신이 한 잔을 먼저 마시고 나서 다시 물었다.

"대답을 혀야지."

"물살이 말두 못 허게 쎄지유. 소포허고는 비교헐 수 읎지유."

"또 뭣이 있는 겨?"

"돌산은 섬이 작구, 진도는 육지멩키루 크지유."

"고게 워쨌다는 겨."

"진도가 육지멩키루 크니께 왜적이 남쪽으로 돌아오기 심들 지유. 더구나 진도 끄터리에는 군사가 있는 금갑도, 남도포가 버 티구 있지유."

"왜적이 우수영을 공격하려믄 울돌목을 지날 수밖에 읎다는 말여?"

"지 생각은 그러구먼유."

"소포멩키루 철쇄를 횡설할 수두 있겄는디 우후 생각은 워 뗘?"

"고런 계책을 세와볼 수 있겄지유."

"철쇄 횡설은 약두 되구 독두 되니께 낼 울돌목을 더 살펴볼 겨."

이순신은 철쇄 횡설을 결정하지 않았다. 소포 바다는 해저가 펄로 돼 나무 기둥을 세울 수 있었고 만조 때는 배가 철쇄 위로 지나갈 수 있는 바다지만 울돌목은 만조 때의 수심과 해저 상태 를 알 수 없기 때문이었다. 또한 철쇄 횡설이 우수영을 방비하는 데 역기능을 할 수도 있었다. 가리포나 이진, 어란진 쪽의 수군 과 우수영의 수군이 철쇄 때문에 서로 분리되어 고립될 가능성 도 충분했다.

"시방 당장 결정할 문제는 아닌 것 같구먼."

"옳은 말씸이구먼유."

"물론 왜적이 대함대루 공격헌다믄 급히 철쇄를 횡설해 단 한 번은 지대루 이용할 수 있을 겨. 배수의 진을 치는 전술루 말여."

이정충은 이순신의 의견을 따랐다. 철쇄를 횡설할 수 있는 바다인지, 그렇게 해서 얻을 수 있는 이익이 무엇인지 따져보자는 이순신의 의견에 동감했던 것이다. 이정충은 청주를 좋아하는지 술을 단번에 들이키지 않고 찔끔찔끔 음미하면서 마셨다. 입안에 술을 넣고는 마치 음식을 씹듯 우물거렸다.

"우후는 술이 맛있는 겨?"

"청주 마실 때만 그라지유. 입안에서 술맛을 한참 느껴볼라구 그라지유. 청주는 물 마시드끼 홀짝 넘겨버리는 술이 아니지유."

"나는 낙지 안주가 맛있구먼."

뜨거운 물에 살짝 데친 뒤 잘게 칼질한 낙지는 씹지 않아도 될 만큼 부드러웠다. 이순신은 굳이 묵은 간장에 찍어 먹지 않았다. 짠물이 빠진 낙지인데도 맛이 간간했다.

"낼 울돌목에 나가시믄 나리께서 직접 뜰채루다가 낙지를 잡을 수두 있지유."

"낙지 잡는 땐 겨?"

"늙은이덜이 갯바우루 나와서 낙지를 잡는 철이지유."

이경쯤 이정충이 물러갔다. 이순신은 태평정 방에서 마루로 나와 찬 바닷바람을 쐬었다. 이정충과 마셨던 술로 제법 불콰했는데 바닷바람이 술기운을 기분 좋게 가라앉혀주는 듯했다. 사흘 후면 윤팔월 그믐이었다. 별이 몇 개 떴을 뿐 사위는 숯가마 속처럼 캄캄했다. 바다는 물론 우수영으로 난 길도 보이지 않았다. 술에 취한 이정충이 어둔 밤길을 어떻게 휘적휘적 걸어갔는지 걱정이 될 정도였다.

우수영 바다에 아침 햇살이 물러갈 무렵 이원익이 진도에서 돌아왔다. 이순신은 태평정에서 객사로 올라가 이원익을 정중하게 맞았다. 병영성에서 헤어진 뒤 나흘 만인데도 마치 한 달이 흘러간 듯 반가웠다.

"시찰길이 편안하셨는지유?"

"덕분에 진도 읍성을 지나 남도포, 금갑도까지 들어갔다가 왔소."

한효순도 말했다.

"별고 없으셨습니까? 그런데 대감 얼굴이 수척해 보이십니다."

"섬을 도는 동안 물이 자주 달라져서 그런지 배탈이 좀 심했소이다."

"지금은 어떻습니까?"

"하루 이틀 지나면 회복이 될 것 같소."

"오늘은 객사에서 휴식을 취하셔야 합니다. 강행군을 하시니까 체력이 달려 탈이 났을 것입니다."

"알겠소. 이 공께서는 특별한 일은 없었소?"

"가리포의 군사 형세가 외로워 이진과 합친 것밖에는 읎구먼유."

"부사께서는 할 말이 없소?"

"어란이라는 부엌데기가 만든 술과 음식을 대감과 함께하지 못해 유감이지요."

"얼마나 좋았으면 나한테까지 자랑하는 것이오?"

"송화주라는 술이 그만이었소이다."

"송화주란 원래 안동 유생들이 마시는 전통주 아니오? 황국을 넣어 술 빛이 노란 술로 알고 있소."

"안동 술이 어란진까지 내려온 것은 아마도 안동 출신의 벼슬 아치가 해남으로 부임해 와 퍼트린 것 같소이다."

이원익은 송화주를 마시지 못한 것을 몹시 아쉬워했다. 마치 송화주를 한 잔 마시기만 하면 금세 배탈이 멎을 것처럼 그랬다. 그러나 송화주를 마시기 위해 어란을 부를 생각은 추호도 없었다. 그것도 폐를 끼치는 일이기 때문이었다.

이순신은 이원익을 만나고 나서는 바로 이정충의 안내를 받아 울돌목으로 나갔다. 이정충은 어젯밤에 나눈 철쇄 횡설에 대해서 결말을 짓고 싶어 했다. 적은 수의 군사를 거느리고 우수영을 방비해야 하는 우후로서 당연한 바람이었다.

"통제사 나리, 해남과 진도 사이에 철쇄를 횡설한다믄 저기가 바루 적당헌 곳이지유."

"바다가 젤루 좁은 디구먼."

"심들게 철쇄를 설치허지 않구 왜적을 무찌른다믄 을매나 좋겄습니까유?"

"기여."

이순신은 해남과 진도 사이를 소리치며 흐르는 울돌목의 바닷물을 유심히 보면서 걷기만 했다. 상념에 빠져서인지 이정충이 하는 말을 건성으로 듣는 것처럼 보일 정도였다. 이윽고 이순신이 한마디 뱉어냈다.

"작은 군사로 큰 군사를 이길 수 있는 바다구먼."

"워째서 그랍니까유."

"물살이 이렇게 쎈 디는 우리나라에 읎을 겨. 바다 폭이 좁은 것두 그렇구."

"왜놈덜을 뜰채루다가 낙지잽이 허듯 잡으믄 되겄구먼유."

"그려. 우수영을 울돌목 우에다 설치헌 것은 기가 맥힌 한 수여."

"지두 울돌목이 천혜의 방어선이라구 생각허구 있구먼유."

"우수영이 좌수영보담 방비하기가 더 좋은 곳이 분명혀."

날삼으로 엮어 만든 뜰채로 낙지를 잡던 늙은이들이 이순신을 보더니 납작 엎드렸다. 뜰채 안에 잡혀 있던 낙지가 기어 나와 모래밭으로 도망쳤다. 그러자 이정충이 낙지를 잡아와 늙은이에게 돌려주었다.

"우수영이 원래는 무안 대굴포에 있었는디 으째서 이곳 해남으루 내려왔는지 알겄구먼."

"지는 대굴포가 워디 있는지 물러유."

"대굴포는 수영이 있을 곳이 아녀. 수영이 바닷가에 있어야지, 워째서 강가에 그것두 나주 가차운 영산강에 두었었는지 나는 아직두 이해하지 못허구 있는 겨."

낙지잡이 늙은이가 이순신에게 말했다.

"나리, 오늘 잡은 낙지를 드리고 잡습니다요."

"그대 식구덜의 끼니가 아닌가? 받을 수 읎네."

"아닙니다요. 나리께서 왜적덜을 막아주신께 지덜이 요로코롬 편안허게 살고 있습니다요."

"아녀. 낙지를 받지 않는 대신 묻는 말에 대답혀주겄남."

"예, 나리."

"울돌목 바다 밑이 뻘인 겨, 바우덩어린 겨?"

"지가 한 번 들어가 봤는디 삐쭉삐쭉헌 갯바우로 덮여 있습니다요."

이순신은 끝내 낙지를 받지 않고 돌아섰다. 곡식과 바꾸는 낙지는 그들에게 양식이나 다름없었다. 태평정으로 돌아온 이순신은 다음 날 새벽까지 모처럼 깊은 잠에 골아 떨어졌다. 이순신은 태평정 추녀 끝에서 떨어지는 빗소리에 눈을 떴다.

가을비는 체찰사 일행의 걸음을 붙들었다. 일행 모두 쏟아지는 가을비 탓에 해남으로 출발하지 못했다. 오후가 되어 이순신은 우수영 군관이 가져온 도롱이를 걸치고 울돌목으로 또 나가려고 했지만 그마저도 취소했다. 낡은 도롱이 속으로 파고드는 빗방울이 차가웠다. 태평정의 찬 방에서 잔 데다 가을비를 맞는다면 고뿔에 걸릴지도 몰랐다.

그런데 비는 좀처럼 그치지 않았다. 낮밤으로 추적추적 내리더니 새벽에야 겨우 성글어졌다. 체찰사 일행과 이순신은 우수영에서 하루를 더 머물 수는 없었다. 어둑한 이른 아침이었지만 빗발이 약해진 틈을 타 서둘러 남리역으로 출발했다. 아침 끼니는 남리역에서 간단하게 해결했다. 남리역은 작은 역이었으므로 찰방 대신 늙은 역리가 관리하고 있었다. 역졸이 차린 아침상의 된장국은 너무 짜서 숫제 소금물을 마시는 것 같았다. 체찰사는 물론 이순신마저도 국을 떠먹다 말고 그대로 남겼다.

일행은 늦은 오후 무렵 해남 관아에 도착해서야 제대로 된 밥을 먹었다. 그런데 이순신은 저녁을 먹는 중에 낯익은 사람을 보고는 숟가락을 놓았다. 이순신은 그를 불러 세웠다. 보성 관아에서 색리로 일하던 소국진이었다. 임진년 2월에 장 오십 대의 벌을 받았던 그였으므로 또렷하게 기억이 났다. 보성 관아에서 보내기로 한 판옥선용 널판자가 늦어져 색리인 그에게 직무 태만의 벌을 내렸던 것이다. 이순신은 소국진에게 술을 세 잔 권한 뒤 좌수영 본영으로 갈 것을 지시했다. 삼도수군통제사로서의 명령이었다. 전쟁 준비 기간이었으므로 그에게 엄하게 벌을 내린 것이 미안하기도 했고, 그에게 명예 회복의 기회를 주기 위해서였다.

여진과 귀지

체찰사 일행과 이순신은 우수영 관할의 고을을 들를 때마다 하룻밤 내지는 이틀, 사흘 밤을 묵었다. 이순신은 9월 초하룻날 해남 관아를 떠나 영암, 나주, 무안, 임치, 함평, 영광, 무장, 고창 등을 거쳐 9월 18일 사시(11시)쯤 광주에 도착했다. 체찰사 일행과 이순신은 장성부터는 따로따로 시찰했다. 체찰사 일행은 입암산성으로, 이순신은 진원으로 갔던 것이다. 이순신이 광주에 왔을 때는 체찰사가 먼저 시찰한 뒤 다른 곳으로 가고 없었다.

비가 부슬부슬 내렸다. 이순신은 도롱이를 벗자마자 옷부터 갈아입었다. 저고리의 앞자락과 바지 끝이 비에 젖어 축축했다. 이제 갈아입을 옷은 더 없었다. 무장에서 이중익이란 사람이 찾아왔는데 그의 행색이 몹시 남루했으므로 옷을 벗어 주었던 것이다. 시찰길에 군역을 면제해주고, 군관을 격려하고, 색리를 위로했지만 자신이 입고 있던 옷을 벗어 주리라고는 상상조차 못했던 일이었다. 이중익이 불쌍했으므로 입고 있던 옷이나마 줄 수밖에 없었던 것이다.

그런데 광주에 와보니 안쓰러운 사람이 또 있었다. 팔척장신의 광주 목사 최철견이 그랬다. 이중익은 거지꼴이었지만 이순신보다 세 살 아래인 최철견은 술이 덜 깬 듯했고 얼이 빠진 것 같았다. 기가 죽어 말투가 어눌하기까지 했다. 얼굴빛이 숫제 누렇게 떠 있었는데 이순신이 큰 소리로 물어야만 대답했다.

"광주에 무신 일이 있슈?"

"아, 아무 일도 없습니다."

"체찰사 대감께서 댕겨갔슈?"

"아, 예. 다녀가셨습니다."

"은제 댕겨갔슈?"

최철견은 명확하게 대답하지 못했다.

"그젠가, 어젠가 잘 모르겠습니다."

"하루 이틀 전 일두 모른단 말이유?"

"나리, 생각하고 싶지 않습니다."

이순신은 최철견을 물리치고 관아 별실에서 쉬었다. 불을 들인 방은 따뜻했다. 큰대자로 눕자마자 시찰길에 쌓인 피로가 한꺼번에 몰려왔다. 비바람이 거센지 문에 모래를 끼얹는 것 같은 소리가 났다. 이순신은 자신도 모르게 눈을 감았다. 그러나 잠시 후 누군가가 방문을 흔드는 소리에 눈을 떴다. 이순신은 문득 사흘 전에 보았던 여진女眞을 떠올렸다. 마치 여진이 방문을 흔드는 것도 같았다. 문풍지가 푸르르푸르르 떨면서 비명을 질렀다.

비바람이 실성한 여자처럼 소리치며 떠돌았다.

여진은 무장 관아에서 사흘 동안 시중을 들었던 관기였다. 영광에서 출발하여 비바람을 피해 쉬엄쉬엄 올라가다가 저물 무렵에야 무장에 이르렀는데 무장 현감이 여진을 방으로 들여보냈던 것이다. 여진은 이진에서 보았던 어란보다 나이가 많았다. 관기 중에는 여진이란 이름이 많았다. 벼슬아치들이 관기들 중에서 '참한 관기'를 별 생각 없이 여진이라고 불렀던 것이다.

그런데 이순신은 방에 든 여진을 물리치지 못했다. 색심이 동해서라기보다는 무장으로 오는 도중 이광보와 한여경이 권하는 술자리 때문에 취해 있었던 탓이었다. 여진은 관기답지 않게 몹시 부끄러움을 탔다. 이부자리에 베개 두 개를 놓더니 죽을죄라도 진 듯 윗목으로 가 고개를 숙이고 앉아 있었다. 이순신은 시찰길에 처음 경험해보는 일이었으므로 뜻밖의 분위기가 어색했다. 이순신이 정색하며 쳐다보자 '나리를 잘 모시라고 했습니다요'라고 여진이 기어들어 가는 소리로 말했다. 이에 이순신이 '현감 지시인 겨?'라고 물었고 여진은 울먹이듯 '예, 나리'라고 대답했다. 무장 현감이 지시한 게 틀림없었다. 별 수 없이 이순신은 여진을 물리치지 못한 채 잤다. 꼭두새벽쯤 눈을 떴을 때 여진은 옆에 없었다. 여진은 물론이고 여진이 뗐던 베개도 보이지 않았다. 그제야 이순신은 여진이 누웠던 자리가 비어 있음을 실감했다. 옆구리로 가을바람이 휭 불어가는 것처럼 허전했다.

여진은 다음 날 밤에도 이순신이 자는 방으로 들어왔다. 여진은 보따리를 들고 있었다. 마치 어디론가 도망치기라도 할 것 같은 행색이었다. 이순신이 '오늘도 현감이 지시한 겨?'라고 물었는데, 여진이 뜻밖에도 '쇤네가 스스로 찾아왔습니다요'라고 말했다. 놀란 이순신이 '내게 헐 말이 있는 겨?'라고 되묻자 '또 뵙고 잦어서 왔습니다요'라고 말했다. 잠시 후 '헐 말이 있으믄 말혀'라고 이순신이 부드럽게 말하자 여진이 '낮에 나리께서 형편이 곤궁헌 사람헌티 옷을 벗어 주었단 말을 듣고 찾아왔습니다요'라고 대답했다. 실제로 여진은 이순신에게 바치겠다면서 보따리를 풀더니 옷을 한 벌 내밀었다. 물론 이순신은 받지 않았다. 그 옷을 어떻게 마련했는지도 묻지 않았다. 이순신은 마음속으로 '니가 정을 주었던 사내에게 주려구 바느질헌 바지저고리가 아닌감' 하고 중얼거리고만 말았다. 다음 날 밤에는 이순신이 마음씨가 고운 여진을 먼저 불렀다. 세 번째부터는 낯이 익어 자연스러웠다. 여진의 저고리는 이순신이 벗겨주었다. 그러자 여진이 이순신의 품에 안겼다. 이부자리에 누구의 땀이라고 할 것 없이 한바탕 소낙비 쏟아지듯 흘리고는 두 사람 다 깊은 잠에 곯아떨어진 운우지정雲雨之情의 밤이었다.

　이순신은 아침부터 무장 관아에서 사흘 밤을 함께했던 여진이 문득 떠올라 머리를 흔들었다. 그때 마침 최철견이 술병을 들고 와 문안 인사를 했다. 최철견의 입에서는 술 냄새가 났다. 최철견이 방문을 열고 소리쳤다. 밖은 바람이 잦아들고 빗방울만 간간이 보였다.

　"귀지貴之야, 귀지야!"

　"예, 아버님."

262

"어서 와서 큰절 올려라. 니 애비가 가장 존경하는 통제사 나리시다."

"최귀지라 하옵니다."

잰걸음으로 달려온 귀지가 방바닥에 머리를 부딪칠 만큼 공손하게 절을 했다. 그러자 최철견이 귀지에게 술안주를 가져오라고 닦달했다. 이순신이 정색을 하며 말했다

"최 목사, 아침부텀 웬 술이유."

"이제 목사가 아닙니다."

"무신 말이유."

"체찰사 대감께서 저를 파직했습니다."

"이유가 뭐유?"

"점고 중에 술을 마셨다는 지적을 받았습니다. 술을 약으로 마시는 저에게는 지나칩니다."

"곧 복직될 틴께 지달려봐유."

최철견은 도원수 권율이 신임하는 사람이었다. 임란 초기에 전라 감사 이광의 삼도 근왕군이 대패했을 때 전라 도사全羅都事로서 성민과 함께 전주성을 지킨 공에다가 진주성이 함락됐을 적에는 남원으로 군졸을 이끌고 가서 명나라 참장 낙상지를 도와 남원성을 방어한 문무를 겸비한 호장부였다. 이광과 이정암에 이어 전라 감사가 된 권율은 부하인 최철견을 '도사'라고 하지 않고 '최 공'이라고 불렀다. 그만큼 그를 좋아했고 신임했다. 이순신도 그의 처지가 안타까워 술을 권하며 위로해주었다. 귀지가 가져온 술안주는 꿩고기와 동헌 나졸들이 서석산 산자락에

서 캐온 더덕이었다.

"천군 낙상지 참장이 의롭다구 조정에 보고혔구, 전주를 지킨 도사라구 알려져 있으니께 미구에 복직될 거유. 그러니 너무 실망허지 마슈."

"통제사 나리 말씀을 들으니 위로가 됩니다만."

"전시 중이니께 체찰사 대감께서 벌을 내린 것 같슈. 임금께서 다시 복직시킨다구 혀두 반대허지는 않을 거유."

어느새 가을비가 다시 거세게 내렸다. 이순신은 광주 관아를 떠나지 못했다. 어젯밤 축시부터 쏟아지는 빗소리와 돌풍 같은 바람소리에 잠을 자지 못해 피곤하기도 했다. 이순신은 관아 별실에서 비가 멈추기를 기다렸다. 아침도 먹기 전인데 술이 먼저 나왔다. 이순신은 개다리소반에 놓인 술을 마시고는 취해버렸다. 불면의 뒤끝이라 입맛이 없었으므로 밥보다는 술이 더 당겼던 것이다.

오후에는 능성 현령 이계령이 왔다. 체찰사의 명을 받아 서둘러 온 듯했다. 빗속을 달려온 이계령의 모습은 우스꽝스러웠다. 현령의 위엄이라고는 도무지 찾아볼 수 없었다. 비에 젖은 늙은 고라니처럼 초라하기 짝이 없었다. 이순신은 술에 취한 상태였지만 이계령에게 흐트러진 모습을 보이고 싶지 않았다. 이계령이 별실로 들어오기 전에 옷매무새를 바로잡고 단정히 앉아서 그를 맞았다.

"나리, 체찰사 대감의 명이옵니다."

"명이 뭣인 겨?"

"광주 관아의 곳간을 봉하라는 명이옵니다."

"알았으니께 명대루 허게."

"예, 통제사 나리."

이순신은 최철견이 딱했지만 체찰사의 명이니 허락할 수밖에 없었다. 곳간을 봉한다는 것은 최철견을 파직시킨다는 뜻이었다. 이계령이 곳간 문에 도장 찍은 문서를 서너 장 붙이고 난 뒤 이순신에게 와서 보고했다.

"나리, 곳간 문에 문서를 붙였습니다."

"현령은 돌아가게. 나는 비가 그치믄 능성으루 갈 것이네."

"능성 다음 행선지가 보성이라면 이양원 찰방에게 미리 공문을 띄워놓겠습니다."

"그려. 보성으루 해서 본영으루 내려갈 겨."

이순신은 보성을 들렀다가 여수 본영으로 갈 계획이었다. 반면에 체찰사 일행은 남원을 거쳐 성주로 갈 터였다. 이순신은 술에 취한 채 하루 종일 별실에서 쉬었다. 비는 마치 장맛비처럼 줄기차게 내렸다. 추수가 끝난 뒤끝인 것이 그나마 다행이었다. 최철견이 또 별실로 찾아왔다. 최철견의 손에는 목이 긴 술 항아리가 들려 있었다. 이순신이 최철견을 보면서 말했다.

"최 목사, 또 술인감?"

"이건 술이 아닙니다. 나리께서 취하신 것 같아 술 깨는 약을 가져왔습니다."

"술 깨는 약두 있슈?"

"광주 사람들은 술독을 푸는 데 헛개나무 달인 물을 마십니다. 저도 헛개나무 달인 물을 마시고 효과를 많이 보았습니다."

이순신도 표피가 희고 잔가시가 많이 달린 헛개나무를 알고 있었다 그러나 주독酒毒을 푸는 데 효능이 있다는 말은 금시초문이었다. 그래도 최철견이 효능을 보았다고 하므로 이순신은 항아리를 들고 술 마시듯 벌컥벌컥 들이켰다. 초저녁에는 귀지가 뜨거운 계란탕을 가져왔다. 귀지가 계란탕도 숙취에 좋다고 말했다.

"탕을 드시면 속이 편해질 것이옵니다."

"부녀의 정성이 참말루 대단허구먼."

"아버님께서는 나리를 늘 존경했사옵니다."

"시방 속이 편안해진 것은 귀지의 정성두 한 몫 헌 겨."

"효험이 있으시다니 소녀는 기쁘옵니다."

"귀지라는 이름대루 귀하게 잘 자란 것 같구먼."

"소녀는 배울 것이 참으로 많사옵니다."

귀지가 물러가고 난 뒤 이순신은 미소를 지었다. 귀지의 반듯한 언행이 미소를 짓게 했던 것이다. 별실 지붕으로 떨어지는 낙숫물 소리가 더욱 크게 들려왔다. 이순신은 하루 종일 쉬면서 낮잠을 잤으므로 쉽게 잠을 이루지 못했다. 누운 채 뒤척거리면서 이런저런 상념에 잠겼다. 체찰사 일행은 지금쯤 어느 고을에 있을까. 곰천 송현 마을의 어머니는 아무 탈 없이 잘 계실까. 아산의 아내와 자식, 형수, 조카들은 어떻게 살고 있을까. 올해 지은 벼농사, 콩 농사는 몇 섬이나 수확했을까. 한산도 진의 장졸들에게 사고는 없었을까. 진중에 전염병은 돌지 않았을까.

관아의 곳간을 봉했으니 최철견은 늦어도 내일은 광주를 떠나야 했다. 그의 고향인 양주로 갈 것인지, 아니면 임진년에 사민士民들로부터 인심을 얻었던 전주로 가서 출사를 기다릴 것인지 최철견 스스로 결정해야 했다. 자존심이 강한 그였으므로 불명예를 안고 그의 선산이 있는 양주로 바로 올라가지는 않을 것이었다.

이순신이 최철견의 처지를 동정하고 있을 때였다. 밖에서 자박거리는 발걸음 소리가 났다. 빗발이 들이치는 소리와 달리 또렷하게 들려왔다. 이순신은 다시 한번 발걸음 소리임을 확인하고는 소리쳤다.

"누군 겨?"

"귀지이옵니다."

뜻밖이었다. 비바람이 거센 데다 캄캄한 밤중에 찾아오다니 놀랄 수밖에 없었다.

"늦었으니께 낼 오거라."

"나리, 자리끼를 들고 왔사옵니다."

"허허. 마루에 놓고 가거라."

"예, 나리."

이순신은 방문을 열었다. 귀지가 보자기로 덮은 자리끼를 마루에 놓고서 머뭇거렸다. 무언가 할 말이 있는 듯했다.

"헐 말이 있는 겨?"

"나리, 사실은 아버님 일로 왔사옵니다."

"그려? 들어오너라."

귀지가 온 까닭은 자리끼보다는 아버지 최철견의 억울함을 호소하기 위해 온 것이 분명했다. 귀지는 방에 들자마자 눈물을 보였다.

"헐 말이 뭣인 겨?"

"아버님은 술을 좋아하실 뿐 사심이 없는 분입니다. 술뿐 아니라 책도 좋아하시어 손에서 책이 떠나지 않는 분입니다. 일찍이 남원성에서는 성민들이 밧줄을 타고 성을 빠져나갈 때도 아버님은 몸을 피하지 않고 성을 지키신 분입니다. 체찰사 대감께서 아버지의 한 면만 보시고는 벌을 내리셨으니 억울하옵니다."

"그래서 아버지가 너를 보낸 겨?"

"아버님은 소녀가 여기 온 줄 모르옵니다."

"나로서는 당장에 워치게 헐 도리가 읎구나."

"소녀는 돌아가지 않겠사옵니다. 체찰사 대감께 말씀드려 억울함을 풀어주시옵소서."

"목사가 지닌 재주와 도량을 다 쓰지 못하였으니 나도 답답허기는 마찬가지인 겨."

"약속을 해주시지 않으면 여기 이 자리에서 밤을 새우겠사옵니다."

그러나 이순신은 약속을 해줄 수 없었다. 거짓 약속을 해서 돌려보내고 싶었지만 그것은 마음이 허락하지 않았다. 더구나 귀지의 효심을 칭찬하지는 못 할망정 낙담케 하는 것은 대장부의 도리가 아니었다.

"그려. 체찰사 대감을 뵈면 반드시 건의할 것이니께 인자 돌아가거라."

"약속해주시면 돌아가겠사옵니다."

"워치게 약속해야 허는감."

"나리, 황송하옵니다만 소녀를 한 번 안아주시옵소서."

"알았다. 이리 오너라."

이순신은 귀지를 꼭 껴안아주었다. 귀지의 심장이 쿵쾅거렸다. 귀지의 심장박동이 이순신 가슴에 전해졌다. 비바람이 별실 앞 연못가 버드나무 가지를 사납게 흔들었다. 버드나무 가지들이 풀어진 머리채같이 비바람에 흩날렸다.

이순신은 비가 멈추기를 기다렸다가 오후 늦게 너릿재를 넘어 화순으로 내려갔다. 화순 관아에서는 잠만 잤다. 다음 날 새벽부터는 빗발이 성글어진 데다 오는 둥 마는 둥 했다. 말을 타고 가는 데 지장이 없을 정도였다. 이순신은 진주성에서 순절한 최경회 형제와 자식, 조카들을 나중에 면담하기로 하고 길을 재촉했다. 화순에서 바로 능성으로 가 현령 이계령에게 보고를 받았다.

이계령은 이순신을 관아에서 맞이하지 않고 최경루最景樓(현 영벽정)에서 기다렸다가 술자리를 마련했다. 누각은 능성에서 가장 아름다운 풍광 속에 있다고 하여 최경루란 이름으로 불리고 있었다. 과연 이름 그대로였다. 누각 옆으로는 쪽빛의 지석강 강물이 흘러가고, 기암의 가파른 연주산 산자락은 강물에 흰 발을 뻗어 살포시 담그고 있었다.

이순신은 광주에서 대취했기 때문에 최경루에서는 마시는 시늉만 하고 일어났다. 능성 점고는 다음 날 아침에 색리들을 불러 놓고 했다. 죄가 발견되었지만 벌을 주지는 않았다. 몇 년 동안의 전쟁으로 색리와 양민들이 모두 지쳐 있는 상황이었다. 이순신은 점심을 먹고 나서 이계령이 권하는 술을 서너 잔 쯤을 들이며 홀짝이다가 신시(오후 4시쯤)가 되자 벌떡 일어나 이양원으로 향했다. 보성으로 가려면 이양원을 거쳐야 했다.

이양원 역참에서는 지친 말을 바꾸어 탈 수 있었다. 금릉에 있는 이양원은 말 이삼십 마리를 보유하고 있었던 것이다. 전라도 고을을 돌던 해운판관 조존성趙存性은 이순신을 만나려고 이양원에 먼저 와 있었다. 종5품의 해운판관은 전함사典艦司 소속으로 충청, 전라의 조운 업무를 관장했다. 조존성은 각 고을의 수령과 색리를 독려하여 세곡을 거두고, 원근 각처에 있는 조창을 돌며 세곡의 선적을 감독하고, 세곡선이 한양의 경창京倉까지 무사히 도착하게끔 지원하는 임무를 맡았다. 여러 고을과 포구를 돌아야 하는 고된 임무였으므로 아무도 맡지 않으려고 하는 벼슬이 해운판관이었다. 조존성이 이순신을 만나려고 했던 것은 자신의 고민을 하소연하기 위해서였다. 조존성이 이순신에게 말했다.

"통제사 나리, 큰일 났습니다."

"세곡이 잘 걷히지 않는 겨?"

"그럴 뿐더러 조창이 바닥나 실어갈 세곡이 없습니다."

"알구 있구먼. 흉년이 들었든 계사년, 갑오년의 조세를 임금님

특명으루다가 감제해야 헐 겨."

"미관인 저희들이 무슨 수로 임금님께 건의를 합니까?"

"체찰사 대감께 보고드릴 티니께 지달려보게."

명색이 해운판관이라지만 조존성의 몰골은 말이 아니었다. 소매 끝자락과 팔꿈치 자락에 헝겊을 기운 관복은 누더기나 다름없었다. 게다가 땟국물이 줄줄 흐르는 관복에서는 퀴퀴한 냄새가 났다. 그가 세곡을 걷기 위해 얼마나 애쓰는지 탁발승 같은 그의 행색이 말해주는 듯했다. 이순신은 그를 짧게 위로한 뒤 다시 보성 관아를 향해 떠났다. 날은 시나브로 저물고 있었다. 추수가 끝난 빈 들녘에는 땅거미가 지고 있었고 산그늘이 접힌 산길은 어둑어둑했다. 금릉부터는 이양원 소속의 말먹이꾼이 산길을 앞서서 걸었다.

문병

이순신은 보성 관아에서 꿈 없는 깊은 잠을 잤다. 마치 고향에 온 것처럼 긴장하지 않고 잠들었다. 열선루 대숲 쪽에서 들려오는 박새 소리에 눈을 떴다. 작은 박새들이 재잘대고 있었다. 아침 햇살이 투과하는 객사 창호는 더 없이 환했다. 펼쳐놓은 명주처럼 희고 고왔다. 방 밖의 공기는 기분 좋게 차가웠다. 보성은 낯익은 땅이었다. 삼십여 년 전 장인인 보성 군수를 따라와 처가살이했던 고을이기도 했다. 동문 안쪽에 있는 활터로 가서 장인과 함께 활을 쏘기도 했고, 아내 방연희를 말에 태우고 남문으로 나가 봉화산이나 활성산까지 다녀오기도 했던 것이다. 그러다가 왜구를 피해 떠돌아다니는 유랑민을 만나곤 했다.

두 번째로 보성 관아에 들른 것은 전라 좌수사로 임명을 받고 장흥을 거쳐 임지로 가는 길이었다. 그때 정경달과 황대중이 보성 관아로 찾아온 것이 엊그제 일처럼 생생하게 떠올랐다. 현재 정경달은 자신의 종사관이 되어 한산도 진에 있고, 다리를 하나 절던 황대중은 해전에서 멀쩡하던 남은 다리마저 다쳐 고향인 강진으로 돌아갔는데 지금은 남원성으로 가 있다는 소문이 들렸다.

이순신은 보성 관아의 군관과 색리들을 따로 불러 점고하지 않았다. 시찰 중이었지만 자잘한 공무를 파했다. 나라의 제삿날에는 공무를 보지 않는 것이 관례였다. 이순신은 동헌으로 나가한산도 진에 나가 있는 군수를 대신해서 공무를 보는 군관에게 부드러운 말투로 말했다.

"오늘은 태조 임금님의 신의왕후 제삿날이니께 몸을 깨깟이하구 삿된 생각허지 말구 쉬는 날인 겨."

"예, 통제사 나리."

이순신은 군관 하나만 데리고 남문과 동문 사이를 산책했다. 보성 관아에 들르게 된다면 수소문해서 꼭 알고 싶은 것이 하나 있었다. 당포 해전에서 승전한 뒤 감감무소식인 보성 출신 수군 때문이었다. 왜선 스무 척이 도망쳤던 거제도로 왜군의 동태를 정찰하기 위해 침투조 군사로 들어갔는데 아직까지 생사를 확인하지 못했던 것이다. 탐망군을 보내 수색하곤 했지만 보성 출신의 그 침투조 군사는 오리무중이었다. 왜군에게 붙잡혀 죽임을 당했는지, 아니면 포로가 되어 왜국으로 갔는지 알 수 없었다. 이순신이 군관에게 물었다.

"선거필을 아는감?"

"알지라우. 선거이 장수님 동상뻘이지라우."

군관은 선거필을 알고 있었다. 보성 출신인 데다 보성 관아 소속의 하급 지휘관이었으므로 모를 리가 없었다.

"최근에 만난 겨?"

"아닙니다요. 시방 한산도에 나가 있지 않습니까요?"

"몇 년 전에 거제도루 보냈는디 아직 돌아오지 않구 있는 겨."

"여그서도 보지 못했는디요잉."

"행방불명이구먼."

"진작에 무신 일이 나부렀그만요."

"선거필 집은 워디댜?"

"봉산 마실이그만이라우."

조성 땅 봉산 마을은 낙안 가는 산길 위에 있는 제법 큰 마을이었다. 군관은 봉산 마을의 양민들을 소상하게 알고 있었다. 보성 관아에서 가장 오래된 군관이라고 해서 '말뚝 군관'이라는 별명을 들을 만했다.

"봉산 마실에는 시방 선거이 수사 나리께서 와 겨시그만요."

"워쩐 일루?"

"일어나불지 못헐 거라는 소문이 있는디 모르겄그만이라우."

"중병이 든 겨?"

"곧 돌아가시겄다는 소문도 돌고 있그만이라우."

순간 이순신은 눈앞이 캄캄했다. 한산도 진에서 작년 9월 14일에 헤어졌으니 꼭 일 년이 지난 셈이었다. 충청 수사가 공무를 보는 관아로 되돌아간 줄 알았는데 병들어 고향에 와서 누워 있다니 뜻밖이었다. 이순신은 동문 밖에 있는 향교로 걸어가려다 마음이 급해 성안의 활터로 갔다. 활을 잡고 정신을 집중하다 보면 산란한 마음이 가라앉았다.

활터는 방치해둔 지 오래된 듯했다. 잡초가 자라나 과녁을 반쯤 가리고 있었다. 신의왕후 제삿날만 아니라면 색리들을 불러다 놓고 죄를 논해야 할 지경이었다. 이순신은 군관과 함께 과녁 주변의 잡초와 칡덩굴을 뽑아 던졌다. 된서리를 맞아 시들고 있는 잡초들은 맥없이 뽑혔다.

"나리, 종을 불러와 뽑아불랍니다요."

"군관은 활이나 가져오게."

군관이 활을 가지러 간 사이에 이순신은 소매가 넓은 관복을 벗고는 잡초를 뽑았다. 과녁이 차츰 훤하게 드러났다. 활터 정자인 사정은 올라갈 엄두가 나지 않았다. 썩기 시작한 마루 판자 위에는 먼지와 검은 쌀알 같은 박쥐 똥이 수북했다. 그래도 이순신은 처가살이할 때가 떠올라 미소를 지었다. 열아홉 살이던 아내 방연희는 정자 마루에 태평하게 앉아 늘 구경하는 편이었고, 장인인 보성 군수와 자신은 활을 쏘았던 것이다. 그런 연유로 아내는 아버지 방진에게 '태평'이라고 불리기도 했다.

이순신은 군관이 가져온 활을 두 순, 열 발을 습사했다. 평소와 같이 열 발 중 여덟 발을 명중시켰다. 군관이 놀랐지만 이순신은 덤덤하게 활을 놓았다.

"선 수사 집안에 장수가 또 있는 겨?"

"있습니다요."

"왕대밭에 왕대 나온다는 말이 맞는구먼."

"문과에 급제허고 장수도역 찰방을 지낸 분인디요잉."

"선선립 장수구먼. 나두 알어."

"선 찰방님이그만이라우."

"한산도 싸움에서 총알을 맞아 부상당허구 돌아갔는디 시방은 워쩐다?"

"으디로 이사를 가부렀는지 시방은 봉산에 살지 않습니다요."

선선립은 장수도역 찰방으로 지내다가 왜란이 발발하자 역졸 백여 명을 데리고 이순신 휘하로 자원한 장수였다. 그런데 흥양 출신의 신여량과 송희립의 형 송대립, 그리고 현감 송덕일과 한산도 바다에서 함께 싸우다 부상을 당했던 것이다.

"선 수사 문병 가서 찰방두 만났으믄 좋을 뻔했는디 아숩구먼."

"선 수사 나리 집안은 무인덜이 많이 났어라우."

이순신은 군관의 말끝에 아! 하고 무릎을 쳤다. 한산도 해전에서 싸우다 눈을 감은 선세신 군관도 생각났기 때문이었다. 선세신은 선조 27년에 무과별시에 급제한 장수였다. 이순신이 그를 합격시킨 이유는 황소도 쓰러뜨릴 만한 장사였기 때문이었다. 무과별시에서는 키가 팔 척 이상의 장신이거나 들돌을 들어 어깨 너머로 넘기는 등 괴력의 힘을 보여주면 우선 선발했는데, 선세신도 그러한 경우였다. 게다가 선세신은 용감했다. 해전이 벌어지면 반드시 앞장서 나아갔다. 이순신이 장수들 앞에서 그를 '선세신은 새로이 천거한 연소자인디 사지死地두 두려와허지 않구 말여, 싸울 때는 반드시 앞장서니 참말루 충의가 있지 않구서

276

야 워찌 용맹할 수 있겠는가!'라고 칭찬한 적도 있었다. 결국 선세신은 서른두 살의 어린 나이였지만 훈련 주부로 승진했는데 그가 원해서 오른 것이 아니었다. 승진한 뒤 전공을 논할 때마다 그는 휘장 밖으로 몸을 숨기곤 했다. 그래서 군관들이 그를 '큰 나무 같은 장수'라 하여 대수장군大樹將軍이라고 불렀던 것이다.

이순신은 보성 관아에서 또 하룻밤을 보냈다. 비록 꿈이었지만 아내와 예전으로 돌아가 신혼을 보냈다. 열선루 마루에 올라서는 종경도 놀이를 하고 놀았다. 꿈은 손에 잡힐 듯이 선명했다. 아내 방연희의 나이는 열아홉 살로 돌아가 있었고 자신은 스물한 살의 헌헌장부였다. 꿈을 꾸고 나면 전날의 피로가 남아 있기 마련인데 그날 아침은 그렇지 않았다. 오히려 젊은 날의 풋풋한 기운을 다시 받은 듯 기분이 상쾌했고 몸은 가벼웠다. 보성 관아에서 이틀을 묵는 동안 여러 고을을 강행군하면서 쌓였던 피로와 근심 걱정들이 말끔하게 사라져버린 듯했다.

군관이 끌고 온 말은 보성 관아에서 기르는 당나귀처럼 작은 군마였다. 크고 건장한 말은 모두 전장터로 보내졌지만 그래도 이순신 앞에서 머리를 회회 휘젓고 있는 말은 다리가 굵었고 엉덩이는 제법 윤기가 번지르르했다. 이런 말의 건강 상태라면 여수 본영까지 가는 데 아무 지장이 없을 것 같았다. 군관이 말고삐를 잡고 말했다.

"통제사 나리, 쪼깐 지달렸다가 해가 뜬 뒤에 출발허지라우."

"워째서 그려?"

"아침지녁으로는 솔찬히 차갑그만요."

"걷다 보믄 땀이 날 것이니께 출발혀."

"몬자 갈 디는 으딥니까요?"

"어저께 말헌 디루."

"아, 예. 봉산으로 가는 산길로 앞장서겄습니다요."

"그려, 선 수사를 꼭 문병할 텨."

"빈손인디 으째야 쓰까라우?"

"워쩐댜?"

"창고에서 군량을 쪼깐 꺼내 오겄습니다요."

"그런 짓은 말으야 써."

삼도수군통제사라고 하지만 군창의 곡식을 마음대로 꺼낼 수는 없었다. 빈손으로 문병 간다는 것이 내키지 않지만 어쩔 수 없는 일이었다. 군량을 무기 못지않게 아끼라는 엄한 군율이 있었다. 남문을 빠져나온 뒤 이순신이 군관에게 물었다.

"관아에 말은 몇 마리나 있는 겨?"

"백사정에서 가져온 말이 세 마립니다요."

"세 마리면 색리나 통인이 사용하는 디 불편허지는 않겄구면."

"많아도 심들지라우. 말 관리가 까다로운께라우."

"내가 탄 말은 작기는 허지만 심이 좋은 거 같구면."

"원래는 종마였다가 나이가 들어 백사정에서 온 놈입니다요."

"이 말은 선 수사에게 주도록 혀."

"예, 통제사 나리."

이순신은 직권으로 말의 소유를 선거이에게 넘겼다. 문병의 선물 말고도 명분은 충분했다. 선거이가 건강을 되찾는다면 정3품의 장수로서 타고 다닐 말이 필요하기 때문이었다. 그제야 이순신은 마음이 가벼워졌다. 전장에서 우정을 나눈 선거이인데 아무리 전시라지만 빈손으로 문병 간다는 게 부담스러웠던 것이다.

남문에서 동쪽으로 난 산길이 낙안 가는 지름길이었다. 남쪽으로 난 산길은 백사정과 군영구미로, 북문을 나서 서쪽으로 난 산길은 능성과 동복, 광주로 가는 길이었다. 똬리를 튼 뱀처럼 구불구불한 큰 고갯길을 넘자 가파른 협곡이 나타났다. 협곡에서 발원한 개울도 보였다. 개울 좌우로는 논밭이 부챗살 모양으로 퍼져 있었다.

이순신은 개울가에서 잠시 쉬었다. 말고삐를 잡은 채 풀을 먹이고 있는 군관에게 이순신이 물었다.

"보성 관아에 온 지 을매나 된 겨?"

"사변 전부텀 있었습니다요. 사변 전에는 통인을 잠시 했그만요."

통인이란 각 고을을 돌아다니면서 수령의 공문을 전하는 색리를 말했다.

"그라믄 소국진두 아는 겨?"

"알지라우. 소상진 동상뻘로 지보다 몬자 와 있었습니다요."

"소국진은 워디루 갔댜?"

"보성에 있다가 본영에서 벌을 받고 해남으로 쫓겨 갔지라우."

"인자 본영으루 다시 갔을 거구먼."

군관은 이순신의 말에 눈만 껌벅거렸다. 삼도수군통제사가 어떻게 일개 색리의 일터까지 알고 있느냐는 표정이었다. 이순신이 웃으며 말했다.

"소국진의 집안사람이라는 소상진은 워떤 사람인 겨?"

"연포 만호 아들인디 성주 싸움에서 죽어부렀지라우."

소상진. 이순신은 군관에게 처음 듣는 이름이었다. 복내 땅 안골 마을에서 명종 3년(1548)에 태어나 왜군이 쳐들어오자, 삼백 명의 의병을 모은 뒤 근왕의 길을 떠났다가 삼례역에서 김성일을 만나 영남으로 내려간 의병장이었다. 이후 전라 좌의병 임계영 막하로 들어가 별장이 된 담력과 지략이 남다른 장수였다. 임진년 12월 13일 성주성을 공격하던 중 부장 장윤이 '나라에서 믿어볼 수 있는 것은 의병뿐인디, 의병이 믿는 것은 오직 별장밖에 읎으니 자중해서 목심을 보전해부씨요'라고 하자 소상진이 '장부가 쌈터에서 어찌 죽음을 두려와허겄소'라고 말하고는 의병들을 향해 '비겁허믄 죽고 용감허믄 산다. 적을 보고 피하는 자를 어찌케 의병이라고 허겄는가!'라고 외치면서 홀로 적장을 추격하다가 왜적의 총알을 맞아 순절했다며 군관이 이순신에게 보고하듯 차분하게 말했다.

"소국진을 본영으루 보낸 사람은 나여. 마침 소상진의 동상뻘이라니께 더 잘됐구먼."

"으째서 그렇습니까요?"

"소국진은 본시 좌수영 색리가 아닌감. 본인두 낯선 우수영보다는 좌수영으루 오구 싶은 맴이 꿀떡 같았을 겨."

조성 땅 봉산 마을에 이르자 넓은 들판 너머로 바다가 보였다. 바닷가는 검은 새 떼가 선회하는 널따란 갈대밭이었다.

"저 아래쪽에 세곡을 모아 둔 창고가 있고 거그서 산 한 개를 돌아 한참을 내려가믄 선소가 있습니다요."

"보성 선소가 그짝에 있다는 말여?"

"예, 통제사 나리."

이순신이 말에서 내리자, 군관이 먼저 선거이 집으로 들어갔다. 이순신도 머뭇거리지 않고 뒤따랐다. 마당에 들어선 군관이 통제사가 왔음을 큰 소리로 알리자 방에서 한 사람이 뛰어나와 바로 엎드렸다. 이순신이 그를 알아보았다.

"선 군관이 아녀?"

"예, 통제사 나리. 선 수사 나리를 수행허는 군관이자 조카인 선의경입니다요."

"선 수사는 워떤 겨?"

"숙부님은 위중합니다요."

"누운 지 을매나 됐는감."

"여름부텀 병이 짚어져부렀그만요."

선의경은 선거이를 수행하는 참좌 군관 역할을 하는 조카였다. 선거이가 어디로 부임해 가든 그림자처럼 따라다녔다. 이순신은 선거이가 누워 있는 방으로 들었다. 이순신을 본 선거이가 일어나려고 애를 썼다.

"선 수사!"

"이 공!"

이순신과 선거이는 한동안 말을 잇지 못했다. 이순신과 선거이는 말없이 눈물을 흘렸다. 이순신이 고개를 가로저었다. 누워 있는 선거이가 작년에 보았던 그 선거이인지 믿어지지 않았다. 작년 9월 14일 한산도 진에서 작별의 술잔을 주고받으며 헤어졌던 것이다. 그때 이순신은 마음이 허전하여 선거이에게 작별시를 지어주기도 했던 것이다. 이순신이 선거이의 손을 잡으며 말했다.

"선 수사, 일어나야 혀유. 나라를 위해 헐 일이 많은 장수니께 말유."

"이 공이 왔응께 반다시 일어나불라요."

선거이가 희미하게 웃었다. 이순신을 안심시키려고 억지로 웃는 웃음이었다. 그러자 이순신이 선거이의 손을 더욱 꽉 잡았다.

"선 수사, 고맙구면유."

"이 공, 이 일을 잊지 않아불라요."

선거이가 입술을 깨물었다. 두 사람의 모습을 지켜보고 있던 선의경이 벽 쪽으로 몸을 돌려 어흑어흑 소리 내어 울었다.

"선 군관이 그라믄 되겠는가. 맴을 굳게 먹으야 써."

선의경이 울음을 삼키며 말했다.

"통제사 나리께서 오셨응께 숙부님이 기운을 내실 거그만요."

"선 수사는 원래 단단헌 바우 같은 장수니께 곧 일어날 겨."

"숙부님께서는 반다시 쾌차허실 것입니다요."

"빨리 일어나 저 말을 타구서 싸움터루 나가야 허지 않겠는감."

선의경이 놀란 채 말했다.

"말은 모다 나라의 것입니다요."

"어허, 통제사가 말 한 필 맴대루 못 해서야 되겠는감!"

"고맙습니다요."

"선 수사를 간병허는 선 군관두 대단헌 사람이여. 반드시 체찰사께 보고해서 관직에 내보낼 겨."

"지는 관직에 뜻이 읎그만요. 앞으로도 숙부님을 모시고 댕길 것입니다요."

이순신은 선거이와 또다시 작년처럼 작별했다. 아쉬운 작별의 술도, 다시 만날 기약도 없이 헤어졌다. 전시 중이었으므로 문병이 곧 작별이었다. 타고 왔던 말을 선거이에게 준 이순신은 낙안을 향해서 걸었다. 낙안은 보성 관아에서 봉산 마을까지의 거리보다 더 멀었다. 그러나 이순신은 선거이가 다시 일어나기를 마음으로 빌면서 뚜벅뚜벅 쉬지 않고 걸어갔다.

마지막 잔치

이순신이 원균의 부하들 중에서 눈여겨보았던 사람은 우치적, 이운룡, 이영남, 한백록 같은 장수였다. 이운룡은 치밀한 데다 지혜로웠고, 우치적은 다혈질이지만 용맹스러웠다. 그리고 이영남은 행동이 경박하지 않고 진중했으며, 임진년 7월 미조항 싸움에서 순절한 한백록은 병법에 밝은 장수였다. 원균은 자신과 닮았다고 여기는 우치적을, 이순신은 이운룡과 이영남을 신뢰했다. 우치적이 영등포 만호에서 승진해 순천 부사가 된 것은 싸울 때마다 선봉장으로서 전공을 크게 세웠기 때문이었다.

이순신은 순천부에 도착하여 우치적을 만났다. 전복 차림의 우치적은 서문 밖까지 나와 이순신을 맞았다. 이제는 원균의 수하를 떠난 통제사의 부하이므로 예를 갖출 수밖에 없었다. 이순신은 마음속으로 우치적의 공손한 태도가 그의 본래 모습은 아니라고 생각했다. 갑자기 고분고분해진 우치적의 행동은 왠지

자연스럽지 못했다.

"우 부사, 은제 순천에 온 겨?"

"종사관에게 알리구 본영 탐후선을 타구 왔지유."

한산도 진에서 통제사의 공무를 대신 보는 종사관은 정경달이었다.

"한산도 진은 벨 일 읎구?"

"동헌으루 가서 말씸드리겄습니다유."

"무신 일이 있었구면."

"곁꾼덜이 소란을 피웠는디 여러 장수가 바루 제압혔구먼유."

자리가 사람을 만든다는 말이 맞는 듯도 했다. 우치적의 언행은 영등포 만호 시절과 사뭇 달랐다. 옆에 있는 군관과 색리, 통인, 군노들을 의식해서인지 할 말을 직설적으로 뱉지 않고 뒤로 미루었다. 이순신에게 말하는 말투도 원균의 부하로 있을 때보다 훨씬 부드러웠다. 이순신은 우치적의 변화가 어색하여 우스꽝스럽기까지 했다.

"우 부사, 순천 고을루 오더니 유순해진 거 같구면. 하하하."

"지가 변했다구유?"

"원 병사가 자신을 젤루 많이 닮었다구 나헌티 자랑했는디 그 사람이 누구냐믄 우 부사란 말여."

"병사 나리께서 허신 말씸이라믄 사실이겄지유."

우치적은 원균의 말이 맞을 거라고 생각했다. 원균을 오랫동안 보좌했으니 자신도 모르게 원균을 닮아버렸을 수도 있었다. 원균이 종성 부사를 지낼 때부터 그의 군관이 되어 바늘과 실처럼 오랜 세월을 함께했으므로 그의 언행을 닮지 않았다면 오히려 그것이 더 이상할 터였다.

"그런디 시방은 원 병사의 말이 틀리단 말여."

"원래 지 승질은 유허지유. 변방에서 적덜과 싸우다 보니께 승질이 험해진 거지유."

이순신은 동헌 마루로 올라서도 우치적의 태도를 살폈다. 우치적이 진심으로 자신을 대하고 있는지 궁금했다. 우치적이 한때 원균의 오른팔이었다는 이유만으로 그를 경계할 필요는 없기 때문이었다.

"우 부사 별명이 멧돼지 장수가 아녀? 나헌티 험하게 대한 것이 서너 번은 될 겨."

"대든 것이 아니지유. 지가 큰 소리루다가 전술을 주장허다 보니께 나리께서 오해허신 거지유."

"워쨌거나 우 부사의 저돌적인 성질이 매력인디 부랄을 따버린 멧돼지멩키루 순해서야 쓰겠는감. 하하하."

"통제사 나리, 멧돼지보다 이왕이믄 지를 호랭이루 불러주시믄 고맙겄습니다유."

"이빨 빠진 호랭이루 불러주란 말여?"

"두려움을 모르는 호랭이루 불러주셔야지유."

이순신은 우치적보다 열다섯 살 위였다. 그러니 우치적은 나이로 보아 조카뻘이었고, 원균의 수하에서 큰소리로 무례하게 굴 때도 치기려니 하고 별로 마음에 두지 않았던 것이다. 우치적은 방으로 들어와서야 이순신에게 한산도 진의 소란을 보고했다.

"곁꾼덜이 말썽을 좀 일으켰습니다유."

"그 자덜 불만이 뭣인디 그런 겨?"

"곁꾼덜만 전공을 인정받지 못했다구 불만을 터뜨린 거지유."

"그려. 그건 내 실수구먼."

이순신은 자신의 실수를 인정했다. 매번 적의 목을 베거나 힘써 싸운 장졸들의 전공만 장계에 써 올렸지 격군들의 공로는 습관처럼 무시해왔던 것이다. 그러나 돌이켜 생각해보니 그런 평가는 온당한 것이 아니었다. 노잡이 격군들이 배를 어떤 속도와 방향으로 움직이느냐에 따라 전투의 결과가 달라졌기 때문이었다. 그러니 그들의 공로를 무심코 지나쳤던 것은 분명 큰 실수가 아닐 수 없었다.

"한산도 진에 돌아가믄 곁꾼덜 공을 기록한 장계를 반드시 써 올릴 겨."

"워치게 나리만의 실수이겠습니까유. 장수덜 모두가 생각이 미치지 못헌 거지유."

사실, 우치적만 격군들의 불만을 알고 있는 것이 아니었다. 한산도 진에 있는 모든 장수들이 그냥 방관해왔던 문제였다. 지금까지는 격군들을 비전투 요원으로 취급하여 전공자를 추릴 때 관례대로 늘 제외시켰으며, 실제로 활을 쏘는 사부射夫, 화포를 다루는 화포장 등 전투 요원을 돕는 사람들이라고 해서 호칭도 '곁꾼'이었던 것이다.

"지가 진에 있을 때 대사간 나리께서 댕겨가셨습니다유. 곁꾼 중에는 대사간 나리께 억울함을 호소하는 놈두 있었습니다유."

"이제라두 알았으니께 곁꾼덜의 억울함을 풀어줄 겨."

대사간이 왔다 갔다는 우치적의 보고는 사실이었다. 대사간 이정형이 선조의 명을 받고 한산도 진에 내려와 격군들의 불만을 조사해 갔던 것이다. 한양으로 돌아간 이정형은 바로 선조에게 다음과 같이 아뢨다.

'신이 지시를 받들고 영남으로 갔을 때 한산도 수군들이 있는 곳에 도착하니 배를 부리는 군사들이 찾아와서 호소하기를, "애초에 적과 마주쳤을 때 배를 앞으로 뒤로 몰면서 승리를 얻을 수 있도록 한 공로가 있었는데도 결국 아무런 표창도 받지 못했습니다. 이것은 배를 부린 공로가 적의 목을 벤 공로만 못한 것으로 되니 너무도 억울합니다"라고 하였습니다.

신이 이원익에게 이야기하였으니 이미 보고서를 올렸을 것입니다. 통제사에게 지시를 내려 표창하게 한다면 원성이 없을 것이옵니다.'

다음 날 순천을 떠나려 했던 이순신은 그러지 못했다. 우치적이 순천 성민들에게 이순신이 왔음을 알렸는지 객사 밖이 소란했다. 성민들이 술과 귀한 소고기를 마련해놓고 이순신을 기다리고 있었다. 그래도 이순신은 술 마실 기분이 나지 않았다. 곰천에 계시는 늙은 어머니 생각으로 밤을 샜던 것이다. 우치적이 간청했다.

"순천 부민府民덜 성의를 생각해서라두 술상을 받으셔야지유."

"부담스러우니께 그려."

이윽고 이순신이 방문을 열고 나서자 성민들이 모두 엎드렸다. 잠시 후 성민들 가운데 한 사람이 소리쳤다.

"감사합니다요. 통제사 나리께서 왜적덜을 무찔러서 전라도 땅이 무사하다고 부사 나리께서 늘 말씸하셨습니다요."

"내가 그런 것이 아니라 조선 수군덜이 목심을 아끼지 않구 지킨 겨."

"아닙니다요. 조선 수군을 지휘허신 분은 통제사 나리입니다요. 그렇께 나리께서 지키신 것입니다요."

"부사두 원하구 모두가 원하니께 잠시만 술상 앞에 앉겄네."

"순천 부민덜의 맴을 받아주시니께 기쁘기 그지읎습니다유."

이순신은 우치적이 술을 권했지만 자제했다. 이순신의 머릿속은 온통 올해로 팔십이 세인 어머니 생각뿐이었다. 맑은 정신으로 내려가 어머니를 뵙고 싶었다. 이순신은 술자리를 일찍 파하고 객사 방으로 들었다. 그리고 보니 모레는 본영에 와 있는 남양 아저씨의 생신날이기도 했다. 아산에서 곰천까지 어머니를 모시고 왔던 병약한 처 외숙이었다.

이순신은 토막 잠으로 밤을 보낸 뒤 우치적의 인사를 받으며 순천성을 떠났다. 남문을 지나 해자처럼 흐르는 동천을 건넜다. 순천만으로 흘러드는 동천은 수심이 제법 깊었다. 물살이 돌다리를 기세 좋게 스쳤다. 말먹이꾼 군노가 앞장서서 걸었다. 이순신이 탄 말은 젊고 튼튼했다. 우치적이 애첩처럼 아끼는 말이었다. 명궁수라고 평을 들어온 우치적이 활을 쏠 때 애용하는 군마로 힘껏 질주하다가도 과녁 앞에서 급히 멈출 줄 아는 훈련이 잘된 호마胡馬였다. 자신의 호마를 내줄 정도라면 우치적이 한때 원균의 오른팔이었다고 해도 '믿을 수 있는 장수'라고 이순신은 판단했다. 늙은 말먹이꾼이 말했다.

"나리 으디로 갈께라우?"

"본영으루."

왕의산 초입에서 길이 갈라졌다. 동쪽으로 가면 광양이고, 남쪽으로 가면 여수였다. 동천이 바다와 섞이는 곳의 널따란 습지는 갈대가 뒤덮고 있었다. 이순신은 동천을 따라 가다가 바다를 보며 여수 쪽으로 난 산길로 들었다. 그러나 곧장 여수 본영으로 가지는 않았다.

"순천 선소 쪽으루 몬자 가야 혀."

"예, 통제사 나리. 순천 선소에서도 거북선을 맹글지라우?"

"그려."

흥양에서 온 대목장 일흔일곱 명 중에 일부가 순천 선소로 가 거북선을 건조한 적이 있었던 것이다. 그러나 전투가 소강상태인 지금은 흥양의 목수들이 모두 한산도 진으로 나가 판옥선을 건조하고 정비하는 일을 도맡아 했다. 그러니까 거북선을 건조한 곳은 임란 전에는 본영 선소와 방답진 선소, 임란 이후에는 순천 선소 등 세 군데뿐이었다.

"시방 가는 디는 선소가 아녀. 오늘은 곰천으루 갈 겨."

"예, 사또 나리."

말먹이꾼은 곰천이 어디인지 알고는 있었지만 이순신이 왜 그곳으로 가자고 하는지는 몰랐다. 이순신이 궁금해하는 것은 오직 어머니의 안부뿐이었다. 이순신의 표정을 읽은 말먹이꾼이 말고삐를 팽팽하게 잡아당기곤 했다. 이순신은 자신도 모르게 초조한 표정을 짓곤 했다. 말먹이꾼은 눈치가 빨랐다. 곰천 송현 마을에 이르렀을 때였다.

"나리, 쩌그 저 분이 나리 어머님이 아니신게라우?"

"기여."

산자락의 송현 마을 어귀에 앉아 바다를 바라보고 있는 노인이 바로 이순신의 어머니였다. 날마다 그 자리에서 배를 탄 자식이 오기를 기다리고 있었음이 분명했다. 이순신은 본영에서 곰천에 올 때마다 배를 타고 왔던 것이다. 이순신은 말먹이꾼을 순천으로 돌려보낸 뒤 잰걸음으로 걸었다.

"어머니!"

"회 애빈 겨?"

"워디 아픈 디는 읎슈?"

"괴안찮혀."

한쪽 눈에는 눈곱이 끼었고, 또 다른 눈에서는 진물이 흘렀다. 아들을 기다리다가 눈이 짓물러진 것 같았다. 자식이 왔는데도 기운 없는 눈으로 멍하니 바라보기만 했다. 이순신은 어머니를 일으켜 세운 뒤 부축했다. 그제야 자식임을 실감하는지 고개를 주억거렸다. 그러면서도 남양 아저씨를 찾았다.

"남양 양반은 시방 워디 있는 겨?"

"본영에 겨시지유. 어머님을 모시고 아산에서 내려오셨잖아유."

"그 양반 생일이 낼인가?"

"걱정 마셔유. 잊지 않구 있으니께유."

목소리는 힘없이 중얼거리는 듯했지만 남양 아저씨의 생일은 분명히 기억하고 있었다. 이순신의 어머니 초계 변씨와 처 외숙인 남양 아저씨가 한집에서 모여 산 적이 있으므로 서로의 생일을 모를 리 없었다. 아내 방씨 부인이 집안의 대소사를 도맡아서 돕는 외숙의 생일이라고 반드시 챙겼던 것이다. 초계 변씨는 남양 아저씨를 친동생처럼 따뜻하게 대해주었고, 남양 아저씨도 초계 변씨를 친누님같이 받들었다. 이순신 또한 어머니를 공경하는 남양 아저씨를 외숙인 듯 각별하게 좋아했다.

새벽에 포작선을 타고 본영으로 온 이순신은 처 외숙인 남양 아저씨부터 찾았다. 통인이 동헌을 나간 뒤에는 내아 부엌데기에게 겸상을 차리도록 지시했다. 공문을 수령하고 전하는 통인은 동헌지기 수졸이 없을 때는 동헌의 허드렛일까지 했다. 통인이 돌아와 말했다.

"통제사 나리, 선유사 군관이 내려온다는 공문을 방에 갖다 놓았습니다요."

"선유 군관은 누군 겨?"

"공문에는 신석申析이라고 쓰여 있습니다요."

선유 군관이란 군사들을 위로하기 위해 선유사가 먼저 보내는 군관이었다. 선유사가 군사들을 위로하는 것 중에 으뜸은 무과별시를 개설하거나 표창을 하는 일이었다. 푸짐한 음식과 술은 기본이었다. 이순신의 처 외숙인 홍씨가 오자 통인은 곧 물러갔다. 이순신이 말했다.

"아저씨, 어머님을 돌보시느라구 심들지유?"

"심들긴. 나두 올해 들어 특별하게 아픈 디는 읎는디 몸이 골골 이상혀. 그래두 어른이 더 걱정이여."

"어머님이 작년보다 더 작어 보이시는구먼유."

"하루하루가 다른 겨. 청어 지름이 떨어져가는 호롱불 같다니께. 기력이 몸땡이에서 하루가 다르게 빠져나간다, 이 말이여."

"식구덜 모두 어머님 모시구 아산에서 살으야 할 턴디, 왜적이 물러가야만 그런 날이 오겠지유."

"기여."

부엌데기가 겸상을 들고 들어왔다. 평소의 아침상보다 반찬이 걸었다. 이순신의 지시를 받고 내아 구실아치들이 특별하게 정성을 들인 상이었다. 고슬고슬한 쌀밥에다 소고기가 든 미역국, 게장과 청어 조림, 더덕무침과 김 등이 상 위에 올라 있었다. 거기에다가 대접에 놓인 노릇노릇한 전어구이가 구수한 냄새를 풍겼다.

"사람덜에게 소문은 내지 않았는디 아저씨 생신상이구먼유."

"고맙구먼. 내년에두 생일을 쇨지 나두 물러."

"어머님이 겨신디 무신 그런 말씸을 하셔유!"

"생일이야 분명헌 순서가 있지만 사람들의 하관 날짜는 모르는 겨."

"입맛 떨어지겠시유."

입맛이 떨어진다는 말은 이순신이 과장해서 내뱉은 농담이었다. 그러나 하관이란 말은 관을 흙구덩이에 넣는 장례 의식으로 이 세상과의 작별을 뜻했다. 이순신은 허허로움을 감추기라도 하듯 소리 내어 웃었다.

"하하하. 아저씨, 바다 우에서 사는 지는 발밑이 저승이지유."

"가벼운 내 주둥아리가 방정이구먼. 쓸데없이 저승을 딛구 사는 사람에게 하관이나 얘기허구 말여."

"아저씨, 어머님헌티 잔치를 해드리구 싶은디 워치게 생각하셔유?"

"팔순 잔치를 해드리지 못했으니께 말여."

"맨날 바다에 나가 있다 보니께 알구서두 놓쳐버렸지유."

"큰 잔치두 좋지만 노인헌티는 삼시 세끼를 함께허는 것이 효도여."

이순신은 처 외숙인 남양 아저씨가 물러간 뒤 동헌으로 나와 공무를 보았다. 군관을 불러 본영을 지키는 유진군의 숫자와 무기 상태를 점고했다. 점고는 군관과 색리의 보고 내용이 맞는지 현장 확인을 위주로 했다. 본영은 다른 작은 고을과 달리 선소까지 점고하다 보면 이틀 정도는 족히 걸렸다. 폭우 때 자주 무너졌던 동문 쪽 성벽이나 토사가 쌓였을 해자, 뒷산 봉수대의 축대, 소포 물목의 철쇄까지도 점고하려면 이틀 동안의 시간도 빠듯했다.

이순신은 선유사 군관이 내려온 날까지도 점고를 했다. 그러고 나니 망궐례를 행하는 날에는 비가 오고 큰 바람이 불었다.

이순신은 '삼시 세끼를 함께허는 것이 효도'라는 남양 아저씨의 말이 떠올라 어선인 포작선을 타고 곰천으로 갔다. 또 진중으로 나가야 할 텐데 망설일 일이 아닌 것 같아서였다. 비바람이 그치기를 기다렸다가 본영으로 돌아올 때는 아예 어머니를 모시고 왔다. 남양 아저씨가 누구보다도 좋아했다.

"잘 모시구 온 겨."

"본영에 오시자마자 어머님 기운이 되살아난 거 같구먼유."

"기여. 내가 지름이 떨어져가는 호롱불 같다구 혔는디 다시 살아난 겨."

"다행, 다행이구먼유."

초계 변씨는 자식과 삼시 세끼를 먹는 것만으로도 생각보다 빨리 기력을 회복했다. 하루 종일 동구 밖 어귀에 앉아 있기만 했던 노인이 자식의 빨래는 물론 내아 침실까지 걸레질을 하곤 했다.

그러나 이순신은 마냥 어머니와 함께 지낼 수는 없었다. 이제는 한산도 진으로 돌아가야 했다. 본영에 있는 동안 장수들이 계속 들어와 이순신의 지시를 받았다. 장수들로서는 불편하기 짝이 없었다. 남해 현감 박대남, 흥양 현감 최희량, 순천 부사 우치적 등이 이순신의 지시를 받기 위해 본영으로 왔다가 돌아갔다. 이순신이 남양 아저씨를 불러 말했다.

"아저씨, 아무래두 어머님을 위해 잔치를 해드려야 맴이 편허겄어유."

"진으루 돌아가는 겨?"

"어미님과 열흘 남짓 지냈지만 그래두 맴이 허전허구먼유."

"그렇다믄 해야지."

이순신은 내아 부엌데기들에게 음식을 만들게 하고 술을 준비시켰다. 본영에 남은 군사들을 객사 마당에 모았다. 군사들은 물론이고 이백여 명의 피난민과 유랑민들이 멍석에 앉아 상을 받았다. 모두가 종일토록 음식을 배불리 먹었다. 군관들이 초계 변씨 앞으로 나와 축수의 잔을 올리기도 했다. 그런데도 이순신은 기뻐하는 어머니와 달리 문득문득 가슴이 먹먹했다. 어머니에게 해드리는 마지막 잔치일 것 같은 예감이 들었다.

"어머니, 평강하게 오래오래 사셔유."

"식구덜 모두가 아산에 모여 사는 것이 늙은 에미 꿈인 겨."

"조선 땅과 바다에서 왜적덜을 물리치는 날이 반드시 오겄지유."

"고향두 은젠가는 조용해질 겨."

"그러니께 지는 내일 한산도 진으루 가서 바다를 지켜야 해유."

"왜적을 물리쳐야 허는 애비는 한산도루 가야지, 가야 헐 겨."

갑자기 초계 변씨가 서운한 표정을 지었다. 그러면서 혼잣말인 듯 중얼거렸다.

'메칠 동안이 꿈을 꾼 건지 생시였는지 물러.'

다음 날 이순신은 어머니와 점심을 함께하고 나서 정오에 하직했다. 어머니를 위해 본영에 더 있을 수는 없었다. 이순신은 군관과 격군들만 거느리고 굴강으로 내려갔다. 기운이 빠져 다시 멍해진 어머니는 남양 아저씨가 곰천으로 모시고 갈 터였다.

이미 굴강에는 협선 한 척이 이순신 일행을 기다리고 있었다.

이순신이 요수에게 돛을 올리라고 지시하자마자 배가 움직였다. 격군들이 힘차게 노를 저었다. 이순신 일행을 태운 배는 소포 물목 쪽으로 미끄러지듯 나아갔다. 이순신은 본영을 바라보면서 눈물을 흘렸다. 어머니에게 해드린 잔치가 마지막일 것이라는 직감이 들어 견딜 수 없었다. 그러나 이순신은 어금니를 물었다. 입술을 깨물었다. 지금 자신이 한산도로 가는 까닭은 어머니의 꿈을 이뤄주기 위한 방편이기도 했다. 가족 모두가 모여 아산에서 살고 싶다는 것이 어머니의 꿈이었다.

감도는 전운

　선조의 얼굴빛이 어두웠다. 두 눈은 붉게 충혈이 돼 있었다. 잠을 자지 못했다는 증거였다. 내시가 임금을 대면했을 때 곁눈질로 가장 먼저 확인하는 것은 임금의 얼굴이었다. 그러고 나서는 임금의 심기를 살폈다. 얼굴빛이 어둡다는 것은 심기가 편치 않다는 방증이었다. 선조가 잠을 이루지 못하고 심기가 불편한 까닭은 왜국이 임진년 때처럼 대군을 동원해 재침할 것이라는 소문이 돌고 있기 때문이었다.

　11월 초하룻날이었다. 왜군 진영으로 들어갔던 명군 장수의 접반사 성이민이 정탐한 내용을 선조에게 보고한 뒤였다. 당상관인 성이민은 선조에게 왜국에 간 조선통신사 일행을 히데요시가 만나주지도 않았으며, 가토가 다시 많은 군사를 거느리고 조선으로 나오려 한다는 적정 보고를 했던 것이다. 선조는 주역 강론이 끝나자마자 신하들과 왜적의 동향을 이야기했다.

"명나라 사신이 책봉 문제로 왜국에 들어갔는데 그들이 무슨 이유로 다시 우리에게 덤벼들려고 하는 것이오?"

윤두수의 동생 해평 부원군 윤근수가 머리를 조아렸다.

"수길의 속마음을 알 수가 없사옵니다."

"수길이 원하는 바는 황제가 왜왕으로 책봉하는 것이 아닌가. 경은 수길이 또 다른 것을 원한다고 생각하오? 수길이 비록 자기 마음에 차지 않는다고 해도 우리에게 바로 덤비기야 하겠소."

왜군과 싸우다가 순절한 신립과 신갈의 형이자 진천 출신인 특진관 신잡이 입을 열었다. 특진관이란 당상관 중에서 임금의 고문 역할을 하는 대신이었다.

"신두 왜적덜이 바루 덤비지는 못헐 거라구 생각합니다유. 식량이 부족한 우리나라에 오려믄 지들 땅에서 군량을 준비허지 않구 올 리는 읎으니께유."

"중국에서 큰 원군이 나온다면 우리나라가 군량을 공급할 수 있겠소?"

"천여 섬의 쌀두 읎는 상태이니께 결코 대줄 수 없습니다유."

선조는 벌써 왜군이 재침한다면 명에게 원군을 요구할 것까지 생각하고 있었다. 그러나 신잡은 나라의 식량 사정을 솔직하게 말했다. 옆에 있던 좌의정 김응남도 왜군에게 군량 확보 등의 사정이 있으므로 임진년처럼 곧바로 밀고 올라오지 못할 것이라고 선조를 안심시켰다.

"왜적이 설령 다시 쳐들어온다고 하더라도 곧장 명나라로 밀고 올라가지는 못할 것이옵니다."

며칠 뒤, 선조는 조선통신사로 갔던 황신의 군관 조덕수와 박정호 등이 가지고 온 비밀 보고서를 접했다. 비밀 보고서는 성이민이 구두로 '명과 왜국 간에 화의가 깨졌으니 왜적이 재침할 것이다'라고 아뢴 적정 보고보다 더 구체적이었다.

'명나라 두 사신은 모두 일기도—岐島에 머물러 있었습니다. 관백 수길은 명나라 사신만 만나고 우리나라 사신은 상대도 하지 않으면서 말하기를, "길을 빌려 큰 나라에 공물을 바치려고 했는데 조선에서 승인하지 않은 것은 대단히 무례한 일이었다. 또한 명나라 사신이 올 때 함께 따라오지 않았을 뿐만 아니라 능장을 부리면서 제 기일에 오지도 않았으니 (조선을) 한바탕 짓이겨서 승부를 결판내야겠다"고 하옵니다.'

히데요시가 '한바탕 짓이겨서 승부를 결판내야겠다'고 한 말은 두말할 것도 없이 재침하겠다는 선전포고였다. 선조는 비밀 보고서를 본 뒤 황신의 군관 조덕수와 박정호를 별전으로 불러 비밀 보고서의 내용을 몇 번이나 확인하고는 내보냈다.

선조는 점심 수라상을 받는 둥 마는 둥 했다. 각 고을에서 진상한 특산품으로 요리한 음식들이었지만 도무지 입에 당기지 않았다. 밥맛이 날 리 없었다. 마음이 임진년 왜침 때처럼 초조하고 불안했다. 별전에서는 대신들과 비변사의 당상관들이 선조를 기다리고 있었다. 대신으로는 이산해, 유성룡, 윤두수, 김응남, 정탁, 이원익 등이 있었고, 비변사 당상관으로는 김명원, 김수, 이덕형, 유영경, 좌승지 이덕열 등이 있었다. 선조가 급하게 물었다.

"각자가 품고 있는 생각들을 말해보시오. 왜 말들을 하지 않고 있는 것이오."

"전쟁이 일어난 지 다섯 해째인디두 전혀 좋은 계책이 읎구 오직 화친을 맺을 것만 믿어 왔는디, 지금에 와서 막다른 지경에 빠졌으니 이런 한심한 일이 워디 있겠습니까유. 대체루 해전은 육전과 다르옵니다. 육전은 마음대루 되지 않았지만 해전에서는 우덜 수군이 왜적을 쳐서 이겨왔으니께유. 그런디두, 왜적의 장수를 사로잡아야 할 때에 원균을 다른 곳으루다가 이동시켰구, 또한 요즘은 수군이 꼼짝 않구 있으니께 해전에서 성과를 거두지 못하구 있는 거 같습니다유. 대단히 분개할 일입니다유."

이산해는 원균을 전라 병사로 임명했기 때문에 지금의 수군이 전과를 올리지 못한 것처럼 아뢨다. 원균을 옹호해왔던 그는 한산도 진에 있는 이순신은 아예 거론조차 하지 않고 무시했다. 이산해는 계속 자신의 의견을 말했다.

"오늘의 계책으루는 호남과 영남 사이에 군사를 매복시켰다가 도중의 요충지에서 왜적을 차단시키는 것이 왜적을 방어하는 상책이 될 것입니다유. 신은 병이 짚어서 평상시에두 두서읎이 행동하면서 워치게 할 바를 몰라 했는디, 지금은 정신이 왔다 갔다 하여 생각한 것을 다 아뢸 수 읎습니다유."

선조가 유성룡을 보면서 물었다.

"원균을 어떻게 생각하오?"

"옛날의 경우로 보자면, 육지에서 싸움을 잘하는 장수는 해전에서 서툴렀고, 해전을 잘하는 장수는 육전을 잘하지 못했사옵니다. 원균의 장점은 어디서나 목숨을 아끼지 않고 용감하게 싸우는 것인 듯하옵니다. 하지만 원균에게 지친 군사들의 사기를 올리라고 지시한다면 그는 감당해내지 못할 것이옵니다. 감당할 만한 다른 장수가 있다면 그를 등용하는 것이 좋을 것이옵니다.”

유성룡이 원균의 원만하지 못한 통솔력을 지적하자, 지중추부사 정탁이 이산해의 의견에 동조한다기보다는 적재적소에 장수를 임명, 배치해야 한다고 아뢨다.

“바다에서 싸우는 기 원균의 장점입니더. 이제 그의 단점을 버리고 장점을 쓰도록 하는 기 나을 낍니더.”

“선거이는 어디 있소?”

“오래 전부터 중풍으로 앓아누워 있어서 싸우는 일을 할 수 없사옵니다.”

유성룡이 선거이의 건강상태를 아뢰고는 또 다시 원균의 자질을 지적했다. 이산해와 윤두수 등이 원균을 육군에서 수군으로 되돌리려 하자 쐐기를 박기 위해서였다.

“원균이 힘껏 싸웠다는 것은 사람들이 다 아는 일이옵니다. 하지만 해전이 있은 뒤에 원균은 이런저런 잘못을 저질러 영남의 수군들이 대부분 원망하고 있사옵니다. 그러므로 원균을 다시 쓸 수 없다는 것은 분명하옵니다. 더구나 이순신과 원균이 사이가 나쁘다는 것도 조정에서 다 아는 일이옵니다. 신은 바다와 육지가 서로 다르지만 마땅히 서로 협력해야 한다고 생각했기 때문에 두 사람이 모여 협의하도록 하였으나 원균은 그저 성만 발끈 내었습니다.”

"이순신도 그렇소?"

"이순신은 자신에 대한 변명을 별로 하지 않았지만 원균은 언제나 성을 내는 기색을 보였사옵니다. 옛날 장수들 가운데도 공로를 서로 다투는 사람은 있었지만 원균은 너무 심했습니다. 듣자니, 신이 올라온 뒤에도 원균은 이순신을 향해 분기에 찬 말을 많이 했다고 하옵니다. 이순신을 한산도에서 옮기도록 해서는 절대로 안 되옵니다. 만일 옮기기만 하면 모든 일이 다 틀어져버릴 것이옵니다. 그러므로 전하께서 지시를 내려 원균을 병사로 그냥 눌러 있게 하는 것이 나을 듯하옵니다. 조정에서 여러 모로 그를 타이른다 해도 그의 사기를 꺾어서는 안 되겠기에 이런 위급한 때에는 마땅히 협심하여 난국을 타개해 나가야 한다고 신도 말해주었지만 원균은 노기를 가라앉히지 않았사옵니다. 이래서야 되겠사옵니까."

이원익이 시찰길에 원균을 만났던 일을 떠올리며 유성룡의 의견에 동조했다. 선조가 마지못해 말했다.

"난처했겠소."

그러나 판중추부사 윤두수가 원균을 지지하는 말을 했다.

"원균은 신의 친척인데 신은 오랫동안 그를 만나보지 못했사옵니다. 대체로 이순신이 후배이면서 벼슬은 원균의 윗자리에 있기 때문에 그렇게 발끈발끈 성을 내는 것이옵니다. 아마도 조정에서 참작하여 처리해주는 것이 좋을 듯하옵니다."

"과인이 이전에 들으니 애당초 군사를 요청한 것은 사실 원균이 한 일인데, 조정에서는 원균이 이순신만 못하다고 하였기 때문에 원균이 그렇게 화를 내게 된 것이라는 보고를 들었소. 또 들자니 왜적을 잡을 적에 원균이 매번 앞장을 섰다고 하오."

유성룡이 윤두수의 말에 일부 동조했다.

"원균은 단지 가선대부(종2품)인데 이순신은 정헌대부(정2품)가 되었으니 원균이 성을 내는 것은 바로 이 때문이옵니다."

"과인이 들자니, 군사를 요청하여 바다에서 싸울 때 원균이 공로를 많이 세웠고, 이순신은 원균을 따라다녔다고 하오. 그리고 또 들자니, 이순신이 왜적을 많이 잡았으므로 원균보다 낫기는 하지만 이순신이 그렇게 공로를 세우게 된 것은 실제로는 원균 덕분이라고 하오."

이원익은 원균을 신임하는 듯한 선조의 말을 듣고는 '큰일 났구나!' 싶어 직언을 했다.

"신이 조용히 원균에게 '당신의 공로는 결코 이순신을 능가할 수 없소'라고 말해주었더니, 원균이 말하기를 '처음에 이순신은 물러가 있으면서 구원해주지 않았소. 천번 만번 불러서야 비로소 군사를 데리고 왔었소'라고 하였사옵니다. 원균은 본래 왜적이 쳐들어오는 지역에 있었으니 적과 마주쳤던 것이고, 이순신이 원균과 같은 때에 나가 싸우지 못한 것은 사정이 그러하였기 때문이었사옵니다."

"이순신은 원균이 열다섯 번이나 불러서야 비로소 경상도로 나가 적선 육십 척을 무찔렀고, 그런 뒤 이순신은 원균보다 앞서서 자기 공으로 보고했다고 하옵니다."

이준경의 아들인 좌승지 이덕열은 은근히 이순신이 원균의 전공을 무시했다는 식으로 아뢨다. 이준경은 청년 이순신을 눈여겨보았다가 중매를 서기까지 했는데 이날 이덕열의 언행은 아버지와 달랐다. 이덕열은 윤두수와 한편인 듯 원균에게 호의적이었다. 이원익이 다시 아뢨다.

"호남으로 적선이 쳐들어와 진지로 침입한다면 적선에 탄 왜적도 수없이 많을 터이므로 부득이 뒤늦게 경상도로 구원 나갔을 것이옵니다. 원균은 처음에 많은 실패를 하였습니다. 이순신이 비록 자기 손으로 직접 왜적을 잡지는 않았다고 하더라도 그의 부하들이 왜적들을 많이 잡았던 것은 사실이옵니다. 왜적의 목을 벤 수급을 가지고 말한다고 해도 원균의 부하보다 많사옵니다."

정탁이 이원익과 윤두수의 이견을 원만하게 조정하려고 양비론으로 말했다.

"그들이 서로 공로 다툼하는 심리를 살펴 말한다카믄 두 장수에게 모두 잘못이 있십니더. 하지만 이순신도 역시 만만치 않은 장수이니 전하께서 지시를 내리셔서 서로 화해를 하게 하는 동시에 앞으로 공로를 세우라꼬 지시하시는 기 어떻겠십니꺼?"

"원균은 처음에 많은 실패를 하였지만 이순신은 단 한 번도 실패를 하지 않고 전공을 세웠습니다. 둘이서 옥신각신하게 된 발단은 바로 여기서부터 시작된 것이옵니다."

이원익은 물러서지 않았다. 원균의 불만은 이순신의 전공에 대한 열등감에서 비롯된 바라고 분석하고 있었던 것이다. 이원익은 우울하고 답답했다. 왜군이 재침한다는 보고가 올라온 마

낭에 빙비 계책을 논하지는 못 할망정 이순신을 모함하고 원균
을 옹호하는 말들을 하고 있기 때문이었다.

닷새 후.

선조는 며칠 동안의 고민 끝에 내시 중에서 왕명을 전하는 승
전색承傳色을 시켜 승정원에 비망기를 전했다. 대신들을 별전에
불러놓고 전명傳命하지 않고 굳이 비망기를 내려보낸 까닭은 뻔
했다. 자신의 입장이 떳떳하지 못했고, 대신들 간에 이견이 분분
할 수도 있어서였다. 비망기의 요지는 임시로 한양을 떠나겠다
는 것이었다. 왜군이 재침해 올 경우를 대비한 파천 계책이었다.
임진년처럼 허둥지둥 파천하지 않겠다는 선조 나름대로의 군색
하기 짝이 없는 대책이었다.

'오는 14일에 해주 행궁의 장태藏胎를 보고 살피는 일과, 무기
를 실어갈 말 스무 필을 대령할 일, 그리고 선전관 허증과 내관
이 같이 다녀올 일을 병조에 이르라.'

해주 행궁에 묻혀 있는 태를 살피러 가겠다고 하는 것은 한양
을 벗어나 있겠다는 말과 같았다. 임시 파천이었다. 백성들의 말
로 하자면 임시 피난이었다. 정탁과 이원익은 선조의 비망기를
이해할 수 없었다. 왜적이 움직이기도 전에 임금이 먼저 한양을
떠난다면 백성들이 동요하여 성안의 질서가 문란해질 것이 분명
했다. 임금이 고작 태를 살펴보고자 수도를 떠난다고 하니 어이
가 없었다. 윤두수와 김응남, 정탁과 이원익은 즉각 선조를 알현
하고자 했지만 다음 날 오시午時에야 면담이 이루어졌다. 별전에

입실한 사람은 네 명의 대신과 승지 허성이었다. 김응남이 먼저 입을 열어 아뢨다.

"왜적이 아직 바다를 건너오지도 않았는데 민심이 먼저 동요하여 중국 사신의 양식을 장만하는 군사까지도 다 달아나고 장흥고도 종이를 바치지 않아서 관공서의 일이 다 폐기되니, 성안 사람의 경동함이 이보다 더 심할 수 없사옵니다. 저잣거리 사람들이 동문에서 일제히 호소하며 경성京城을 지키기를 바란다고 하옵니다."

윤두수도 모처럼 반대 의견을 냈다.

"대가大駕(임금의 가마)가 파천하면 도리어 임진년만도 못할 것이오니 내전(왕비나 후궁, 궁녀)은 나가더라도 전하께서는 반드시 성을 지키고자 생각하셔야 하옵니다. 수도를 버리고 해주로 가시면 조정이 멀어 어명이 통하지 않사옵니다. 내전이 먼저 강화로 가고 전하께서는 형세가 어쩔 수 없게 된 후에 강화로 가시어 머무르시면 험조險阻(방어에 유리한 험준한 지세)를 차지할 수 있을 것이고, 거기에서도 오래 지체할 수 없게 된다면 뱃길로 해주로 갈 수 있으며, 아산창의 곡식도 거두어 올 수 있을 것이옵니다. 또 포수砲手의 처자도 미리 강화에 두어야 하겠습니다. 신이 밤새도록 자지 않고 곰곰이 생각해봤는데 나라의 대계는 오직 강화가 그래도 좀 낫겠사옵니다. 비변사 당상의 뜻도 이러하옵니다."

정탁도 아뢨다.

"해주의 저축은 겨우 이백여 석이나 강화는 하삼도下三道에 통하므로 거기에서 다른 곳으로 옮겨 머무르시더라도 배만 갖추면 될 낍니더. 전하께서 헤아려 형세를 보아 처치하소서. 내전은 먼저 강화로 가는 기 좋겠십니더. 소신의 의견도 윤두수와 같십니더."

김응남이 다시 아뢨다.

"해주 산성을 전하께서는 좋다고 생각하시나 벌거숭이 산이옵니다. 강화는 아주 가깝고 하삼도를 통제할 수 있거니와 강화로 들어가지 않고 해주로 가시면 경성은 버린 땅이 될 것이옵니다. 지금 적이 아직 바다를 건너오지도 않았는데 미리 동요하면 대사를 망칠 것이옵니다."

윤두수가 아뢰면서 또 원균을 천거했다.

"왜를 막는 데 수군만 한 것이 없사옵니다. 왜의 배는 본디 얄팍한데 왜장이 타는 장왜선將倭船은 더욱 가볍고 빠르니 한번 포를 쏘고 나서 수군을 장문포에 들어가게 하고 원균으로 하여금 영등포를 지키면서 적선이 왔을 때 화포로 맞서 치게 하면 아마도 효과적일 것이옵니다."

그러나 정탁은 윤두수와 달리 이순신을 상기시켰다.

"왜적은 우리 수군을 매우 두려버하니 이순신으로 하여금 수군을 지휘하여 치게 하몬 왜장 청정의 선봉을 격파할 수 있을 낍니더. 왜적에 비해 우리 수군이 수로는 열세지만서도 흉악한 그들을 꺾어 패하게 할 수 있지 않겠십니꺼."

통신사 황신의 보고는 선조의 비밀 지시를 통해 한산도 진에 있는 이순신에게도 전달이 됐다. 비밀 지시의 내용은 대체로 비변사에서 건의한 것과 흡사했다. 정유년(1597) 이삼월에 왜적이 재침할 우려가 있는데 전라도와 제주도를 먼저 침범할 것 같으니 새로운 결의로 변란에 대처하라는 명이었다. 이에 이순신은 거제 현령 안위와 군관인 급제 김란서, 군관 신명학, 박의겸 등에게 부산의 왜군 진영에 불을 질러 전소시키라고 지시했다. 부산의 왜군에게 심대한 타격을 가해 사기를 꺾어버리기 위해서였다.

작전은 12월 12일 밤중에 개시하기로 했다. 김란서 등은 부산포로 잠입해 왜군 진영으로 다가가 불을 지르려고 기다렸다. 마침 살을 에는 차가운 서북풍이 세차게 불었다. 왜적들이 쌓아놓은 나뭇단에 아군이 불을 놓자 순식간에 불길이 치솟았다. 기습적인 화공작전은 대성공이었다. 왜적들의 집 천여 호와 군량 이만 육천여 섬이 든 창고가 밤새 불탔다. 화약을 보관한 두 개의 화약고가 천둥 치는 소리를 내며 연달아 폭발했다. 불길이 바람을 타고 불화살처럼 날았다. 정박해 있던 왜선 이십여 척도 불이 붙었다. 이순신의 왜군 진영 전소 작전은 명과 왜군 간 강화 협상의 위배가 아니었다. 명나라 황제의 책봉을 거절한 히데요시가 명나라 두 사신에게 '나는 군사를 동원하여 조선에 대하여 죄를 추궁할 것이오'라고 왜군의 재침을 천명한 뒤였기 때문이었다. 이순신은 바로 그 점을 노렸다. 누구도 이순신을 추궁할 수는 없었다. 선조의 비밀 지시를 받은 이순신으로서는 새로운 결의와 각오로 대처했을 뿐이었다.

요시라의 반간계

　북풍이 드세게 불었다. 마치 얼굴에 모래알을 흩뿌리듯 매서웠다. 경상 우병사 김응서는 얼굴을 잔뜩 찌푸렸다. 동짓달에는 북풍이 계속 불다가 정월에는 북풍과 동풍이 수시로 바뀌면서 변덕을 부렸다. 어떤 날은 강풍에 겨울비까지 가세했다. 가케하시 시치다유梯七太夫가 약속대로 군관의 안내를 받아 진중으로 오고 있었다. 진중 출입이 잦은 그를 경계하는 군사는 아무도 없었다. 원래는 쓰시마 도주 소 요시토시의 부하로 임란 전부터 왜국 사신 일행과 장사 일로 바다를 건너오곤 했으므로 그는 조선말을 잘했다. 임란 이후에는 왜장 고니시의 통역관인 통사로 따라다녔는데 삼 년 전부터 그는 김응서의 진중을 거리낌 없이 드나들었다. 왜장 고니시가 머물고 있는 웅천 왜성과 진주성은 먼 거리가 아니었다. 김응서의 얼굴에 미소가 어렸다. 시치다유가 말 등에서 내리고 있었다. 평안도 출신의 김응서가 말했다.

"요시라, 날래 오라우."

"예, 병사 나리."

조선인들은 시치다유를 요시라라고 불렀다. 왜장 고니시의 비밀 정보를 가져온다고 했으므로 어젯밤을 뜬눈으로 보냈을 만큼 그를 몹시 기다리고 있던 중이었다. 통사 시치다유와 부장 기하치로는 고니시의 생각을 속속들이 꿰고 있는 복심이었던 것이다.

"궁금해 죽갔구마기래. 날래 말해보라우."

"병사 나리, 비밀 정보를 전해드리면 저한테 선물을 하셔야 됩니다."

"뭬라고?"

김응서는 시치다유와 친해진 뒤로는 동생처럼 대했다. 시치다유가 누가 엿듣기라도 하는 것처럼 갑자기 목소리를 낮추어 말했다.

"조선의 관직과 상금을 주셔야 합니다."

"참말로 중요한 정보네?"

"물론입니다. 저에게 큰 상을 내려야 할 것입니다."

"위에 보고를 하갔으니 말해보라우."

시치다유는 무릎걸음으로 김응서에게 다가가 말했다.

"지난 4일 가토 군사 칠천 명이 쓰시마에 도착했습니다."

"올 이삼월에 온다고 하지 않았네?"

쓰시마와 부산까지의 거리는 하루도 걸리지 않았다. 가토의 군사가 쓰시마에 와 있다는 것은 조선을 재침하기 위해 공격개시선에 와 있다는 말이나 다름없었다.

"너네가 정월 공격은 없다고 해서 내레 그렇게만 믿었구마기래."

"원래는 그랬습니다. 그러나 가토가 히데요시 합하閤下에게 공을 세우려고 안달이 났습니다."

"청정은 대마도에서 언제 오네?"

"동풍이 불 때를 기다리고 있을 것입니다."

김응서는 지난 며칠을 상기했다. 다행히 동풍, 즉 샛바람이 불 때는 없었다. 지금처럼 북풍이 드세게 불었던 것이다. 변덕스러운 겨울바람은 내일에는 또 어떻게 바뀔지 몰랐다.

"왜선은 몇 척이나 되네?"

"삼백 척은 될 것이나 한꺼번에 오지 않고 1진과 2진으로 나누어 올 것입니다."

김응서는 시치다유가 고마웠다.

"요시라, 고맙구마기래."

"우리 대장은 싸움을 끝내려고 애를 쓰는데 가토가 어깃장을 놓고 있으니 저도 화가 납니다."

"요시라, 어드런 계책이 있네?"

"계책을 가지고 왔습니다."

"행장(고니시)이 만든 계책이갔구마기래. 너네 대장헌테 허락을 받기는 했네?"

"받았습니다. 우리 대장이 가토를 미워하는 것은 사실입니다. 그렇기 때문에 이런 일을 저에게 시킨 것입니다."

"요시라가 혼자 판단해서 한 일이 아니구마기래."

"저는 오직 우리 대장의 심부름을 할 뿐입니다."

시치다유는 자신의 상관인 고니시의 계책을 전했다. 가토 군사가 쓰시마를 떠나기 전에 이순신의 수군을 부산으로 보내 길목을 미리 차단하라는 것이 고니시의 계책이었다. 지금까지 연전연승해온 이순신의 수군이 부산으로 미리 출진한다면 가토가 겁을 내어 쓰시마를 출발하지 못할 것이라며 시치다유가 힘주어 말했다. 상대와의 의리를 중시하는 김응서였지만 그래도 시치다유가 전해준 말을 머릿속으로 굴리며 반신반의했다.

"너네 대장은 왜 내게 비밀 정보를 주고 계책을 말하네?"

"가토 대장이 조선에 오는 것을 막기 위해서입니다."

"강화 협상으루다가 싸움을 끝내자는 말이가?"

"바로 그렇습니다."

"강화가 안 되는 것은 너희들이 어거지를 쓰고 있기 때문이구마기래. 우리가 어찌 너희 나라에 왕자와 대신을 보낼 수 있갔는가. 침략한 나라가 너희 나라이니까네 사과하고 그냥 물러가야지. 우리 왕자와 대신을 보내달라고 하는 거이 말이 되네?"

"우리 대장은 왕자를 요구하지 않습니다. 오직 합하와 가토가 원하고 있을 뿐입니다."

"너네 대장이 원하는 것이 뭐이가? 너네 대장이 조선의 왕자와 대신을 보낼 것이라고 말하지 않았네?"

"그것은 우리 대장의 속마음이 아니었습니다. 오직 강화 협상을 끝내려고 명나라 사신과 합하를 잠시 속였던 것입니다."

"우리는 왕자와 대신을 보내겠다고 단 한 마디도 한 적이 없는데 너희 대장이 우리가 그렇게 말한 것처럼 너희 관백에게 보고했으니 책임져야 할 기구마기래."

김응서는 고니시의 잘못을 정확하게 지적하고 있었다. 고니시와 가토의 목적은 같았다. 고니시는 히데요시를 속여서라도 명과의 강화 협상을 빨리 끝내고자 서둘렀고, 조선 땅 일부를 할양받으려는 히데요시에게 가토보다 먼저 공을 세우려고 했다. 그러나 가토는 고니시의 생각과 달랐다. 가토는 히데요시의 허락 하에 재침해서 조선을 차지하겠다는 자신의 야욕을 채우려고 했다.

"청정이 원하는 것이 대체 뭐이가?"

"군사로 조선을 평정하는 것입니다."

"두 대장에게 어드런 일이 있어서 사이가 나쁘네?"

"가토는 늘 우리 대장을 험담했습니다. 간바쿠에게 말하기를 '고니시와 시게노부調信가 하는 짓은 다 쓸데없는 일입니다. 내가 다시 조선에 나가서 깃발 하나만 들게 되면 조선을 평정하여 우리나라에 합칠 수 있고 왕자도 사로잡아 타이코우太閤 앞에 데려다가 놓겠습니다. 이 일을 성공시키지 못할 경우에는 우리 집안을 모조리 없애버리도록 하십시오'라고 하면서 군사와 말을 청했는데 간바쿠는 군사만 허락했다고 합니다."

"너희 대장과 청정이 다르다는 것은 분명하구마기래."

"가토는 우리 대장과 달리 오직 싸움을 원할 뿐입니다."

"요시라의 뜻도 너희 대장과 같네?"

"그렇습니다. 저는 싸움을 빨리 끝내고 나서 조선 사람이 되고 싶습니다. 다시 말씀드리지만 비밀 정보를 준 저에게 관직과 상금을 내려주십시오."

김응서는 시치다유가 떠난 뒤 붓을 들었다. 가토의 재침이 확실하니 마음이 급했다. 보고를 뒤로 미룰 수 없었다. 김응서는 시치다유에게 들은 비밀 정보와 자신의 계책을 담아 입을 실룩거리며 장계를 써 내려갔다. 글씨는 달필은 아니었지만 도장을 찍듯 또박또박해서 쉽게 알아볼 수 있었다.

'1월 11일에 요시라가 와서 행장의 뜻을 이렇게 알렸사옵니다. 청정이 칠천 명의 군사를 거느리고 1월 4일에 이미 대마도에 도착하였다고 합니다. 순풍이 불면 며칠 안에 건너오게 될 것입니다. 전날 약속한 일은 완전히 준비되었사옵니까?

청정이 바다를 건너 아주 대규모로 쳐들어오지는 못하겠지만 가까운 지역에서 노략질할 것만은 틀림없으니, 나오기 전에 미리 방비하여 간사한 꾀를 실현하지 못하게 하는 것이 나을 것이옵니다. 요즘은 계속 동풍이 불기 때문에 바다를 건너오기가 어렵지 않으니 수군을 빨리 거제도로 내보내어 머물게 하고, 청정의 동정을 살피도록 해야 할 것이옵니다. 바다를 건너오는 날에 동풍이 사납게 불면 반드시 거제도로 향해 올 것이므로 형세는 공격하기에 쉽습니다. 만일 정동풍이 불어 곧바로 기장이나 서생포 지역으로 향한다면 배는 바다 가운데로 지나가게 되므로 거제와는 거리가 매우 멀어서 미처 가로막을 수 없을 것이니 이 계책을 시행하지 못할까 봐 걱정이옵니다.

전선 오십 척을 급히 기장 지역으로 돌려대어 좌도의 수군과 합세하여 진을 치고 오륙 척씩 부산이 바라보이는 곳에서 돌아치게 해야 할 것이옵니다. 그리고 우리 장수들이 청성에게 달려가 알리기를 "조선에서는 너를 원수로 여겨 수많은 전선을 정비해 가지고 좌도와 우도로 나뉘어 정박하고 있다. 육군도 근처에 많이 주둔시켜 네가 나오는 날을 노리고 있으니 아예 경솔하게 건너오지 말라"고 한다면 청정은 틀림없이 바다를 건너오지 못할 것이옵니다. 그때 조선은 준비를 더 할 것이며 행장도 그동안의 일에 대하여 손을 마저 쓸 것이라고 생각되옵니다. 설사 청정의 머리를 베지는 못하더라도 이보다 더 유리한 계책은 없을 것이옵니다.

배를 빨리 돌려대어 군사의 위력을 보임으로써 교활한 적들이 목을 움츠리고 나오지 못하게 만든다면 피차간에 다 좋게 되리라는 것을 어찌 다 말할 수 있겠사옵니까. (하략)'

한편, 김응서가 장계를 쓰고 있던 시각에 이순신은 한산도 진에서 공무를 보고 있었다. 전라 좌수영으로 가서 한효순 체찰부사를 만난 뒤 지체하지 않고 돌아온 뒤였다. 이순신이 서둘러 복귀한 까닭은 진을 비운 사이에 임금의 지시가 내려와 있을지도 모르기 때문이었다. 그러나 지난해 12월 27일에 올린 장계에 대한 지시는 아직 없었다. 장계의 내용은 지난해 12월 12일 부산 왜군 진영을 불태운 작전의 전말을 보고한 것이었다. 장계를 늦게 올린 이유는 경상 우수사나 경상 좌수사가 보고하기를 바랐으나 아무도 올리지 않고 있어서였다. 이순신마저 무작정 미루어 해를 넘길 수 없는 공무였다. 특히 거제 현령 안위의 공이 묻힐 것 같았으므로 이순신은 보름이 지난 뒤였지만 장계를 올렸던 것이다.

부산 왜군 진영을 불태운 화공작전의 성공으로 한산도 진의 장졸들 간에는 사기가 사뭇 올라 있었다. 송희립은 이순신을 볼 때마다 건의했다.

"통제사 나리, 부산 왜놈덜 기를 꺾어부렀응께 이참에 아조 싹을 없애붑시다요."

"함포사격까정 했으믄 좋았을 겨."

"그랬으믄 왜놈덜을 모다 몰살해부렀을 거그만요. 고작 스물네 멩밖에 죽이지 못해부렀응께라우."

"한번 나가서 싸워보구 싶은 겨?"

"임금님도 자꼬 부산 바다로 나가 싸와뻔지라고 허지 않습니까요."

"화공으루 놈덜 사기를 꺾어놨으니께 기회가 좋은 건 사실이여."

"시방 작전허는디 거시기헌 것이 있습니까요?"

"바람이 문제여. 북풍이나 서풍이 불어야 우덜 배가 움직이기 수월헌디 지금은 샛바람이 거칠게 분다, 이 말이여."

"통제사 나리, 시방 장졸덜 사기가 괴안찮은디요잉."

"그려. 바람을 보구 메칠 안으루 결정헐티니께 지둘러."

송희립을 보낸 뒤 이순신은 단단히 결심했다. 날씨의 조건만 갖춰지면 더 이상 망설일 것도 없었다. 이순신은 선조의 의중대로 조만간에 기필코 '부산 앞바다로 나가 적을 치겠다'는 장계를 짧게 썼다.

'명나라 사신이 이미 사신으로 갔다 왔는데, 흉악한 적들은 계속 변경에 틀어 앉아 여전히 기회를 엿보면서 쳐들어올 생각을 하고 있으니 참으로 더없이 통분한 일이옵니다.

신은 수군을 뽑아 거느리고 부산 근처에 나가 주둔해 있으면서 적이 들어오는 길목을 막고 한번 결사전을 벌여 하늘에 사무친 치욕을 씻으려고 하옵니다. 지휘할 일이 있으면 급히 회답 지시를 내리시기 바라옵니다.'

그러나 이순신은 마음과 달리 출진하지 못했다. 장계를 쓴 다음 날부터 동풍이 모질게 불었다. 빗방울이 섞인 겨울철의 사나운 동풍이었다. 작전을 미룰 수밖에 없었다. 이순신은 거제도를 거쳐 부산 앞바다로 나가려던 함대의 출진을 늦추었다. 역풍을 안고 출진했다가 왜선 함대를 만나기라도 한다면 화포 한번 제대로 쏘아보지 못하고 패할 수 있었다. 느닷없이 불어대는 동풍은 이순신 함대의 출진을 방해하는 고약한 역풍이었다.

반면에 가토 함대 중에 선발대 백오십여 척은 거친 동풍을 이용해 쓰시마를 순조롭게 떠났다. 가토의 부장 기하치로가 이끄는 선발대는 그날 바로 드센 동풍의 힘을 타고 서생포에 닿았다. 가토는 다음 날에야 2진 함대 백삼십여 척을 거느리고 쓰시마를 출발했다. 겨울비가 줄기차게 쏟아지면서 바람은 동풍에서 동북풍으로 바뀌었다. 가토의 함대는 비바람에 떠밀려 서생포 쪽으로 가지 못하고 거제도 가는 뱃길로 떠밀리다 가덕도에 머물렀다. 그러다가 14일에야 겨우 다대포로 갔다.

김응서는 고니시 진영에 들어갔다가 나온 군관 송충인으로부터 왜군의 동향을 보고받고는 17일에 또 장계를 써서 올렸다.

'도원수가 행장에게 두루미 한 마리와 매 한 쌍을 보내라고 하기에 이달 6일에 신이 군사 송충인에게 주어서 보냈더니 17일에 돌아와서 보고하기를 "이달 12일에 바람이 대단히 도와주어 청정의 관할 하에 있는 왜선 백오십여 척이 일시에 바다를 건너와 서생포에 머무르고 있고, 청정은 왜선 백삼십여 척을 거느리고 바다를 건너왔는데 동북풍의 비바람을 만나 배를 통제하지 못하고 거제 길로 향해 가다가 가덕도에 머물렀으며, 14일에야 다대포를 향해 가면서 진터를 살펴보았다"고 와서 알려주었습니다. 그러나 우리나라 수군은 미처 정비가 되지 않아서 그들을 맞이치지 못하였습니다.

청정의 배가 올 때 바람이 순조롭지 않았음은 하늘이 우리를 도운 것인데, 사람들이 제 할 일을 다 하지 못해서 그만 앉은 채로 기회를 놓치고 말았으니 분함을 이기지 못하겠사옵니다.

행장도 몹시 통탄해하면서 말하기를 "너희 나라에서 하는 일은 번번이 이 모양이니 뉘우친들 무슨 소용이 있겠는가. 청정이 이미 바다를 건넜으니 나는 전날에 한 말이 청정의 귀에 들어갈까 봐 걱정이다. 모든 일은 되도록 치밀하게 하라"고 하였으며, 또 송충인에게 말하기를 "이다음에도 할 일이 있으면 너는 꼭 돌아와야 한다'라고 하였습니다. 그래서 곧 들여보내 다시 유도하여 그 내막을 알아내 급보를 올릴 작정이옵니다. (하략)'

이와 같은 엇비슷한 급보는 계속 조정으로 올라갔다. 송충인의 보고를 받은 위무사 황신이나, 기장 현감 이정견의 보고를 받은 도체찰사 이원익도 장계를 올렸던 것이다. 이때는 이순신도 척후장의 보고를 받아 왜군이 재침한 사실을 알았지만 역풍 때문에 나서지 못하고 있었으므로 마음만 초조할 뿐이었다. 송희립이 실기한 것을 두고 아쉬워했다.

"통제사 나리, 부산포 앞바다로 나가겠다고 장계를 쓴 날 출진했으면 으째쓰까요?"

"요시라가 김응서헌티 정보를 준 모냥인디 그것은 아녀."

"으째서 그랍니까요?"

"김응서가 요시라의 반간계反間計에 놀아난 겨."

"요시라의 이간책에 명색이 병사가 놀아났단 말입니까요?"

"그려. 요시라는 나를 함정에 몰아넣으려구 반간계를 쓴 겨."

"허지만 통제사 나리는 말려들지 않았습니다요."

"아녀. 요시라의 이간책은 아직 끝나지 않은 겨. 임금님은 내가 청정이 오는 바다로 미리 나아가 막지 못했다구 나를 계속해서 질책할 것이란 말여."

송희립은 시치다유의 반간계를 이해하지 못했다.

"으째서 통제사 나리를 겨냥한 것입니까요?"

"나를 제거하믄 조선 수군을 이길 수 있다구 보는 겨. 왜추倭酋 수길의 눈에는 내가 눈엣가시 같으니께."

히데요시는 이순신을 철저하게 기피했다. 왜장들에게 '이순신의 조선 수군과는 싸움을 피하라'고 지시까지 내린 상태였다. 그러니 히데요시는 물론 고니시나 가토까지 요시라의 반간계가 먹혀들어 이순신만 제거한다면 원이 없을 터였다. 가토와 고니시가 경쟁 관계라고는 하지만 그들은 한편이기 때문이었다.

"그래도 청정이 곧 올 거라는 정보는 맞지 않았습니까?"

"거기까정은 맞지. 허나 언제 올 거라는 정확한 정보는 주지 않았던 겨. 그러니께 우덜에게 필요 읎는, 때를 놓친 정보를 준 거란 말여."

이순신은 때를 놓친 정보라고 의심 없이 말했다. 시치다유가 김응서를 만난 하루 뒤에 기하치로의 선발대가 서생포에, 이틀 뒤에는 가토의 2진 군사가 다대포에 와버렸으므로 이순신은 그런 정보는 함정이나 덫이라고 생각했다.

"그날 우덜이 부산 앞바다로 출진했으믄 서생포의 왜선과 다대포의 왜선 사이에서 협공을 당했을 겨."

"청정의 군사가 와버렸으니 이제는 계책이 읎다는 것입니까요?"

"단 한 가지 계책밖에 읎지. 외통수란 말여."

"그것이 뭣이옵니까요?"

"다대포의 왜군이 부산이나 서생포루 완전히 올라간 뒤 부산을 쳐야지. 그렇게 되믄 왜장덜은 이전과 같이 우덜 바다를 넘보지 못하게 될 겨."

"공격은 은제 헙니까요?"

"방금 말헌 대루 다대포에 정박한 왜선들이 위로 올라간 뒤지. 그래야 우덜이 공격하더라두 후방이 안전하지 않겠는감."

이순신은 부산으로 출진하고자 장졸들에게 한 달 내내 비상을 걸어놓고 있었다. 다대포에 도착한 가토가 먼저 서생포로 올라갔으니 뒤이어 왜선들도 곧 움직일 터였다. 이순신은 결코 서두르지 않았다. 그러는 사이에 원균은 또 이순신을 대신할 것처럼 나아가 싸우겠다는 내용으로 장계를 올렸다.

'신은 외람되게도 무거운 책임을 맡고 남쪽 변경의 병마사로 있으면서 우둔한 솜씨나마 다하여 만대의 원수를 갚으려 하였사옵니다. 그러나 스스로 생각건대 늙은 몸에 병이 이미 심할 대로 심한 데다 나라에 보답한 것은 많지 못하여 전하를 우러러 통곡만 할 뿐이옵니다. 지금 변경에는 어려운 일이 많은 만큼 군사를 일으키고 사람들을 움직이기에 겨를이 없어야 할 형편입니다. 여러 고을에 신칙하여 군사와 말을 정비하고 직접 군사들의 앞장을 서서 일거에 적을 쓸어버리고 말겠사옵니다. (중략)

신의 어리석은 생각으로는, 수백 척의 수군으로 영등포 앞으로 질러나가 가덕 뒤에 몰래 머물러 있으면서 경쾌선을 골라 서넛 또는 네댓 척씩 떼를 지어 절영도 바깥쪽에서 무력을 시위하게 하는 한편, 백여 척이나 이백 척이 큰 바다에서 위력을 보여야 한다고 봅니다. 그렇게 하면 원래 해전에서 이기지 못하여 겁을 먹고 있는 청정은 반드시 군사를 거두어 돌아가게 될 것이옵니다. 바라건대 조정에서는 수군으로 바다에 나가 마주 침으로써 적들이 뭍에 오르지 못하게 한다면 반드시 걱정할 일이 없을 것이옵니다. 이것은 신이 함부로 하는 말이 아니옵니다. 신은 전에 바다를 지킨 일이 있어서 이 문제에 대해서는 잘 알고 있는

만큼, 지금 침묵을 지키고 있을 수가 없기에 전하께 말씀드리는 것이옵니다.'

　김응서나 원균, 황신의 계책은 모두 고니시가 부하 시치다유를 통해서 제시한 것과 같았다. 오직 이순신만 달리 판단하고 있었다. 김응서와 이원익, 원균, 황신의 장계를 받아 읽어본 선조는 1월 27일에 어전회의를 열었다. 참석자는 영의정 유성룡, 판중추부사 윤두수, 지중추부사 정탁, 좌의정 김응남, 영중추부사 이산해, 병조판서 이덕형, 호조판서 김수, 이조참판 이정형, 좌승지 이덕열 등이었다.

　선조가 어전회의를 연 목적은 뻔했다. 이순신을 파면하고 그 자리에 원균을 앉히겠다는 생각뿐이었다. 어전회의가 열리자마자 윤두수가 작심하고 아뢨다.

　"이순신은 조정의 명령을 받아들이지 않고 싸움에 나가기 싫어서 한산도로 물러가 지키고 있는 바람에 큰 계책이 실현될 수 없었던 것이니, 이에 대하여 신하들로서는 어느 누가 통분해하지 않을 수 있겠사옵니까?"

　정탁이 마지못해서 애매하게 아뢨다.

　"이순신에게 과연 죄가 없다꼬 보기는 에렵십니더."

　선조가 작심한 듯 분노를 토해냈다.

　"순신이 어떤 자인지 모르겠소. 사람들은 모두 그가 간사하다고들 말하고 있소. 명나라 관리들이 조정을 기만하고 못 하는 짓이 없는데, 이런 못된 버릇을 우리나라 사람들이 본받고 있는 것이오. 순신은 부산의 왜적 진영을 불태운 사건에 대해 조정에다가 거짓 보고를 하였소. 여기 영의정도 있지만 이런 일은 반드시 없어져야 할 일이오. 이제는 설사 순신이 제 손으로 가등청정의 머리를 갖고 오더라도 결단코 그 죄는 용서받지 못할 것이오."

이조 좌랑 김신국이 부산 왜군 진영 화공작전을 전혀 다르게 보고했는데 그 내용인즉 이원익의 군관 정희연이 자신의 심복들을 시켜 불을 질렀다는 것이었다. 선조는 이순신의 장계보다는 이조 좌랑 김신국의 서면 보고를 더 믿고는 진상 조사를 해보지도 않은 채 이순신이 자신을 속였다고 화를 냈다. 유성룡은 선조가 이순신을 천거한 자신을 쳐다보며 말하는 의도를 알아채고는 아뢨다.

"이순신은 신과 같은 마을 사람입니다. 신은 젊었을 때부터 그를 알고 있는데, 그는 자기 직책을 잘 감당해낼 수 있는 사람이라고 여기고 있사옵니다. 그는 평소부터 꼭 대장이 되고 싶어 했습니다."

"그가 글을 알기는 아는가?"

글을 아는 장수가 어찌 그렇게 형편없느냐는 투의 물음이었다. 유성룡은 이순신을 적극적으로 변호하지 못하고 두루뭉술하게 전공을 세운 장수들의 흠결을 말했다.

"이순신은 강직하여 남에게 굽힐 줄 모릅니다. 그래서 신이 그를 수사로 추천하였사옵니다. 임진년의 공로로 정헌대부까지 주었는데 너무 지나쳤나 보옵니다. 대체로 장수들이란 바라던 대로 되어 마음이 흡족해지면 반드시 교만해지고 나태해지는 듯

합니다."

"이순신을 너그럽게 용서해줄 수 없소. 일개 무장인 주제에 어찌 감히 조정을 업신여길 생각을 한단 말이오. 우의정(이원익)이 내려가면서 말하기를, 평상시에는 원균을 장수로 임명할 수 없지만 적과 싸울 때는 써야 한다고 말했소."

김응남이 선조의 마음이 어디에 가 있는지를 알고 동조했다.

"수군 장수루 치자믄 원균만 한 사람이 읎으니께 이제 버려서는 안 되겠습니다유."

"원균을 수군 선봉으로 삼으려 하오."

"지당하신 말씸입니다유."

김응남이 또 맞장구를 쳤다. 윤두수는 한 술 더 떠 이순신을 힐난했다.

"이순신은 조용한 것 같지만 거짓이 많고 적을 향해 앞으로 나서지 않는 사람입니다."

선조는 별전에서 비변사의 당상관들을 만나서도 이순신에 대한 분을 삭이지 못했다. 윤두수가 이순신을 교체하자고 먼저 나섰다.

"중요한 고비에 장수를 바꾸는 것은 어려운 문제지만 이순신을 교체해야 할 것 같사옵니다."

이에 정탁이 반대했다.

"사실 이순신에게 죄가 있기는 하지만 위급한 때인지라 장수를 바꾸어서는 안 될 것입니더."

그러나 선조는 단호하게 이순신을 내쳤다.

"과인은 아직 이순신이 어떤 사람인지 잘 모르겠소. 사람이 지혜가 적은 듯하오. 임진년 이후로 한 번도 큰 공을 세운 적이 없소. 이번 일로 말하더라도 하늘이 내려준 기회를 이용하지 않았소. 법을 어긴 사람을 어찌 번번이 용서할 수 있겠소? 원균으로 대신하는 것이 좋겠소."

다음 날 선조는 비망기를 유영순에게 준 뒤 원균에게 전하도록 지시했다. 비망기는 원균을 경상우도 수군절도사 겸 경상도 통제사로 임명한다는 내용이었다. 아직 이순신을 파면하지 않았으니 두 명의 통제사를 두는 셈이었다.

'우리나라에서 믿는 바라고는 오직 수군뿐인데, 통제사 이순신은 나라의 중대한 임무를 맡고서도 멋대로 속이고 또 적을 내버려둔 채 토벌하지 아니하여 적장 청정으로 하여금 안심하고 바다를 건너올 수 있도록 하였다. 나중에 마땅히 붙잡아다가 국문하고 용서하지 말아야겠지만 당장에는 적과 더불어 진을 마주하고 있기 때문에 우선 공로를 세우도록 하였다.

나는 본래부터 경의 충성과 용맹을 알고 있기에 이제 경을 경상우도 수군절도사 겸 경상도 통제사로 임명하는 것이니 경은 나라를 위해 한층 더 분발하여 힘쓰고 우선은 이순신과 합심하여 지난날의 감정을 모두 풀어버리도록 하라. 그리고 왜적들을 모조리 무찔러 나라를 구함으로써 이름을 역사에 남기고 공훈을 종묘 제기에 기록하여 영원히 남기도록 하라. 경은 삼가 받들도록 하라.'

이순신은 이 같은 조정의 사정을 전혀 눈치채지 못한 채, 부하들을 데리고 한산도 진의 굴강으로 나가 동풍이 잦아지기를 기원하고 있었다. 정박한 전선들마다 수군 깃발이 찢어질 듯 나부꼈다. 그때, 누군가가 굴강으로 들어온 협선에서 내리고 있었다. 그는 선조가 보낸 무위사 황신이었다. 황신이 이순신을 보자마자 인사를 생략하고 선조의 지시를 전했다.

"통제사 나리, 전하께서는 하루 빨리 부산으로 나아가 적을 무찔러주기를 바라고 있습니다."

"전하께 장계를 올린 대루 우덜 군사두 나가 적을 치기를 애타게 지달리고 있소."

"그런데 어찌하여 머뭇거리는 것입니까?"

"바다를 알기 때문이오. 동풍이 부니 바닷길이 험해져 우덜이 불리하구, 또 전선을 많이 동원하믄 매복한 적덜이 알아차려 도망해버릴 것이구, 적게 동원하믄 도리어 습격을 받게 될 것이니 매일매일 기회를 엿보구 있소."

황신은 아직 원균이 통제사로 임명된 줄 모르고 있었다. 또한, 그도 역시 이순신의 전략을 알지 못한 채 선조의 유서를 전하고 있을 뿐이었다. 이순신이 부산으로 나가 싸우지 않는 까닭은 적의 동태와 바람의 방향이 자꾸 바뀌는 바다를 살피고 있기 때문이었다. 적정을 파악하고 바람과 바다를 이용해 싸우려고 한 전략일 뿐 결코 왜적이 두려워서가 아니었다.

망측한 싸움

　이순신의 지시로 사흘 전부터 전라 좌우수영, 경상 우수영의 모든 배들이 장문포에 집결했다. 이백여 척의 배를 끌어모아 함대를 편성했다. 주요 전선인 판옥선은 육십삼 척밖에 안되었고 나머지는 협선과 작은 포작선들이었다. 판옥선의 대부분은 전라 좌우수영에서 한산도 통제영으로 파견한 배들이었지만, 이번 부산포 출진은 경상 우수영의 장수들이 선두에 포진했다. 가덕도와 다대포, 절영도, 초량, 부산포 쪽의 바닷길을 잘 알기 때문이었다.

　또한 이번 부산포 출진의 특징은 경상 우수영 소속의 배에 경상 우병사 김응서가 타고 있다는 점이었다. 김응서는 자신의 군관 송충인을 부산포로 급히 보냈는데 고니시가 서생포에 있는 가토의 전선들을 유인해줄 것이라고 믿어 의심치 않았다. 송충인과 고니시의 부하 시치다유는 적의 진중을 스스럼없이 드나드는 정탐꾼이었다.

김응서의 직속상관인 도원수 권율은 선조와 윤두수, 이산해 등이 신임하는 그를 함부로 대하지 못했다. 평양성 탈환에 공을 세웠던 김응서는 삼십 대 중반의 젊은 장수답지 않게 기고만장했다. 이순신도 김응서에게 이래라저래라 할 수 없었다. 더구나 그는 권율의 지휘를 받는 육군 장수였다.

2월 10일.

동녘 하늘이 붉어지고 있었다. 핏빛 놀은 잔잔한 바다를 야금 야금 적셨다. 파도는 2월의 겨울 바다답지 않게 고래처럼 작고 순했다. 며칠 전부터 바람의 기세가 순해지니 날카롭게 솟구치던 파도의 크기도 차츰 작아졌다. 전달 10일부터 출진을 기다렸으니 꼭 한 달 만이었다. 이순신은 대장선 바로 앞쪽의 중군선에 타고 있는 이운룡에게 첨자진 대형을 만들어 다대포 쪽으로 항해하라고 명했다.

"이 수사, 첨자진 대오루다가 다대포루 출발혀."

"예, 통제사 나리."

이운룡은 중부장, 전부장, 후부장에게 방금 받은 이순신의 명을 전했다. 맨 앞의 중부장은 거제도 출신으로 경상좌우도 바닷길에 훤한 안골포 만호 우수禹壽가 맡았다. 그리고 중부장 뒤를 잇는 장수들은 영등포 만호 조계종, 평산포 대장代將 정응두, 거제 현령 안위, 미조항 첨사 김응함, 조라포 만호 정공청 등이었다. 모두 경상 우수영 소속의 장수들이었다. 전라 좌우수영의 전선들은 대장선 뒤에서 고기 지느러미처럼 팔八 자 대형으로 줄을 지어 따랐다.

이순신이 우수에게 함대의 향도 역할을 하는 중부장이란 중책을 맡긴 이유는 그를 믿고 신임해서였다. 임진년 9월 27일 안골포 군관이던 우수가 왜적들에게 포로로 잡혀 있던 안골포 소속의 수군 이백삼십여 명을 구출하여 이순신에게 데리고 왔던 공이 있고, 또한 안골포에 왜선 스물두 척이 숨어 있다고 보고해 아군이 전술을 짜는 데 크게 도움을 주었던 것이다. 더욱이 우수는 이순신의 명을 받아 자신이 구출한 이들과 함께 판옥선 한 척을 만들기도 했는데, 그는 군관으로서 용감할 뿐만 아니라 판옥선 건조에도 남다른 능력을 보였으므로 이순신의 눈에 들지 않을 수 없었다. 이후 우수가 안골포 만호가 된 것은 삼도수군통제사가 된 이순신이 그의 능력을 인정하여 천거했기 때문이었다.

이순신 함대는 다대포 입구에서 일자진으로 대형을 바꾸었다. 가토가 다녀간 다대포 선창은 썰렁했다. 왜선이 단 한 척도 보이지 않았다. 진시辰時의 아침 햇살이 막 떨어지고 있는 다대포 바다만 금빛으로 반짝였다. 지난달에 가토의 함대가 부산포와 서생포로 올라가버렸다고 보고는 받았지만 그래도 아쉬웠다. 장수는 적을 만나야 적개심이 생기고 신명이 나는 법이었다. 왜적의 동태를 탐망하려고 떠났던 제포 만호 주의수가 돌아왔다.

"다대포는 쥐새끼 한 마리 없이 조용합니데이. 왜놈덜이 다 도망쳐삐릿십니더."

"확실혀?"

"정공청 만호도 마찬가지로 보고할 낍니더."

조라포 만호 정공청도 바로 돌아와서 탐망 결과를 보고했다.

"다대포에 정박한 청정의 배덜이 지난달에 부산포나 서생포로 올라간 기 확실합니더."

"웅천이나 거제, 가덕에 왜선덜은 읎는 겨?"

"놈덜은 배를 숨겨놓고 성안에서 나올 생각이 읎십니더. 왜추가 싸우지 말라캐서 똬리를 틀고 있는 놈덜 아입니꺼."

경상 우수영 우후 이의득이 맞장구를 쳤다.

"두 만호의 보고가 맞십니더."

"그렇다믄 우후는 안골포 만호에게 그대루다가 부산포루 가라구 혀."

"예, 통제사 나리."

이순신 함대는 다시 첨자진 대형으로 되돌아가 절영도 쪽으로 동진했다. 함대가 다대포를 빠져나오자마자 동풍이 미미하게 불었다. 그래도 바다는 여전히 잔잔한 편이었다. 먼바다까지 나왔을 때 중군선에 타고 있던 이운룡이 경쾌선을 타고 대장선으로 왔다.

"무신 일인 겨?"

"장대로 올라가 말씸드리겠습니다유."

"그려."

이운룡이 대장선으로 온 이유는 김응서의 동향을 보고하기 위해서였다. 김응서는 멀미를 하고 있거나 술에 취해 함께 오지 못한 듯했다. 이운룡은 김응서에게 들었던 이야기를 보고하려고 했다.

"김 병사는 술이 덜 깼는지 일어나지 못해 혼자 왔구먼유. 김 병사의 군관 송충인이 행장의 진중을 드나드는디 시방은 행장이 부산에 있다구 합니다유."

"김 병사가 행장을 만나려구 우덜 함대에 탄 겨?"

"그보다는 행장이 서생포에 있는 청정을 부산으루 유인해주겠다고 한 모냥입니다유."

이순신이 미간을 찌푸렸다. 그러면서 못마땅한 투로 뱉어내듯 말했다.

"김 병사는 청정을 믿는 모냥인디 생각혀봐. 청정이나 행장은 한편이란 말여. 그 자덜의 말을 워치게 믿겄느냔 말여."

"권율 장군께서는 정예 군사를 뽑아 경주와 울산 쪽으루 보내 대처한다구 합니다유."

"청정 군사가 부산으루 내려오믄 치겠다는 것인디 내가 보기에는 평소의 도원수답지 않은 전술인 겨. 왜군 장수덜 말을 그대루 믿는 것은 위험하단 말여."

이순신은 김응서가 적정을 정탐하고자 자신의 군관 송충인을 고니시의 진중으로 보낸 것까지는 이해했다. 그러나 가토와 경쟁 관계에 있는 고니시가 흘리는 정보에 따라 아군이 의심 없이 작전한다는 것은 대단히 위험한 일이라고 판단했다. 이순신은 가토든 고니시든 결국 히데요시의 부하로서 한편이라고 생각했던 것이다.

이순신이 이운룡의 보고를 건성으로 듣자 이운룡은 곧 자신의 중군선으로 돌아갔다. 이순신은 마음속으로 젊은 김응서를 몹시 괴이하게 여겼다. 적장인 행장이 흘린 정보를 지나치게 믿고 있기 때문이었다. 송희립이 말했다.

"김응서가 행장의 부하인지, 도원수의 부하인지 모르겄그만요."

"내 생각두 행장이 요시라를 통해서 김응서를 이용하구 있는 거 같구먼."

"우리덜이 역이용하믄 으쩌겄습니까요."

"나두 그려. 헌디 부산으루 가보믄 알 겨. 행장이 말여, 우덜이 공격허기 좋게 청정의 군사를 부산으로 유인했다구 허니께."

이순신 함대는 미시(오후 2시)에 초량항과 절영도 사이의 물목을 지나 잠시 멈추었다. 부산포까지는 십 리 정도의 거리를 둔 지점의 바다였다. 부산포 앞바다까지 정찰을 나갔던 우수가 돌아와 이순신에게 보고했다.

"왜선이 멫 척밖에 보이지 않십니더."

"함대가 읎다는 말여?"

"부산 왜선이 칠십여 척 된다카지 않았십니꺼?"

"그려."

탐망선장의 보고에 의하면 부산의 왜선은 칠십여 척 정도 되는데 어디론가 산개시켜버린 듯했다. 송희립이 눈알을 굴리며 투덜거렸다.

"부산 왜선이 우리덜을 피해뻔진 거 같그만요. 청정의 함대가 내려와 있을 것이란 행장의 말은 거짓깔이고라우."

"기여."

이순신은 함대를 장사진으로 바꾸어 부산포 앞바다를 향해 나아갔다. 그러다가 부산포가 시야에 또렷하게 들어오자 대장선 화포장에게 지시했다.

"총통 1발 방포!"

대장선에서 화포를 한 발 쏜다는 것은 전투를 개시한다는 신호였다. 이어서 수졸들이 북을 둥둥둥 치고 소라고둥으로 만든 나각과 나발을 불었다. 나발은 일자진(학익진)으로 늘어서라는 신호였다. 그런데 이순신은 곧장 오색의 깃발을 세우지 못하게 했다. 더 이상 북을 치거나 나발을 불지도 못하게 했다. 전투를 일단 중지시켰다. 왜선에 타고 있던 왜군 삼백여 명이 선창으로 내려가 이리저리 숨고 있었다. 싸울 의지가 없다는 듯이 도망치므로 굳이 먼 거리에서 함포사격을 할 필요는 없었다. 수군의 철환과 화약을 아껴야 했다.

"통제사 나리, 청정의 군사가 내려올께라우?"

"행장의 말에 김 병사가 놀아난 겨."

"한 달이나 지달렸다가 부산포로 왔는디 그냥 가는 거시기 허그만이라우."

"나두 그려. 왔으니께 빈 손으루 돌아갈 수는 읎지."

"상륙해서 겁이라도 줘야 쓰께라우?"

"고건 위험혀. 행장의 군사가 성안에 있으니께."

결국 이순신 함대는 해질 무렵까지 부산 앞바다에 있다가 절영도로 물러나 좌우로 척후선과 탐망선을 띄우고 정박했다. 밤에도 이운룡은 김응서를 데리고 대장선으로 가지 않았다. 이순신이 김응서를 탐탁지 않게 여기고 있어서였다. 그러나 이운룡은 이경쯤에 고니시의 부하 시치다유가 다녀간 사실을 보고하지 않을 수는 없었다.

한밤중에 이운룡이 대장선으로 올라왔다. 이순신은 장대에서 이운룡을 맞았다. 조각배 같은 반달이 그들을 빤히 내려다보고 있었다. 이운룡은 시치다유가 김응서를 찾아온 사실을 보고했다.

"요시라가 댕겨갔는디 보고허지 않을 수 읎어 왔습니다유."

"그 자가 또 김응서를 찾아온 겨?"

"예."

반달이 달빛을 뿌리고 있으므로 바다가 아주 어둡지는 않았다. 경계를 서고 있는 배들이 거뭇거뭇 보였다. 부산포 선창은 왜군들이 성으로 들어가버린 듯 검은 휘장을 두른 것처럼 숫제 캄캄했다. 소등한 성안도 그랬다. 불빛 한 점 보이지 않았다.

"요시라가 배를 타구 나와 행장의 뜻이라며 말하기를, 사람을 보내려고 했는데 주위에서 말들이 나올 거 같아서 즉시 보내지 못했다구 하구유, 또 다음과 같이 말했다구 은밀하게 전하는구면유. 행장이 미리 여러 진의 왜장들에게 호통 치기를 '지금 조선은 오랫동안 싸움을 하여 군사 쓰는 법도 잘 알고, 전선도 많이 만들어놓았으므로 우리가 반드시 이기리라는 보장이 없다. 청정은 바다를 건너온 뒤 자기 군사를 마음대로 풀어놓아 걸핏하면 조선 사람들을 죽이기 때문에 격분한 조선이 이달 8, 9일이나 10일 사이에 틀림없이 수군을 부산 앞바다에 정박시키고 군량이 오는 바닷길을 끊어버리려 할 것인데, 그렇게 되면 우리는 큰 낭패를 보게 될 것이다. 어찌 근심하지 않을 수 있겠는가' 또

요시라가 병사에게 말하기를, '조선 수군이 전선을 더 모아 가지고 시위하면 행장이나 정성豊臣正成(도요토미 미사나리) 등이 정정에게, 네가 조선을 침범하려고 하면서 관백 앞에 맹세까지 하고 나왔으니 빨리 나서서 물리쳐야 할 것이라고 추궁하면 싸우려고 반드시 바다로 나올 것이니 그때 덮치면 무난할 것입니다. 그렇게 하고 나면 조선을 업신여기지 못할 것입니다'라구 하였습니다. 또한 '사오 일만 더 머무른다면 행장과 정성 등이 한번 나와서 뵈올 것입니다'라구 했구먼유."

이순신은 이운룡의 보고를 중단시켰다. 기분이 언짢아져 혀를 찼다.

"쯧쯧. 우덜 정보두 적에게 새나갔구먼. 행장이 우덜 군사가 10일께 부산포 앞바다루 올 줄 알구 있었으니께 말여."

"병사가 우덜 작전을 사전에 알구 있었다는 것이 해괴합니다유."

"앞으루 조심혀. 김응서에게 절대루 우덜 작전 정보를 주어서는 안 될 겨."

송희립이 장대 안으로 들어왔다.

"통제사 나리, 낼도 싸움이 읎을 것 같은디요. 으째야 쓰까라우?"

"이왕 왔으니께 하루, 이틀은 지켜봐야지. 싸우는 것두 아니구, 그렇다구 싸우지 않는 것두 아니구 말여, 이런 망측한 싸움은 처음이여."

실제로 전투를 하는 것이 아니라 간계가 난무하는 기 싸움을 치르고 있는 셈이었다. 시치다유와 송충인이 적진을 오가며 정탐한 정보를 주고받고 있으니 이순신으로서는 '망측한 싸움'이라고 개탄할 수밖에 없었다. 이운룡이 나간 뒤 이순신이 참지 못하고 또 다시 혀를 찼다.

"쯧쯧쯧."

"지도 요로코롬 지저분헌 싸움은 첨이그만요."

"그려."

"적장과 내통하고 있는 김응서 모가지를 댕강 잘라불고 잡그만이라우."

"에러운 일이여. 임금님은 물론이구 윤두수, 이산해 같은 대신덜이 김응서의 장계를 지달리고 있다니께 말여."

"요시라 이중 첩자질에 모다 놀아나는 꼴이그만요."

"그러니께 우덜이라두 정신 바짝 차려야 혀."

"적장과 상의함시롱 싸우고 있는디, 요로코롬 더러운 싸움이 또 으디에 있겠습니까요."

"송 군관이 정확하게 본 겨. 조선은 시방 행장허구 미주알고주알 논의해서 싸우구 있는 겨."

이순신과 송희립은 장대에서 토막 잠이라도 자기 위해 눈을 붙였다. 내일의 상황은 알 수 없었다. 전투도 그랬지만 이순신에게는 조정의 상황도 최악이었다. 선조와 대신들이 이순신을 중죄인으로 몰아가고 있었다. 물론 이순신은 그런 상황을 전혀 눈치채지 못한 채 절영도 포구에서 잠을 자는 둥 마는 둥 밤을 새우고 있었다.

이순신이 부산포 앞바다로 출진하기 나흘 전, 그러니까 2월 4일이었다. 드디어 사헌부까지 나서서 선조의 비위를 맞추었다. '나라와 은혜를 저버린 이순신을 붙잡아 와서 죄를 주자'고 요청했다.

　'통제사 이순신은 나라로부터 크나큰 은혜를 입어 순서를 뛰어넘어 한껏 높은 자리에 올랐음에도 불구하고 온 힘을 다하여 나라의 은혜에 보답하려는 생각을 하지 않고 있사옵니다. 바다 가운데서 군사를 거느리고 앉아 이미 다섯 해나 보낸 결과, 군사들은 늙어 약해지고 왜적을 쳐부술 일은 멀어지고 있사옵니다. 방비하는 여러 일에 전혀 손 한번 써보지 않고 그저 남의 공로나 가로채려고 기만하는 장계를 올렸사옵니다. 적의 배들이 바다를 덮으면서 밀려오는데도 길목을 지켜냈다거나 적의 선봉을 막아냈다는 말은 들어보지 못했사옵니다. 적의 배들이 곧바로 나와서 제멋대로 돌아다니도록 내버려둔 채 아무런 손도 쓰지 않았습니다. 적들을 내버려둔 채 치지 않고 나라와 은혜를 저버린 죄가 큽니다. 붙잡아다 심문하고 법대로 죄를 주시기 바라옵니다.'

　부산포 앞바다로 출진해서 작전을 펴고 있던 이순신으로서는 피를 토할 일이었다. 사헌부가 이순신을 탄핵하는 이유는 단 한 가지도 온당하지 않았다. 사실과 동떨어진 이유로써 탄핵을 이미 결정해놓고 누명을 씌우고 있었다. 선조는 사흘 뒤 기어코 우부승지 김홍미에게 '이순신을 붙잡아 오라'고 명을 내렸다.

　'이순신을 잡아 올 때, 선전관에게 신표와 밀부密符를 주되 원균과 교대한 뒤에 잡아 오라고 일러 보내도록 하라. 또 이순신이 만일 군사들을 거느리고 적과 대적하여 싸우고 있는 중이면 잡아 오기가 불편할 터이니 싸움이 끝나기를 기다렸다가 쉬는 틈을 보아 잡아 오라고 일러 보내도록 하라.'

이순신 함대는 또 부산포 앞바다로 나아가 무력시위만 했다. 왜군이 성안으로 들어가버렸고, 왜군의 특이한 동향이 없었으므로 전날처럼 함포사격을 하지 않았다. 그러나 이순신은 적정을 좀 더 정확하게 살피기 위해 군관들의 만류에도 불구하고 대장선을 부산포 선창 부근까지 붙였다. 마침 썰물 때라 위험했다. 바닷물이 서서히 빠져나가고 조금씩 개펄이 드러나고 있었다. 갑자기 대장선이 개펄 위에 얹히기 시작했다. 그러자 선창에 숨어 있던 왜군들이 나타나 대장선을 향해 들개 떼처럼 달려왔다. 대장선의 사부들이 왜군에게 활을 쏘고, 화포장들은 총통을 쏘았다. 왜군들이 선창 바닥에 하나둘 거꾸러졌다. 그제야 칼을 치켜들고 공격해 오던 왜군들의 기세가 조금 꺾였다. 대장선에 탄 장졸들이 소리쳤다.

"전선에 밧줄을 매고 바다로 끌어내라!"

그때였다. 바다 멀리 물러서 있던 이백여 척의 배들 중에서 전선 하나가 노를 세차게 저으며 다가왔다. 안골포 만호 우수가 지휘하는 판옥선이었다. 안골포 판옥선에서 우수가 뛰어내렸다. 우수는 대장선에서 내린 이순신을 업고 재빨리 판옥선으로 달렸다. 대장선과 안골포 판옥선의 장졸들이 일제히 활을 쏘며 엄호했다. 그러는 사이에 안골포 판옥선 수졸들이 대장선 꽁무니에 밧줄을 묶어 끌었다. 이순신은 대장선이 개펄에서 내려와 바닷물에 뜬 뒤에야 안도했다. 우수가 나서지 않았다면 자신의 목숨이 어찌됐을지 몰랐다. 이순신이 우수를 격려했다.

"우 만호가 나를 사지에서 구한 겨."

"지를 알아주는 분은 오직 통제사 나리뿐입니데이. 그러니 어찌 은혜를 잊겠십니꺼."

"아녀. 내가 만호의 은혜를 입은 겨."

"시컵했십니데이. 썰물 때는 억수로 조심해야 합니더."

"하하하. 알았네."

그날 밤 함대가 또다시 절영도로 물러나와 정박하고 있을 때였다. 북동풍이 다시 불고 동해 바다의 사정이 악화되고 있는데도 부산포보다는 서생포로 올라가 공격하자는 장수들이 나타났다.

"이기 뭡니꺼. 여기서 싸우지 몬한다카믄 청정의 전선들이 있는 서생포로 가가꼬 싸웁시더."

"청정이 우리 군사가 무서버서 몬 내려온다카믄 우리덜이 올라가야 합니더."

그러나 하룻밤이 지나자 한산도 진으로 돌아가자는 의견도 나왔다. 경상 우수영의 배에 타고 있던 김응서가 대장선으로 찾아왔다.

"나리, 술에 취한 데다 어드러케나 멀미를 하는지 이제야 왔습네다."

"헐 말이 뭔 겨?"

"하루 이틀만 지나믄 행장과 정성이 이리로 온답네다. 하지만 간나새끼들이 약속을 어길지도 모릅네다."

"적장이 온다면 메칠이라두 지달렸다가 사로잡구 싶지만 그런 일은 읎을 겨."

"면목이 읎어 죽갔습네다. 청정의 군사를 유인한다는 행장의 말만 믿었던 제가 바보입네다. 장문포를 떠난 지 삼 일이 지났으니까네 이제 돌아가는 거이 어떠갔습네까?"

"바람이 크게 불 조짐이 있으니께 나두 그렇게 생각혀."

어제와 달리 파도는 차츰 거칠어질 태세였다. 살을 파고드는 북동풍이 바다와 전선을 핥고 지나갔다. 바람의 기세를 보아 서생포로 올라가 공격한다는 것은 무리였다. 더구나 동해인 울산 앞바다는 평소에도 파도가 드셌다. 파도가 갯바위를 물어뜯을 것처럼 그악스럽게 달려드는 곳이 동해 바다였다.

아침 작전 회의 자리에 모인 전라 좌우수영 장수들도 대부분 철수를 주장했다. 이순신은 장수들의 의견을 받아들여 함대의 선수를 돌렸다. 사시가 되어서야 이백여 척의 배들로 편성된 함대는 가덕도 쪽으로 남진했다. 배들은 돛에 북동풍을 안고 빠르게 초량 앞바다를 지나쳤다. 이순신 함대가 가덕도 동쪽 바다에 잠시 머무르려고 할 무렵이었다. 가덕도를 탐망하기 위해 먼저 떠났던 조라포 만호 정공청이 대장선으로 올라왔다.

"왜적덜이 나무꾼 알라 한 명을 죽이고 섬사람 다섯 명을 잡아갔다꼬 합니데이."

"가덕에 왜선은 멫이나 되는 겨?"

"이십여 척이 가덕에 있십니더."

정공청의 보고를 받은 이순신은 장수들을 불러놓고 지시했다. 대장선에 타고 있던 김응서에게도 말했다.

"가덕의 왜적덜이 우리 백성인 나무하는 아이를 죽이고 무고한 사람을 납치했으니께 죄를 따지지 않을 수 읎는 겨."

"지가 몬자 들어가 치겠십니더."

안골포 만호 우수가 또 나섰다. 이순신은 우수를 바라보며 고개를 끄덕였다.

"항왜 열일굽 명을 붙여줄티니께 돌격장으루 나가 공격혀."

이순신 함대는 곧장 가덕포구로 들어가 일자진 대오를 만들었다. 그러자 돌격선이 된 우수의 판옥선이 비호처럼 가덕포구로 다가가 화포를 쏘아댔다. 판옥선 화포의 화력에 눌린 왜군들이 배에서 내린 뒤 가파른 산자락으로 올라가 왜군 화포와 조총으로 응수했다. 그러나 왜군 십여 명이 선창에서 판옥선의 화포 공격에 죽었다. 우수도 활을 쏘아 도망치는 왜적 한 명을 죽였다.

"지대루 응수했으니께 다시는 우리 백성을 해치지 않을 겨."

"오늘 전공은 우수 만호 혼자서 다 세와부렀그만요."

송희립의 말은 과장이 아니었다. 전선 이백여 척의 엄호를 받으며 우수가 지휘하는 전선이 가덕 선창 옆구리까지 수차례나 들락거리며 공격해 올린 전공이었던 것이다. 그야말로 우수의 용맹이 빛을 발한 날이었다. 부산포에서 민첩한 구출 작전을 펴서 이순신과 대장선을 구한 공은 더 말할 것도 없었다.

이순신 함대는 거제도 영등포 바다에서 이른 저녁을 먹은 뒤 해질 무렵인데도 정박하지 않았다. 이순신의 지시로 함대는 한산도 진을 향해 나아갔다. 송희립이 이순신에게 물었다.

"무신 급헌 일이 있는게라우?"

"맴이 심란혀."

둥근 달은 한산도 바다까지 미행하듯 따라왔다. 달빛이 쏟아지는 밤하늘은 무심히 밝고 적막했다. 검푸른 밤바다의 거친 파도가 대장선의 뱃전을 치고 달아나곤 했다. 어느새 한산도 진의 선창 너머로 통제영이 보였다. 이순신은 취타대 수졸들에게 북을 치고 나발을 불게 하여 귀진을 알렸다.

그런데 통제영 수군의 반응은 다른 날과 달리 이상하고 수상쩍었다. 횃불을 든 군사들이 선창으로 달려 나오고 있었다. 이전에 보았던 진에 남은 유진군의 모습이 아니었다. 이순신의 불길한 예감은 그대로 적중했다. 이순신이 대장선에서 내리자마자 선조가 보낸 선전관이 횃불을 든 군사를 거느리고 다가왔다.

잠시 후 선전관은 이순신 앞에서 선조가 내린 유서를 큰 소리로 읽었다. 유서는 '원균과 교대한 뒤 이순신을 잡아 오라'는 내용이었다. 이순신은 장수로서 절체절명의 칼날 위에 서 있다고 생각했다. 그러나 마음은 뜻밖에 담담했다. 임금에게 목숨을 맡긴 장수의 운명이니 선선히 받아들이자는 생각밖에 들지 않았다. 다만, 시치다유의 반간계가 통했다는 것이 원통할 뿐이었다.

〈7권에 계속〉

이순신의 7년 6

초판 1쇄 2017년 8월 30일
초판 3쇄 2019년 10월 29일

지은이 / 정찬주
펴낸이 / 박진숙
펴낸곳 / 작가정신
편집 / 황민지 김미래
디자인 / 용석재
마케팅 / 김미숙
디지털컨텐츠 / 김영란
홍보 / 정지수
재무 / 윤미경
인쇄 및 제본 / 한영문화사

주소 (10881) 경기도 파주시 문발로 314
대표전화 031-955-6230 팩스 031-944-2858
이메일 editor@jakka.co.kr 블로그 blog.naver.com/jakkapub
페이스북 facebook.com/jakkajungsin 인스타그램 instagram.com/jakkajungsin
출판 등록 제406-2012-000021호

ISBN 978-89-7288-586-3 04810
        978-89-7288-580-1 (세트)

이 도서의 국립중앙도서관 출판시도서목록(CIP)은 서지정보유통지원시스템 홈페이지(http://seoji.nl.go.kr)와 국가자료
공동목록시스템(http://www.nl.go.kr/kolisnet)에서 이용하실 수 있습니다.
(CIP제어번호 : CIP2017020379)